英国ちいさな村の謎⑭

アガサ・レーズンの幽霊退治

M・C・ビートン　羽田詩津子 訳

Agatha Raisin and the Haunted House

by M. C. Beaton

コージーブックス

JN120114

挿画／浦本典子

アガサ・レーズンの幽霊退治

エドウィナ・モリに愛をこめて

主要登場人物

アガサ・レーズン……………元PR会社経営者
ポール・チャタートン……………アガサの新しい隣人
ミセス・ブロクスビー……………牧師の妻。アガサの親友
ミセス・ダヴェンポート……………カースリー婦人会のメンバー
ミセス・ウィザースプーン……………幽霊屋敷に住む老婦人
キャロル・ウィザースプーン……………ミセス・ウィザースプーンの娘
ハリー・ウィザースプーン……………ミセス・ウィザースプーンの息子
グレタ・ハンディ……………ミセス・ウィザースプーンの近隣住民
パーシー・フレミング……………ミセス・ウィザースプーンの近隣住民。作家
バリー・ブライアー……………パブの経営者
ミスター・ペリー……………ホテルチェーンの社長
ピーター・フランプトン……………歴史協会の主宰者
ジーナ・サクストン……………ピーターの恋人
ロビン・バーリー……………劇団員
ブライアン・ウェルチ……………演出家
フレディ・エドモンズ……………楽屋番
ビル・ウォン……………ミルセスター警察の部長刑事。アガサの友人
サー・チャールズ・フレイス……………准男爵。アガサの友人

1

コッツウォルズ一帯では口蹄疫《こうていえき》が猛威をふるっていた。あちこちで人の出入りが制限され、遊歩道や農場の門には南京錠がかけられた。春だというのに肌寒い雨の日が続き、ようやく黄色の花をつけた水仙も、土砂降りの雨に打たれてうなだれている。アガサ・レーズンのコテージの茅葺《かやぶ》き屋根からも、陰気な音を立てて雨が滴《したた》っていた。アガサは猫たちといっしょにキッチンの床にすわりこみ、またしても襲ってきた退屈な気分をどうやって追い払おうかと思案中だった。退屈だと気が滅入ってしまう。これまで嫌というほどそれを経験していた。

元夫のジェームズが住んでいた隣のコテージには、なかなか見栄えのする男性が越してきた。しかし、今のアガサはどんな男性に対しても興味がわかなかった。村の大多数の女性たちのように、ケーキや手作りジャムをいそいそと隣人に届ける気にもなれない。ずっとロンドンに滞在していて村の噂話が耳に入ってこなかったせいで、そもそも、どういう男性なのかすらよく知らなかった。ロンドンでは、フリーランスの辣腕ＰＲ担当者として、若者向けのファッションブランド〈ミスター・ハリー〉の立ち上げに関わっていた。もっとも、その仕事のせいで、中年のアガサはよけいに自分の年齢を意識させられる羽目になった。不健康なファッション、〝ヘロインシック〟はいまだに健在らしく、ガリガリにやせたモデルを目にしていると、ますます自分が小太りのおばさんに感じられてくる。おまけに、そのブランドの商品は、とことん安い素材を使って台湾で製造されているので、長く着ていたら縫い目から破れてくるにちがいない。それを知っているアガサは良心が疼《うず》いてならなかった。

アガサは床から立ち上がると寝室に行き、姿見の前に立った。形のいい脚をして、艶《つや》のある茶色の髪にクマみたいな小さな目をした、がっちりした中年女性が見つめ返してきた。

行動しなくては、と自分に活を入れた。メイクをして、友人である牧師の妻、ミセス・ブロクスビーに会いに行こう。村の最新の噂話を仕入れてこなくては。白い肌用の化粧下地を伸ばしながら、ついこのあいだまでは日焼け肌が大人気だったのに、とおかしくなった。いまやファッションリーダーじゃなくても真冬に海外へ行けるご時世だから、日焼け肌を見せびらかしても自慢にならないし、小麦肌のメイクだってもう流行遅れだ。ふと顎の下の皮膚が気になってつまんでみた。まさか、たるんでる？　あせって顎の下をピシャピシャと六十回たたいてから、成果はいかに、と確認すると、首に赤い跡がついているだけで、ひきしめ効果も感じられなかったのでがっくりしてうなだれた。

朝から着ていた古ぼけたパンツとセーターを脱いで、ゴールドのシルクのブラウスにビスケット色のリネンのスーツをあわせた。急におしゃれしたい気持ちになったのは、隣のコテージの住人とは無関係よ、と自分に釘を刺しておく。ともあれ、ことわざにあるように、時は偉大な癒やし手だ。今ではジェームズのことを思い出すこともめったにないし、彼に再会するという希望も捨ててしまった。

階下に行くとバーバリーのコートをはおり、ゴルフ用の傘を手に激しい雨の中に出た。あらやだ、どうしてハイヒールを履いてきちゃったのかしら？　ライラック・レーンの水たまりに足を突っ込まないように注意しながら、牧師館まで歩いていった。

牧師館に着くと、ミセス・ブロクスビーがドアを開けた。温和な顔つきの女性で、髪は白髪交じりだ。

「まあ、ミセス・レーズン！」びっくりしたようだった。「いつ戻ってきたの？」

「ゆうべよ」ロンドンでしばらく過ごしたあとは、仰々しく苗字を呼ばれると妙な気がする。しかし、アガサも加わっているカースリー村の婦人会では、堅苦しく苗字で呼び合うのが習慣になっていた。

「どうぞ入って。ひどい雨ね。おまけに口蹄疫にはぞっとするわ。ハイカーたちは野山を歩かないようにって言われているんだけど、聞く耳を持たないのよ。といっても、あの人たち、そもそも田舎を好きだとも思っていないんじゃないかしらね」

「このあたりでも口蹄疫が流行っているの？」アガサはコートを脱ぎ、玄関ホールのフックにかけた。

「いいえ、カースリーはまだ大丈夫……今のところはね」

ミセス・ブロクスビーは先に立ってアガサを居間に案内した。アガサは古ぼけたソファに置かれた羽毛入りクッションにすわりこむと、ハイヒールを脱ぎ、濡れたストッキングの足先を暖炉の方に伸ばした。

「帰るときに長靴を貸してあげるわね。コーヒーを淹れるわ」

ミセス・ブロクスビーがキッチンにひっこむと、アガサはソファにもたれ、目を閉じた。ふいにカースリーに帰ってきてよかった、という安らぎが胸に広がった。

ミセス・ブロクスビーはコーヒーのマグカップをのせたトレイを運んできた。

「何かおもしろい話はないの？」アガサはたずねた。

「そうねえ……あなたがいないときにジェームズがここに来たわ」

アガサはガバッと体を起こした。「今、どこにいるの？」

「残念ながら知らないの。午後にちょっと寄っただけだから。海外を旅している、って話してたわ」

「もう、あいつったら！」気分が滅入った。かつての苦しみがまざまざと甦《よみがえ》ってくる。「わたしがどこにいるか伝えてくれたんでしょ？」

「ええ」牧師の妻は気まずそうだった。「ロンドンの滞在場所を伝えたし、電話番号も教えたわ」

「電話もくれなかった」落ち込んでいた。

「ちょっと急いでいるみたいだったの。あなたによろしくって言ってたわ」

「ふざけてるわね」苦々しげに口にした。

「さあ、コーヒーを飲んで。まだ時間は早いけど、お酒にする？」

「お酒を飲んでめそめそするのはもうたくさん。しかも、ジェームズみたいなろくでなしのせいでなんて、冗談じゃないわ」

「新しいお隣さんとはもう会ったの？」

「いいえ。引っ越してきたときに見かけたわ、遠くから。でも、そのあと、ＰＲの仕事の依頼を受けてずっとロンドンに滞在していたから。どんな人なの？」

「コンピューター関係の仕事をしているみたいよ。フリーランスの。ちょうど大きな仕事を終えたんですって。終わってほっとしたって言ってたわ。ミルトン・ケインズまで毎日通勤していたの」

「ずいぶん長距離通勤ね。村で殺人事件は起きてないの？」

「ないわよ、ミセス・レーズン。殺人事件なんてもうたくさんって言っていたんじゃなかった？　ただ、ちょっとした謎はあるけど」

「どういう謎？」

「最近、アルフが幽霊駆除を依頼されたの。断ったけど」アルフというのは夫の牧師だ。「アルフが言うには、信じているのは精霊だけで、それ以外の存在は信じていないんですって」

「幽霊が出ているのはどこなの？」

「ヘバードンの幽霊屋敷よ。ほら、アンクームの反対側にある小さな村。老婦人が一人で暮らしているの。ミセス・ウィザースプーンという方で未亡人。夜に妙な人声が聞こえたり光が見えたりするんですって。アルフは村の子供たちがいたずらを仕掛けているんだろうって考えて、警察に相談するようにアドバイスした。だけど、ミセス・ウィザースプーンは絶対に幽霊だって譲らないの。どう？　その幽霊屋敷を調べてみたくならない？」

　アガサはちょっと考えてから答えた。「いいえ。アルフの言うとおりだと思うわ。実はここにすわっているあいだに考えたんだけど、今後はやたらに事件に首を突っ込んで、あちこち調べ歩くのはやめることにしたの。そろそろ、これまでとはちがう暮らしを始めるつもりよ。家庭的な女性になるの」

　ミセス・ブロクスビーは心配そうにアガサを見た。

「あなたが？　それって、いい考えかしら？」

「庭は雑草だらけだし、雨もいずれ止むでしょ。のんびりして、ガーデニングに励むわ」

「すぐに飽きるわよ」

「わたしのことをわかっていないのね」きつい口調になった。

「かもしれないわ。いつ、その決心をしたの？」

　アガサはためらいがちに笑みを浮かべた。「五分前」

　ジェームズがここを訪ねてきたのに、自分に連絡をとろうとしなかったことで深く傷ついたからだとは、プライドが邪魔してどうしても口にできなかった。

春の雨がようやく終わり、たしかにアガサ・レーズンは家事に精を出しているように見えた。怠け者の庭師はクビにして、自分で庭仕事をするようになると、いまだに心の奥に居すわっているジェームズを失った痛みが、しだいに和らいでいった。カースリー村の女性たちの噂によると、隣人のポール・チャタートンは魅力的な男性だが、非社交的らしい。一瞬だけアガサのチャレンジ精神が頭をもたげたが、男性は苦痛と厄介事しかもたらさない、と投げやりに考えた。放っておくのがいちばんだ。

ある晴れた日、アガサはていねいに日焼け止めを塗って庭のデッキチェアに寝そべっていた。猫のホッジとボズウェルは足元で丸くなっている。そのとき、ためらいがちに呼びかける声がした。「こんにちは」

アガサは目を開けた。隣人が庭のフェンス越しに身を乗りだしていた。ふさふさした真っ白い髪、ほっそりした知的な顔で輝く黒い目。

「何か？」アガサはぶしつけに問い返した。

「新しく越してきたポール・チャタートンです」

「あらそう。何かご用？」アガサはまた目を閉じた。

「ご挨拶をしたくて」

「もうしたでしょ」アガサは目を開けて、彼をじっと見つめた。「さよならって挨拶してみたらいかが？」

相手が肘鉄《ひじてつ》を食わされたことを充分に理解するまで、アガサはまた目を閉じていた。そろそろと目を開けてみると、彼はまだそこに立っていて、あろうことか、にこにこ笑いかけてきた。

「いやあ、はっきり言って、あなたは実に新鮮ですよ。こっちに引っ越してきてから、村の女性たちに次々に押しかけられていたんです。ところが、いざ社交的になろうとしてみたら、よりによってわたしに関心のないお相手に声をかけてしまったようですね」

「他の人を選べばいいのに。どうしてわたしを？」

「お隣だし。それに、あなたは村の探偵だって聞いたものですから」

「それがどういう関係があるの？」

「地元の新聞で、ヘバードンの老婦人が幽霊に怯えているって記事を読んだんですよ。だから、あっちに行って、幽霊退治をしますって、提案してみようかと思っているんです」

このところ鳴りを潜めていたアガサのチャレンジ精神が目覚めた。彼女は体を起こした。

「玄関から回ってきて。うちで、それについて相談しましょうよ」

「数分で行きます」彼は手を振ると、姿を消した。

アガサは立ち上がろうとして、ぶざまにもがいた。ロンドンのグリーン・パークにあるみたいな、こういう旧式のキャンバス地のデッキチェアは、人に老いを実感させるためにわざとこういうデザインにしているにちがいない。結局、どうやってもデッキチェアから抜け出せず、椅子を横に傾けて芝生にころがってから立ち上がるしかなかった。頭にきて、デッキチェアを蹴飛ばした。

「もう、たき火に放りこんでやる。明日、寝椅子と交換するからね」

急いで家に入っていくと、キッチンで手早く顔の日焼け止めをふきとった。

ポールのためにドアを開けようとして、一瞬ためらった。色褪《いろあ》せた部屋着とローファーという格好だったのだ。それから肩をすくめた。男なんて！　男のために気を遣う必要なんてないわ。

アガサはドアを開けた。「どうぞ。キッチンでコーヒーを淹れるわ」

「できたら紅茶がいいんですけど」ポールは彼女のあとについて家に入ってきた。

「種類は？　ダージリン、アッサム、アールグレイ、あとはアフタヌーンティーとかいうのもあるわ」

「ダージリンをお願いします」

アガサはやかんを火にかけた。「今は仕事をしていないんですか？」

「ええ、ちょうど契約と契約の狭間なんです。短い休暇を過ごすつもりですよ」

アガサはキッチンのカウンターにもたれた。ポールの知的な黒い目がこちらを観察しているのに気づき、ふいに、もっとすてきな服を着ていればよかった、せめてメイクをしていれば、と後悔した。彼は厳密に言うとハンサムではなかったが、白髪と白い肌、黒い目、長身の鍛えられた体つきの組み合わせは、多くの女性の胸をときめかせるだろう。もちろん、アガサ・レーズンは別よ、と心の中で思った。

「わたしのコテージは、元ご主人のジェームズ・レイシーのものだったそうですね」

やかんの湯が沸騰しはじめた。アガサはマグカップをふたつ並べると、片方にティーバッグを放りこみ、もう片方にはスプーン一杯のインスタントコーヒーを入れた。

「そうよ」ティーバッグを揺すってから取り出すと、マグカップを彼の前に置いた。

「そこにあるお砂糖とミルクを使って」

「ありがとう。どうしてレーズンなんですか？　再婚したんですか？」

「いいえ、レーズンは最初の夫の苗字なの。ジェームズと結婚したときも、その苗字を使い続けていたのよ。あなたは結婚しているの？」

ポールが慎重にミルクと砂糖を入れているあいだ、短い沈黙が落ちた。彼は紅茶をかき回した。「ええ」

「で、ミセス・チャタートンはどちらに？」

また沈黙。それからこう答えた。「スペインの親戚を訪ねています」

「じゃあスペイン人なのね？」

「そうなんです」

「何ていう名前？」

「ああ……ファニータです」

アガサのクマみたいな目が鋭くなった。「わたしの考えていることがわかる？　あなたは結婚なんてしていないと思うわ。ファニータなんて存在しない。言っとくけど、家にあなたを招いたのは誘惑するつもりじゃないわよ。幽霊話に興味があるだけなの」

黒い目が楽しげにきらめいた。「いつもそんなにずけずけものを言うんですか？」

「嘘をつかれたときはそうよ」

「だけどファニータはいます。長い黒髪で――」

「カスタネットを鳴らし、バラの花をくわえている、とか？　もうけっこうよ」ぴしゃりと決めつけた。「それで、幽霊退治の件だけど、どういう計画でいるの？」

「向こうまで行って、幽霊退治をします、ってミセス・ウィザースプーンに申し出ようかと考えているんです。いっしょに来ませんか？」

「断る理由もないわね。いつ出発する？」

「これからすぐにでは？」

「いいわよ。紅茶を飲んでしまって。わたしは着替えてくるわ」

「その必要はありませんよ。そのいかにも主婦という外見に、ミセス・ウィザースプーンは気を許すかもしれない」

「冗談でしょ！」

　アガサはキッチンを出て階段を駆け上がった。涼しげなピンクと白のストライプのシャツドレスを着ると、ていねいにメイクをした。ハイヒールを履きたかったが、今日は暑かったので足首がむくむだろう。むくんだ足首は見栄えが悪い。ため息をついて、ローヒールのサンダルをはいた。

　階段を途中まで下りたとき、ストッキングをはくのを忘れたことに気づいた。暑い日にストッキングをはかないと、サンダルのストラップが足にこすれるし、短いドレスからのぞく太腿が車の座席にべちゃっと貼りつくかもしれない。寝室に戻ると、「フリーサイズ」と表示のあるストッキングに無理やりお尻を押しこみながら、フリーサイズと記した人間は、ガリガリの十四歳の女の子を想定していたにちがいないと腹が立った。鏡の中の自分の姿を見た。暑い寝室で苦労してストッキングをはいたせいで、鼻の頭がてかっている。あわてて白粉《おしろい》をはたくと、くしゃみが何度も出た。ようやくくしゃみがおさまったときには、メイクがまだらにはげていたので、やり直さなくてはならなかった。これでよし！　改めて姿見で確認する。なんてこと！　シャツドレスの胸のボタンがはじけそうになっている。ドレスを脱いで、白いコットンのブラウスとウエストがゴムになったコットンのスカートに着替えた。

これでいいわ。さあ、下に行こう。最後に鏡をのぞく。しまった。黒いブラをつけていたので、白いコットンから透けて見えている。ブラウスを脱ぎ、白いブラをつけ、またブラウスを着た。

今度はあえて鏡に目を向けずに、階段を急いで下りていった。

「そんなに手間をかけることなかったのに」ポールが言った。

「手間なんてかけてないわ」アガサは不機嫌につぶやいた。

「あんまり戻ってこないから、もしや……まあ、いいでしょう。出発しましょう。長靴を持っていった方がいいですよ」

「どうして？」

「まだ口蹄疫が流行っているし、彼女の家は農場の近くだから、消毒薬のまかれた場所を歩かなくちゃならないかもしれないんです」

「わかった。玄関のそばに置いてあるわ。どっちの車で行く？　あなたの、それともわたしの？」

「わたしが運転します」

彼の車はビンテージのＭＧだった。低い座席に腰をかがめて乗りこみながら、アガサは内心でうめいた。まるで道路にじかにすわっているような気がする。轟音《ごうおん》を立ててＭＧが発進すると、風で煽《あお》られ、アガサの髪は顔の前方でバサバサ揺れた。

「映画だとオープンカーに乗ったヒロインの髪は後ろになびいているのに、どうしてこうなるのよ？」

「スタジオの動かない車の中で撮影して、後方に風景が流れていくフィルムと合成するからですよ。それにスタジオの送風機が髪を後ろになびかせている。不快なら、車を停めて幌《ほろ》を上げますよ」

「けっこうよ」アガサは苦々しく言った。「もうくしゃくしゃだから。ヘバードンのどのあたりにミセス・ウィザースプーンは住んでいるの？」

「アイビー・コテージです。バッグ・エンドの」

アガサは田園風景を走っていくあいだ黙りこんでいた。荒れ果てた風景、口蹄疫に蹂躙《じゅうりん》された田舎。まだロンドンで暮らしていたら、なんとも思わなかっただろう。しかし、心のどこかで自分はすでに田舎の人間だと感じていたので、ここで起きたことに胸がとても痛んだ。


ヘバードンは絵のように美しい谷間にある小さな村だった。商店はなく、パブが一軒だけあり、コテージが建ち並ぶ小さな集落がある。ポールは車を停めると、あたりを見回した。「どこかの家のドアをノックして、バッグ・エンドの場所を訊いてきましょう」

アガサは煙草をとりだして火をつけた。以前、灰皿がついていたらしい場所は空洞になっている。でも、オープンカーだから、吸っても文句を言われることはないだろう。

彼が戻ってきた。「車はここに置いていきましょう。バッグ・エンドは角を曲がったところです」

車高の低い車から降りるのはひと苦労で、さっきデッキチェアから立ち上がろうとして庭に倒れこんだ失態が頭をかすめたが、どうにか道路にころがり落ちずにすんだ。二人はバッグ・エンドに曲がった。細い小道で、突き当たりに一軒のコテージがあるだけだった。アガサは煙草を吸い終えると、道の脇にポイと投げ捨てた。ポールはそれを拾い上げて火をもみ消した。「このカラカラ天気じゃ、このあたり一帯を火事にしかねない」とたしなめた。

「ごめんなさい」アガサは小さな声で謝り、自分で思っているほど田舎の人間になりきれていなかったんだわ、と落ち込んだ。「ミセス・ウイザースプーンはおいくつなの？」

「九十二らしいですね、新聞によれば」

「すでにボケているかもしれないわね」

「それはどうかな。ともかく会ってみましょう」

アイビー・コテージはその名前のとおり蔦《アイビー》に覆われていて、夏のそよ風に、茂った葉がさざ波のように揺れていた。屋根は茅葺きだ。ポールは真鍮《しんちゅう》製のノッカーをつかむと、勢いよく何度か打ちつけた。少しすると、郵便受けが開き、女性の声が叫んだ。

「帰っとくれ」

「お力になろうと思ってうかがったんです」ポールが郵便受けにかがみこむようにしてしゃべった。「幽霊を退治してあげますよ」

「頭のおかしなやつらにはうんざりだよ。失《う》せな！」

ポールは横を向き、アガサに向かってにやりとした。「どうやら、あなたと気が合いそうですね」それからまた郵便受けに呼びかけた。

「怪しい者ではありませんよ、ミセス・ウィザースプーン。本気であなたをお助けしたいと思っているんです」

「どうやって助けるって言うんだい？」

「わたしはポール・チャタートン、アガサ・レーズンといっしょにうかがいました。二人ともカースリーに住んでいるんです。お宅に泊まりこんで、幽霊をつかまえるつもりでいます」

長い沈黙が続いた。それからガチャガチャとかんぬきとチェーンをはずす音がして、ドアが開いた。アガサは仰天して見上げた。てっきり小柄で弱々しい腰の曲がった老婆が現れると想像していたのだが、目の前には大女が立ちはだかっていた。

身長はゆうに百八十センチはあり、髪を赤く染め、大きな力強い手をしたたくましい女性だ。

どうぞと言う代わりに顎をぐいっとしゃくったので、二人は彼女について狭くて暗い客間に入っていった。鉛枠の窓の周囲に蔦が生い茂っているので、光がほとんど射しこんでこない。

「で、なんだって、あたしに取り憑いている幽霊の正体を暴けるなんて大口をたたくんだい？」彼女の頭はもう少しで天井の梁《はり》に届きそうだった。すわっていたアガサは威圧感に耐えられなくなり、また立ち上がった。

「試してみてもいいんじゃないですか？」ポールが軽い口調で言った。「ま、駄目元ってことで」

ミセス・ウィザースプーンは目をきらりと光らせ、アガサの方を見た。

「あんた、レーズンって言ったね？」

「言ったのは彼ですけど、ええ、レーズンです」

「ほう、じゃあ、カースリー村の探偵気取りの女ってのは、あんただったのかい。亭主はあんたを捨てて逃げちまったんだってね。無理もないよ」

アガサは拳を握りしめた。「あら、あなたのご主人はどうしたの？」

「二十年前に亡くなったよ」

アガサはポールの方を向いた。「やっぱり、こんなこと、馬鹿げてるわ……」だが、ポールは「わたしに任せて」と声をひそめてささやいた。

ポールはミセス・ウィザースプーンを口説き落としにかかった。

「ご迷惑をかけるようなことは一切ありませんよ。夜じゅうここにすわって、ただ見張っているだけです」

「食事は期待しないでおくれ」

「とんでもない、ご心配なく。十時頃にまた戻ってきます」

「なら、いいよ。あたしゃね、何十年もこのコテージに住んでるんだ。追い出されるつもりはさらさらないよ」

「幽霊はどんなふうに現れるんですか？」

「ひそひそ声や足音が聞こえて、寝室のドアの下から灰色の霧みたいなものが入ってくるんだよ。警察が家じゅうを調べてくれたけど、押し入った形跡はなかった」

「誰かに恨まれてるってことは？」アガサがたずねた。

「心当たりはないねえ。人づきあいがいいからね。誰かを怒らせる真似なんて一度もしたことがないよ、このあたしは」ミセス・ウィザースプーンはアガサを小馬鹿にしたようにじろっと見た。まるで、あんたはしじゅう人の気に障ることをしているんだろう、と言わんばかりに。

ポールは今にもアガサが爆発しそうだと察し、彼女を押しやるようにして玄関に向かった。「十時に戻ってきます」

「あんなクソババアを助けてやるなんてごめんだわ」車に乗りこむなり、アガサは毒づいた。「ドラキュラ伯爵が出てきたって、あの婆さんは眉ひとつ動かさないでしょうよ」

「だけど、おもしろそうじゃないですか」ポールが反論した。「子供のとき、幽霊屋敷で一晩明かしてみたいと思いませんでしたか？」

アガサの頭に、生まれ育ったバーミンガムのスラムの光景がよぎった。そこではとてつもない恐怖と暴力が現実に渦巻いていたので、わざわざ恐ろしい超自然現象を求めようとも思わなかった。

アガサはため息をついて譲歩した。「まあ、やってみてもいいかもね」

「夜食と、暇つぶしにスクラブルを持っていきますよ」

「ウィジャ盤で霊界と交信した方がいいんじゃない？」

「その手のやつは持ってないんです。食べ物は何がいいですか？」

「出かける前に食事をすませていくわ。ブラックコーヒーをたっぷり用意していった方がよさそうね。大きな魔法瓶に詰めていくわ」

「いいですね。さ、これで手筈《てはず》は整った」

二人の乗った車がカースリーに入ると、村人たちの好奇の視線があちこちから向けられた。


「あたし、ミセス・レーズンがあのポール・チャタートンとお出かけするのを見ちゃったんです」その日の午後、婦人会の書記をつとめるミス・シムズは、ミセス・ブロクスビーに不満気に訴えていた。「あの人、どんな手を使ったのかしら！　村の女性みんなが彼と仲良くなろうとして躍起になっていたのに、彼女ったら、さっさと横取りしちゃって。だけどねえ、もう若くもないくせに」

「男性から見ると、ミセス・レーズンはきっとセクシーなんでしょうね」ひとことだけ意見を言うと、牧師の妻は買い物かごを腕にかけて、さっさと歩み去った。後に残されたミス・シムズはあっけにとられて、その後ろ姿を見送っていた。

「ねえ、信じられる？」十分後、ミス・シムズはミセス・ダヴェンポートに悔しさをぶちまけていた。相手は村の新入りだったが、すでに婦人会の常連メンバーになっている。「ミセス・ブロクスビーったら、牧師の妻だっていうのに、ミセス・レーズンはセクシーだって言ったのよ」

「あら、なんでまたそんな話になったの？」ミセス・ダヴェンポートは問いただした。最近まで海外暮らしをしていた彼女は、いまだにいかにも海外在住のイギリス人という格好をしていた。プリント柄のドレス、大きなミニーマウスのような白い靴、小さな白手袋、やけに目立つ趣味の悪い帽子。

「ミセス・レーズンがポール・チャタートンといっしょに車に乗っていたので、二人はカップルみたいって話してただけよ」帽子のつばの陰で、ミセス・ダヴェンポートの顔が不快そうにゆがんだ。ポール・チャタートンには自慢のおいしいチョコレートケーキをプレゼントしたうえ、日をおかずに自家製ジャムをふた瓶も持っていった。だのに彼ときたら、どうなの？　贈り物を礼儀正しく受けとっただけで、中でコーヒーでもいかがですか、とすら口にしなかった。

ミセス・ダヴェンポートはぐんぐん歩き続けた。今の話に腸《はらわた》が煮えくりかえりそうだった。噂話が何より好きな外国暮らしのイギリス人の流儀で、彼女は片っ端から村人を呼び止めては、その話に尾ひれをつけてしゃべりまくった。夕方までには噂が村じゅうに広まっていた。アガサはポール・チャタートンと不倫していると。

その晩六時に、アガサのコテージのドアベルが鳴った。ポールがどこかに食事に行こうと誘いに来たのかも、とアガサは期待に胸をふくらませた。だが戸口に立っていたのはビル・ウォン部長刑事だった。アガサはたちまちうしろめたさを覚えた。コッツウォルズに引っ越してきたとき、最初に友人になったのがビルだった。反対されると困るので、幽霊退治の件は黙っていることにした。

「どうぞ。ひさしぶりね。仕事はどんな調子？」

「犬を連れて農地を歩き回ろうとする連中を見つけて追跡するぐらいで、あとはたいした事件もありません。あなたはどうしていたんですか？」

二人はキッチンに入っていった。「ちょうどコーヒーを淹れたの。少しいかが？」

「ありがとうございます。そんなでかい魔法瓶、初めて見ました」

「婦人会のためにコーヒーを詰めていくの」アガサは嘘をついた。

「ジェームズがカースリーに戻ってきたそうですね――すぐ帰ったけれど」

「そうね。でも、そのことは話したくないわ」

「わかりました。お隣さんはどうですか？」

「ポール・チャタートン？　感じのいい人みたいね」

ビルはアジアと西洋が混じりあった丸顔をしているが、その顔でアガサを探るように見つめた。アガサの頬がかすかに赤くなった。

「最近は刺激的なことをしていないんですか?」

「ええ、そうね。ロンドンでPRの仕事はしたけど、こっちではもっぱらガーデニングにいそしんでいるの。スコーンも焼いたわ。よかったらコーヒーといっしょにひとついかが?」

控え目に言ってもアガサはお菓子作りが苦手なことをビルは知っていた。彼は躊躇《ちゅうちょ》した。「味見して」アガサは勧めた。「とってもおいしいのよ」

「じゃあ、いただきます」

アガサはお皿にスコーンをひとつのせ、バターとジャムを添えて彼の前に置いた。ビルはおそるおそるひと口かじった。羽毛のようにふんわりして、おいしかった。

「本当に腕をあげたんですね、アガサ」

実はミセス・ブロクスビーからスコーンをもらったのだが、アガサはやさしくビルに笑いかけた。

「わたしがどんなに主婦らしくなったか、びっくりするほどよ。あら、ドアベルが鳴ってる」

彼女はポール・チャタートンじゃありませんように、と祈りながら急いで玄関に向かった。幽霊屋敷で不寝《ねず》の番をすることについて彼が口を滑らせたらまずい。しかし、そこに立っていたのはミセス・ブロクスビーだった。

「どうぞ入って。ビルが来ているの」ビルがすでにスコーンを食べ終えていますように。

だが、ミセス・ブロクスビーといっしょにキッチンに入っていくなり、ビルがこう言ったのでアガサは冷や汗が出た。「このスコーン、もうひとつもらえるとうれしいんですけど、アガサ」

「あら、お口にあったようね」ミセス・ブロクスビーが言った。「作りすぎたので、今朝ミセス・レーズンにお裾分けしたのよ」

「コーヒーは？」アガサは牧師の妻にたずねた。

「けっこうよ。婦人会の参加者が少ないので、今夜はぜひ出席してほしいと思って訪ねてきただけなの」

「今夜は出席できないの」ビルの好奇心まるだしの視線が突き刺さるのを感じた。

「どうして？」

「PRの仕事で、人に会わなくちゃならないから」

「そんなにすぐに新しいお仕事？　静かな夏を過ごすつもりなのかと思ってたわ」

「あら、もちろんよ。これはただの半端仕事」

「今度は何なの？　ファッション？」

「新しい皺《しわ》とりクリーム」

「まあ。そういうクリームって効果はあるものなのかしら？」

「わからないわ」アガサは声を張り上げた。「こんな話題、退屈よ。別のことを話さない？」

沈黙が広がった。アガサは顔が火照《ほて》っていた。

「あなた、村でとても評判になっているわよ」ミセス・ブロクスビーがからかうように言った。「あなたとポール・チャタートンがつきあっているっていう噂が村じゅうに広まっているわ」

「馬鹿げてるわ」

「彼の車で出かけるところを見られたのよ」

「送ってもらっただけよ」

「あら、あなたの車、壊れてたの？」

「あのね、わたしはモートンに行こうとしていたんだけど、ちょうど彼が家から出てきて、自分もモートンに行くから乗せていってあげようって言ってくれたの。それだけよ。まったくもう、この村の連中って、どこまで噂話が好きなのかしら」

「そうだったのね。あなたが彼と仲良くしていることで、たくさんの女性が地団駄踏んでいるのよ。みんな失敗したのに、どうしてあなたはうまくやれたのかしらって。さて、そろそろ失礼するわね」

アガサは彼女を見送っていき、重い足取りでキッチンに戻ってきた。

「スコーンのお代わりをまだもらってませんよ」ビルが催促した。

「まちがえて、自分のじゃなくて、ミセス・ブロクスビーのスコーンを出しちゃったみたい」いったん苦境に陥ると、どうやって脱出したらいいのかわからなくなる。

「じゃあ、あなたのスコーンをいただきます」

アガサは空の缶を開けるという演技をした。

「ごめんなさい。わたしのはなくなっちゃったわ。残念ね」

彼女はミセス・ブロクスビーのスコーンをビルの前に置いた。

「幽霊が出ると騒いでいるミセス・ウィザースプーンの話は聞いたことがありますか?」

「ええ。地元新聞に載ってたわね」

「じゃあ、何かしなくては、っていう気になったでしょう?」

「いいえ、わたしは静かな生活を求めているの。彼女はたぶんボケているのよ」

「ボケてなんていませんよ。二度ほど調べに行ったんです。警察では何も発見できなかった。何か隠しているでしょ、アガサ。そういう気がしてならないんですけど」

「おかしなこと言わないで」

「だって、さっきぼくが新しい隣人についてたずねたときに、モートンに送ってもらったことを言わなかった」

「何なの？」アガサは憤然となった。「これは尋問なの？」

ビルは笑いだした。「やっぱり、ぼくに何か隠していますね。でもまあ、幽霊退治に乗りだすのも悪くないと思いますよ」

「わたしはひとことも――」

「ええ、何も言わなかった。その皺とりクリームのことと、ＰＲ関係者とどこで会うのかたずねたいが、これ以上あなたに想像力を駆使させたくないのでやめておきます」

「ビル！」

彼はにやっとした。「また来ますよ」

アガサは彼が帰るとほっとしてため息をつくと、二階に行きシャワーを浴びた。さんざん嘘をついたので、体が火照り、汗をかいていた。
さて、幽霊退治には何を着ていくべきかしら?

2

その晩、アガサが階段を下りてきたとき、寝室は惨憺《さんたん》たる有様になっていた。シックなものから安っぽいものまで、クロゼットにあるほぼすべての服を試着したせいだ。ようやくはき心地のいいウールのパンツに、チェックのシャツとカシミアのセーターという組み合わせに落ち着いた。

男性には二度と興味を持ったらだめ、と厳しく自分に言い聞かせたせいで、ポールがやって来てドアを開けたときは、ひどい仏頂面になっていた。彼は一歩あとじさり、どうかしたのか、とたずねたほどだった。「いえ、別に。コーヒーをとってくるわ」

「言うのを忘れていたけど、わたしは紅茶を飲みたいと思うことが多くて、今夜もそういう気分なんです」

アガサは不機嫌にじろっと彼を一瞥《いちべつ》すると、キッチンに行って巨大な魔法瓶をとってきた。まあ、これだけコーヒーがあれば、一晩じゅう目を覚ましていられるだろう。

「わたしの車で行きましょう」断固としてアガサは言った。夜になってかなり冷えてきたし、ポールのMGで道をかっ飛ばすのはごめんだった。

外に出ると、アガサの新車のアウディにポールはピクニックバスケットを積みこんだ。「ずいぶんたくさん持ってきたのね」

「まだ食事をすませていないんです。あなたは？」

「わたしはすませたわ」アガサは嘘をついた。服をとっかえひっかえ着て、マスカラやアイシャドウまでつけてフルメイクをしたものの、またすべて落としてナチュラルメイクにやり直していたら、思ったより時間がかかってしまった。そのことがなんとなくうしろめたかったのだ。おなかがグウッと鳴ったので、あわててつけ加えた。

「でもサンドウィッチをつまんだだけ」

「よかった、二人分でも余るぐらいたくさん持ってきたんです」

アガサは車を発進させながら思った。こうして走っていくときに、村のあちこちでカーテンがめくられて好奇の目が向けられていることでしょうね。

「わくわくしますね」ポールが言った。

「そうね」と答えたものの、懐疑的だった。アガサは幽霊なんて信じていなかった。彼女自身の家やミセス・ウィザースプーンの家のような古い家は、キイキイ木材がきしんだり、屋根裏でなにやら物音がするものだ。これからよく知らない男といっしょに不寝の番をするのは、少し気が重かった。

アイビー・コテージに到着すると、車から荷物を下ろした。玄関を開けたミセス・ウィザースプーンはボリュームのある深紅のガウンを着ていたが、赤毛にはまるで似合わなかった。

「ああ、あんたたちかい」愛想のかけらもなかった。「リビングに行って、くつろいでおくれ。トイレは踊り場のはずれのドアだよ。それ以外はあたしの邪魔をせず、起こさないようにね。眠りが浅いから」

「幽霊を見つけてほしくないのかしらね」ミセス・ウィザースプーンが二階に上がっていってしまうと、アガサはぶつぶつ言った。

「気にすることないですよ。食事にしましょう」ポールはバスケットを開け、いくつかのタッパーと皿とナイフとフォークをとりだした。「コールドチキン、サラダ、フランスパンを持ってきました」うきうきしていた。「よかったらどうぞ。それからスクラブルでもしましょう」

アガサはありがたくごちそうになりながら、濃いブラックコーヒーを数杯飲んだ。ポールは紅茶を詰めた魔法瓶を持ってきていた。

「ところで、どうしてカースリーにいらしたの？」アガサは質問した。

「きれいで静かな場所に住みたかったから。ずっとロンドンで暮らしていたんですが、最近は騒々しくて人が多く、汚くなってきましたからね。しかも、カースリーはロンドンまでわずか一時間半だから、人里離れているわけでもない」

「ずっとコンピューター関係のお仕事をしているの？」

「ええ、わたしは幸運でした。大学卒業後すぐに仕事についたおかげで、コンピューター業界の黎明期《れいめい》から関われたんです」

「具体的に言うと、どういうお仕事なんですか？」

「プログラマーなんです。あなたは？　引退されたんですか？」

「半分引退したようなものだけど、ときどき仕事を引き受けているわ。ロンドンでPR会社を経営していたんだけど、売却して早めに引退したの」アガサは「早めに」という言葉を強調した。

「それで、どうして素人探偵をすることに？」

「偶然よ。何か起きると、好奇心をかきたてられる質《たち》なの」

「どうやって調べるんですか？」

「いろんな質問をして回るのよ。警察は一人一人をよく知る時間がとれないし、みんな、相手が警官じゃなくて民間人だと警戒せずにしゃべってくれるわ」アガサは自慢話をしたくなったが、その衝動をあえて抑えつけた。ポールはアガサを女性として魅力的というより、おもしろい人だと思っている気がして、いらだちを感じたせいだ。

食事を終えると、彼はきちんと食器を片付けた。ファニータは嘘ね、とアガサは結論を下した。独身男はたいていこんなふうに几帳面で家事が得意って、相場が決まってる。ふいにジェームズ・レイシーのことが思い出され、胸がズキンと疼いた。目に涙がにじんだ。

「どうかしましたか？」ポールがたずねた。

「まちがえて舌を嚙んじゃったの」

「それはお気の毒に。スクラブルをしましょう」

彼はボードとコマをテーブルに並べた。彼が先攻になった。「xenon《キセノン》」とボードに並べる。

「そんな単語ないわ」アガサは文句をつけた。

「ありますよ。キセノンガスです。どうぞ！」

ポールはオックスフォード辞典をとりだして、彼女に渡した。アガサはその単語を調べた。「わかったわよ」しぶしぶ認めた。ゲームは進行し、ポールが圧勝した。二回戦目を始めた。マントルピースの古い大理石の時計がわびしげな音を立てて時を刻み、真夜中に錆《さ》びついた音でチャイムが鳴った。

時間はのろのろと過ぎていった。ポールはさらに二ゲームに勝った。「飽きちゃったわ」

「少し眠ったらどうです？　わたしが見張ってますよ」

「もう少し起きているわ。ずいぶん静かね。時間つぶしに何かおもしろいことができるといいのに」

ポールはアガサに微笑みかけた。「だったら、他にも二人でできることがありますよ」

アガサは一瞬、色っぽい期待にときめいた。「あら、どういうことをするのかしら？」

「カードを持ってきたんです。ポーカーができる」

「いいえ、ポーカーなんて、スクラブルよりもさらに退屈よ。だいたい、スクラブルと同じように、またわたしをこてんぱんにやっつけたいだけでしょ。ファニータって本当にいるの？」

「もちろんいますよ」

「じゃあ、どうしていっしょに暮らしていないの？」

「話したでしょう、妻はスペインの親戚を訪ねているんです」

「そうだったわね。あら、なんだか寒くなってきたわ。まあ、あれは何？」

冷たい白い霧がリビングのドアの下から流れこんできた。霧が足首にまつわりつくのを、アガサは目を丸くして見つめた。

「行きましょう」ポールが立ち上がった。「誰かがいたずらをしているんです。急いで二階に行って、ミセス・ウィザースプーンが無事かどうか確かめてきてください。わたしは一階を確認します」

「どうしても？」

「さあ、行って」

ポールはリビングのドアを開け、狭い玄関ホールから裏手のキッチンに向かった。アガサは階段を上がっていったが、鉛のように足が重かった。

「ミセス・ウィザースプーン！」震え声で呼びかけ、さらにもっと大きな声で叫んだ。「ミセス・ウィザースプーン」

階段の上のドアが開くと、そこにはぞっとするものが立っていた。長身で白い衣をまとい、緑色の顔には赤い目がぎらついている。アガサは悲鳴をあげた。ころがるように階段を下りると、玄関のドアを開ける。車に乗りこんでキーを手探りで回した。ポールが何か叫んでいるのにぼんやり気づいたが、もうたくさんだった。乱暴に車を発進させると、自分のコテージまで一度も停止せずにたどり着いた。すぐさまベッドにもぐりこみ、掛け布団を頭の上に引っ張り上げるまで、震えが止まらなかった。怖くてたまらなかったにもかかわらず深い眠りに落ち、二時間後、けたたましく鳴る電話の音でようやく目が覚めた。幽霊は電話の使い方を知らないはずよ、と自分を励ましながら、こわごわ受話器をとった。

ポールの声が聞こえてきた。「こっちまで迎えに来てもらえませんか？　置き去りにされて、身動きがとれないんです」

「ぞっとするものを見たのよ……」アガサは言いかけた。

「そのぞっとするものってのは、顔にパックをしていたミセス・ウィザースプーンですよ。彼女、あなたのことをカンカンに怒ってますよ。探偵のくせに、意外に臆病なんですね」

「すぐに行くわ」アガサは受話器をたたきつけた。急いで服を着て、またへバードンに出発したが、なんて馬鹿だったのだろうと情けなかった。ポールは玄関先で待っていた。

「ごめんなさい」ピクニックバスケットを車に積みこんでいる彼に謝った。「だけど、あの状況じゃ、彼女だなんてわかりっこないわ。それにあの冷たい霧」

「あれはただの炭酸ガスですよ、絶対に。誰かが侵入した形跡はなく、窓はすべて閉まって鍵がかかっていた。彼女以外に鍵を持っている人間はいないらしい。でも、誰かが持っているにちがいないですね」彼は助手席に乗りこんできた。「とにかく、あなたのせいでだいなしだ。彼女はあなたに激怒していて、二度とわたしたちの顔を見たくないと言ってきました」

「ごめんなさいって謝ったでしょ」アガサは怒鳴ると、車を発進させた。「それ以上、どうしろって言うのよ」ポールはゲラゲラ笑いだした。「何がそんなにおかしいの？」

「あなたですよ」笑いにむせながら言った。「あのときの顔ときたら、見せてあげたかったたな」

「あの老夫人を怖がらせて息の根を止めようっていう冷血な人間なら、わたしたちを消そうとするかもしれない。そう思わなかった？」アガサは冷たい声でたずねた。

「いや、そうは思いませんね。ミセス・ウィザースプーンは大金を持っているのか、だとしたら誰が相続するのか知りたいんですが、彼女に訊いても、あんたには関係ないの一点張りで。今日、昼間にヘバードンまで行って、地元の人たちに彼女のことを聞き回ってみたらどうかな」

　アガサは恥をかいたと感じていたし、屈辱のあまりいらだち、不機嫌だった。誰かに主導権を握られるのは気に入らなかったが、調査を続けるのを拒否するのは子供じみていると、心の中でしぶしぶ認めた。「わかったわ」ぶっきらぼうに答えた。「何時？」

「ああ、まず睡眠をとりましょう。午前十一時ぐらいでどうかな？」

「了解」

　彼は笑いをこらえられないようだった。「いやあ、おかしかった。我ながらそう思わない？　泣き妖精《バンシー》みたいな金切り声をあげて逃げていったんですから」

「もうやめて。とんでもないまぬけになった気分よ」

「まあまあ」なだめるように言った。「ミセス・ウィザースプーンがあの年でフェイスパックをするなんて、誰も思いませんよね」

「あの炭酸ガスだけど。これで少なくとも、幽霊騒ぎには人間が関与しているってことがわかったわ。ねえ、実際に炭酸ガスだったんでしょ？」

「おそらくね。でも、当然、警察だってそのことを考えたはずだ」

「どうかしら。政府が地方の警察署を次々に閉鎖したせいで、残った警察署は仕事をを山ほど抱えているから。ともかく、明日は明日の風が吹く、よね」

朝になって、ヘバードンに向けてまた出発したとき、アガサは二度と〝幽霊〟に怯えたりするものか、と決意していた。しかし、ポールの前では気後れを感じた。ポールの方はアガサといっしょにいて、まったく臆するところがないようだが、どうしてなんだろう？　おそらくアガサのことを中年の変わり者、愉快なことをいっしょにする相手、あるいは優秀な自分の頭脳に対してワトソン役を演じるのにうってつけの相手だとみなしているのだろう。頭の中で自分の装いについて確認した。真っ赤なカシミアのセーターにウールジャージーのパンツをあわせ、ぺたんこのサンダルを履いている。セーターの裾を少し下に引っ張った。そろそろ運動をしてダイエットをしなくては。年をとるのは、ほんとに嫌だ！　あちこちがたるみ、垂れ下がり、ぽっこりふくらむ。それらと必死に闘わない限り。顎の下の肉がたるんできた気がすることにもあせった。その朝も、顎の下を六十回もピシャピシャたたき、頰を引き上げるために、しかめ面を作るエクササイズを何度かしたが、首が赤くなっただけだった。赤みがすでに消えていればいいんだけど。それにしても、ポールがこちらの外見をどう思うかなんて、どうして気にするんだろう？　彼が男性だからだわ、と憂鬱な気分で思った。

アガサはあらゆる男性を恋人候補としてみなす世代に属し、その考え方に縛られていた。

「さあ着いた」ポールは車を停めた。「ミセス・ウィザースプーンは変人と思われているのか、そして彼女が亡くなったら誰があの家を相続するのか、それをまず探りだそう。何者かが彼女を怖がらせてショック死させようと、企んでいるんだと思う」

「じゃあ、その何者かは彼女をよく知らないのね」アガサが意見を口にした。

「彼女は高血圧なんだよ」

「どうして知ってるの？」

「トイレに行ったときに、洗面所のキャビネットの薬を調べたから」

「じゃあ、どこから始める？」アガサは見回した。

「パブがいいんじゃないかな」

二人は車を降りた。パブは小さな四角いヴィクトリア朝様式の建物で、〈腕木信号機〉という名前だった。「ここに駅があったなんて知らなかったわ」

「列車がどこにでも停まる時代にあったんだよ。ヘレフォード線もすぐ近くだし」

アガサは腕時計を見た。「早すぎるわ。この時間じゃあ、まだ人が来ていないいんじゃないかしら」

「ここは独立パブで、まだビール醸造所に買収されていないようだ。口蹄疫が流行っていないときは、たぶんハイカーたちのたまり場だったんだろう。行ってみよう」

「車をロックしないの？」

「ああ、大丈夫」

「わたしがあなたならそこまで自信満々にはなれないわ。だってCDプレイヤーつきラジオがついてるじゃない」

「いいから心配するのはやめて、仕事にとりかかろう」

二人はいっしょにパブに入っていった。かつて白かった壁はニコチンで黄ばみ、蒸気機関車の額入りの写真が何枚かかけられている。片方の壁際には傷だらけの木のカウンター。木製のテーブルと背もたれのまっすぐな椅子が、何カ所かに置かれている。禿《は》げかけたビール腹の男がカウンターにいた。

「何にしますか？」ポールがたずねた。

「ジントニックで」

「了解。わたしはトマトジュースにしよう。アルコールにはまだ時間が少し早いから」

「氷はないよ」バーテンダーが言った。

「あったら驚きよね」アガサは返した。

バーテンダーは飲み物をカウンターに置いた。「誰かを訪ねて?」

「二人ともカースリーに住んでいるんだ。ミセス・ウィザースプーンの一件はおもしろいね。新聞で読んだんだけど」

「あんなことは本気にしない方がいいよ」

「どうして?」アガサは訊いた。

「彼女はどんなでまかせだって言いかねない婆さんだからだよ」とバーテンダー。

「あら、おもしろいわね。それにしても、あなたはとても頭が切れるみたいだけど、ここで雇われているの、それとも店主?」

「おれがこのパブを経営している」片手を突きだした。「バリー・ブライアーっていうんだ」

アガサは握手した。ブライアーはその手をつかんだまま、なめるような目つきで彼女を見た。

「ようするに、ミスター・ブライアー」手を引っこめようとすると、ようやく相手は手を放した。「ミセス・ウィザースプーンが話をでっちあげているってこと?」

「もちろんそうだ。あの婆さんは注目されるのが好きなんだ。これまでも、あれやこれやでしょっちゅう警察を呼んでいた」

「ここが営業時間外に酒を出していることを通報するとか？」ポールが水を向けた。

「まあね。でも、他にもいろいろあったよ」

「どんなこと？　そうだわ、わたしに一杯おごらせて」アガサは言った。

「悪いね。モルトをもらおう」ブライアーは勝手にダブル分の酒を注ぎ、アガサはしぶしぶ二杯分の支払いをした。「ペア・コテージのグレタ・ハンディともいざこざを起こしたっけ。彼女がBSアンテナをとりつけたら、ミセス・ウィザースプーンは古い建物を傷つけているって議会に通報して、アンテナを撤去させたんだ。それにパーシー・フレミングとも揉めた。ダブ・コテージに住んでいる作家だけど、庭に執筆用の小屋を建てたんだ。コンピューターとか原稿なんかを置いて、オフィスとして使うためにね。電話まで引いた。趣味のいい隠れ家でさ。そうしたら、建築許可をとってないから撤去するべきだって、ミセス・ウィザースプーンが議会に通報したんだ。弁護士を雇って争い、パーシー・フレミングの主張は認められたが、莫大な金がかかったらしい」

「あきれた！」やっぱりね、とアガサは思った。「彼女には家族がいるの？」

「娘のキャロルがアンクームの方に住んでるよ。それに息子が一人。口もきかない仲らしいが」

「どうして？」

「ああ、キャロルは六十代後半なんだけど、一度も結婚しなかったんだ。チャンスがなかったという話だ。母親があらゆる男を追い払っちまったんだ。家を出ていく勇気が出たときには、もう遅すぎた。かわいそうなおばさんだよ」

「じゃあ、幽霊話はすべてミセス・ウィザースプーンの狂言かな？」ポールが質問した。

「当然だろ。騒ぎを起こすのが大好きだからね。警察と新聞社にあたふたさせて喜んでるんだろ」

店の奥で電話が鳴り、ブライアーはひっこんだ。アガサとポールはテーブルに飲み物を運んでいった。

「どう思う？」ポールはたずねた。

「彼は本当のことを言っているように聞こえたわ」

「あの霧のことは？」

「自分で仕掛けたのかもしれない。ねえ、本当に怯えていたら、わたしたちにどうか助けてほしい、ってすがるはずでしょ。でも、すごく気が進まない様子だったわ」

「グラスが空いたら、彼女が怒らせた二人を訪ねてみよう」

グレタ・ハンディは小柄で肉づきのいい男っぽい女性だった。豊かな灰色の髪を頭のてっぺんでまとめ、男物のプルオーバーを色褪せて破れたジーンズにあわせている。二人の訪問の趣旨を聞くと、喜んで招き入れた。二人は天井の低いリビングに立ったまま、困惑した。ソファは雑種の大きな犬に、ふたつの安楽椅子は眠っている猫たちに占拠されている。室内は犬と猫の臭いでむっとするほどで、犬と猫の食べ物のボウルが床や毛だらけの絨毯の上に散らばっていた。部屋で目立っているのは大きなテレビだ。アガサはビデオ機の上にデジタル放送のチューナーがとりつけられていることに気づいた。

「あら、結局BSアンテナをとりつけたんですね？」

「そうよ、あの婆さん、馬鹿よね。電気店が壁からアンテナをはずして、やぶの中の台に設置してくれたわ」

「じゃあ、幽霊の件はどうなんでしょうね？」ポールがたずねた。

「ただのたわごとでしょ、はっきり言って。みんなを困らせるネタがなくなったから、幽霊を発明したのよ。警察ときたら、あの女の話に耳を貸すんだから驚きよね。あたし、彼女のところに行って、言ってやったの。『また首を突っ込んできたら、パン切りナイフを突き立ててやる』って。そうしたら警察に通報したのよ。でも『そんなこと、ひとことも言ってません』って否定したわ。まあ、カッとなると、本気じゃないことを口にしがちでしょ。でも、実際に彼女を脅したと白状したら、逮捕されるかもしれないし。ただ、それっきりちょっかいは出してこないわね」

外に出ると、アガサとポールはほっとしながら新鮮な空気を胸一杯吸った。

「もう一人の方を訪ねてみよう、作家を」ポールは言った。

ダブ・コテージのベルを鳴らしたが、誰も出てこなかった。

「裏に回った方がいいわ。その小屋にいるのかもしれない」

低い茅葺き屋根のコテージの横手から狭い小道をたどっていった。前庭には花が咲き乱れていたが、裏庭には四角い芝生と小屋があるだけだった。小屋は四角い木造の建物で、窓は二重ガラスになっている。「かなりお金をかけた小屋ね。何を書いているのかしら」

「ペンネームで書いているんだろう。きっと聞き覚えのある名前だよ」ポールは小屋のドアを軽くノックした。

長身で猫背の男性がドアを開けた。ふさふさした銀髪を長く伸ばし、黒いベルベットのスーツ姿で、ジャケットの胸元から白いシャツとシルクのネクタイがのぞいている。「帰ってくれ」甲高い声だった。「何も買うつもりはないよ」

「何かを売りつけに来たんじゃありません」ポールが言った。「わたしはポール・チャタートンと申しまして、こちらはミセス・アガサ・レーズンです。昨晩、ミセス・ウィザースプーンのお宅に泊まって幽霊をつかまえようとしたのですが、失敗しました。このあたりでは、本人が幽霊話をでっちあげているという意見がもっぱらのようですね」

「入ってください」パーシー・フレミングは言った。二人はゆるやかな階段を上がり、オフィス用の小屋に入っていったが、そこは驚くほど整然としていた。さまざまな色のファイルがきちんと棚に並べられ、メタル製デスクにコンピューターとプリンターがのっている。フレミングはデスクのわきにすわり、アガサとポールに自分の向かいの硬い椅子にすわるように手で示した。「会いに来てくれてうれしいですよ」両手の指先を山形にくっつけたパーシーは、思慮深く見えた。あるいはそう見えるように演技しているのかも、とアガサは疑った。「わたしは作家ですので、作家ならではの緻密な観察眼を持っているんです」

たぶん文章は下手だけど、個人資産からの収入があるのね、とアガサは推測した。長年の経験から、成功した作家はめったに仕事の自慢をしなかった。

「本名で執筆していらっしゃるんですか？」アガサはたずねてみた。

「いいえ」誇らしげに答えた「わたしはランスロット・グレイルですよ」デスクの引き出しを開け、ペーパーバックを一冊とりだして差しだした。表紙には上半身裸の筋骨隆々とした男性が描かれ、斧を振り上げてドラゴン相手に戦っていた。

「ああ、これでどなたかわかったわ」彼に協力してほしくて、アガサは嘘をついた。

「それで、ミセス・ウィザースプーンについて、あなたはどういうご意見ですか？」

「率直に言わせてもらえれば、クソみたいに嫌な女ですよ。下品な言葉遣いをして失礼、ミセス・レーズン。しかし、まさにそういう女なんです。彼女がこの小屋のことを建築指導課に通報したせいで、多額の金をかけて弁護士を雇い、問題を処理しなくてはならなかった。今後は関係のないことに口出しするな、と釘を刺したら、彼女はこう言ったんです……」彼の顔はうっすらとピンク色に染まった。「いや、そんな耳障りの悪い言葉をお聞かせするのは控えておきましょう。むろん、何もかも作り話でしょうね。孤独で退屈しているから、騒ぎを起こすことが趣味になっているんですよ」

アガサはがっかりした。この小さな村の三人が口を揃えてねつ造だと言っているのだ。こうなると、もはやこれは事件ではなく、事件がなければポールと出かけることもなくなる。

ポールは立ち上がった。「お時間を割いていただきありがとうございました。では、本当に何も騒ぐことはないとお考えなんですね？　恐怖のあまり心臓発作を起こすのを期待して、何者かが脅かしているんじゃないかと思っていたんですが」

「あの女に限って！　ゴースのドラゴンが総出で脅かしても、あの婆さんを怖がらせることはできませんよ」

「ゴースって何ですか？」アガサは質問した。

「わたしの最新作に登場する惑星です、よかったら一冊差し上げたいところだが、自分の本は買っていただきたいんです。ただで本を手に入れられると考えてもらっては困るので」

「いえ、夢にも考えませんよ」アガサは心の底から言った。

MGめざして歩きながら、ポールは残念そうだった。

「結局、何も調べるようなことはなかったね」

アガサは駐車した車に目をやった。「残念ながらあるみたいよ」

「え？」

ポールが上げておいた車の幌を指さした。鋭いナイフで切り裂かれている。ポールはあっと声をあげると、車のドアを開けた。「ＣＤプレイヤーがなくなってる」

あわててあたりを見回した。「誰がこんな真似をしたんだ？」

アガサは携帯電話をとりだした。「警察に電話するわ」


ビル・ウォンはミルセスターの警察本署から出かけるときに、わざわざ司令室に寄った。ヘイリーというブロンドの新人警官にご執心だったのだ。彼女はちょうど通報を受けたところだった。

「パトカー、ヘバードン周辺にいますか？　ＣＤプレイヤーつきラジオの盗難。所有者ミスター・ポール・チャタートン」

彼女がさらに指示を出しているあいだ、ビルは考えこんでいた。ちょっと前だったら、いちばん近い村の警官が出動しただろうが、政府が田舎の交番をいくつも閉鎖したせいで、パトカーに連絡しなくてはならない。被害者はアガサの新しい隣人で、ヘバードンと言えば、老婦人の家に幽霊が出ている村だ。じゃあ、やっぱりアガサはその一件を調べていたのだ。

警官はポールのCDプレイヤーつきラジオの盗難について、辛抱強く話を聞きとってメモをした。「全力を尽くしますよ」彼はノートを閉じた。「しかし、今後は車にロックをしてください」

「でも、それで何かちがいがあるんですか？」ポールは憤慨して言い返した。「犯人はロックされていると思って、幌を切り裂いたんだ。誰かが何か目撃しているにちがいない。こんなに小さな村なんですからね」

二人は振り返って、くねくねした道の左右を眺めたが、弱々しい日差しの中で動くものはひとつもなかった。「パブに行ってみましょうよ」アガサが提案した。

「捜査はわれわれに任せてください」警官が待ったをかけた。「電話番号はわかっていますから、何かわかったら、ご連絡しますよ、ミスター・チャタートン」

二人が走り去るまで、警官はそこに立っていた。

「気分が悪いよ」ポールが嘆いた。「この車を愛しているんだ」

「じゃあ、もっと気を配ってあげるべきね」アガサは容赦なく指摘した。

「いつもそんなに思いやりがなくて、失礼な物言いなのか？」

二人とも腹を立て、黙りこんだままカースリーに戻った。アガサは車を降りる前に、険悪な雰囲気をやわらげようとした。「ねえ、ポール、車のことで嫌みを言って悪かったわ」

だが彼は運転席にすわり、前方をにらみつけたまま返事もしなかった。

アガサは車を降りると、足音も荒くコテージに入っていった。最悪だわ、心の中でうめいた。だいなしにしちゃったわ。キッチンに行き、裏口を開けて猫たちを庭に出してやった。コーヒーを淹れ、二匹のあとから庭に出ていくとデッキチェアにすわりこんだ。これからどうしよう？　正直に白状すると、村の他の女性たちを出し抜き、ポール・チャタートンとドライブができて、いい気分になっていたのだ。おそらく二度と口をきくこともなさそうだ。解決する謎もないようだし、彼はすぐに新しい仕事の依頼を受けるだろう。

玄関のドアベルが甲高く鳴った。立ち上がろうとじたばたしているうちに、デッキチェアごと横倒しになって芝生に投げだされた。家の中を急いで走っていった。どうかポールですように、どうかポールですように、と心の中で唱える。絶対にポールよ。ドアを勢いよく開けた。

ビル・ウォンが戸口に立っていた。

アガサはがっかりした顔になった。

「誰かを待っていたんですか？」ビルがたずねた。

「あら、ちがうわよ。どうぞ入って。また来てくれたのね、こんなにすぐ！　庭の方にどうぞ。コーヒー？」

「いや、すぐに失礼します」

二人は庭に出ていった。「わたしは椅子を持ってくるわ」アガサは言った。「そのデッキチェアにすわってみて」がっかりさせられたので、ちょっぴり意地悪な気持ちになって勧めた。「とてもすわり心地がいいのよ」

硬いキッチンの椅子を運んでいった。ビルはデッキチェアに腰をおろした。

「あなたの隣人の車が盗難にあった、というヘバードンからの無線を耳にしたんです」

「そのためだけに、はるばるここに来たの！」

「二人で何を企んでいるのか気になったんですよ。あなたがヘバードンに行く理由なら、幽霊退治しかないでしょう、アガサ・レーズン」

「あらまあ、いいわ、全部話すわよ。黙っていてごめんなさい。でも、首を突っ込むなって言われるかと思って」

「そのとおりです。ともかく、何を発見したんですか？」

「たいしたことは何も。ただ恥をかいただけ」

デッキチェアに沈みこんでいたビルは、笑みを含んだ茶色の目でアガサを見上げた。

「あなたが？　まさか！　何があったんですか？」

「ポールがミセス・ウィザースプーンを説得して、幽霊を退治するために、あの家で一晩過ごすことになったの。最初は何も起きず、退屈だった。そのうち、冷たい霧がドアの下から入りこんできたの。わたしはミセス・ウィザースプーンが無事かどうか確認するために、二階に駆け上がった。そうしたら白くて長い衣をまとった緑色の顔をした幽霊がいて、わたしは悲鳴をあげて家から逃げだした。あとからポールが電話してきて、あれはフェイスパックをしたミセス・ウィザースプーンだって教えてくれたの。彼女があんなに意地悪なのも無理ないわ。フェイスパックをしたままじゃ、ぐっすり眠れるはずないもの」

ビルは腹を抱えて笑い、膝に飛び乗っていたボズウェルをなでた。

「ともかく、今日は向こうで話を聞き回ってみたわ。ミセス・ウィザースプーンには二度と顔を見たくない、って言われちゃったしね。近所の三人は、注目されたくて自作自演をしているにちがいないって言ってた」

「で、それを信じたんですか？」

「あの婆さんは人を困らせるためなら何だってやると思うわ」

「たぶんね。警察は二度もコテージに泊まりこんだんですが、何も起きなかった。その冷たい霧っていうのは？」

「たぶん炭酸ガス、ドライアイスよ。舞台でも使われているでしょ」

「なるほど、それはすごい発見だ。妙だとは思わなかったんですか？」

「近所の人たちの話を聞いたから、今は彼女のいたずらだったんじゃないかと考えている。ドライアイスなんて、簡単に手に入れられるものでしょ」

ドアベルが鳴った。「ちょっと失礼」今度はポールだと期待していなかったが、そこに立っていたのは当人だった。

「あら、ポール」アガサは消え入りそうな声を出した。「ごめんなさいって言ったでしょ」

「それはもういいんだ」彼の黒い目は興奮で輝いていた。「警察からたった今、電話をもらったんだよ。ＣＤプレイヤーが発見されたらしい」

「入って。刑事の友人が来ているの」アガサはポールを庭に案内した。「ビル、こちらはポール・チャタートンよ。ポール、ビル・ウォン部長刑事よ」

ポールはビルのかたわらの芝生にすわった。「実は警察がたった今電話してきたんだ。駐車していた脇にある水のない側溝で、CDプレイヤーつきラジオが発見されたそうだ」

「それは妙ですね」ビルが首を傾げた。「誰かが通りかかったので、盗んだ犯人はただ、その場に放りだしていったのかな」

「あるいはミセス・ウィザースプーンがさらに注目を集めたくて、盗んだとか」アガサが推理した。

「それはないですよ、アガサ」ビルが反論した。「あんな高齢の女性なんですよ！」

「とても元気な老婦人だし、力だってかなりありそうよ」

「ともあれミルセスター警察に確認に行って、ひきとってくるつもりなんだ。いっしょに来る？」

ビルはアガサの顔がぱっと明るくなるのに気づき、心が沈んだ。ポールはとても魅力的な男性だ。アガサがまたもや傷つくのは見たくなかった。

「ちょっと待ってください」ビルは口をはさんだ。「その幽霊屋敷の件を最後まで聞かせてください」ビルのアーモンド形の目が鋭くなった。「その後も霧が出ていましたか？」

「いや、もう消えていた」ポールが言った。

「家の中を捜しましたか？　容器とかは？」

「なかった」

「あなたたちがいた部屋の外の床で濡れている場所はありませんでしたか？」

「気づかなかったな。どうして？」

「蒸気を出すには、ドライアイスを水で濡らす必要はないんです。空気中にある水蒸気を冷やして、自ら蒸気を作りだすからです。でも、水を加えると、その割合が増えて、もくもく霧が出ます」

「この件には何か裏があるとにらんでいるのかい？」ポールが質問した。

「いや、ないでしょう。滑稽なんですが、警察も、彼女は注目されたかっただけだという結論を二度とも出しました。では、そろそろ失礼します」ビルは流れるような動作でデッキチェアからすっと立ち上がった。アガサはむかっとした。ビルはまだ二十代後半で若いのだ。ああ、どうしよう、あの椅子から立ち上がれないのは、いまいましい老化の最初のサインなんだわ。

アガサはビルを玄関まで送っていった。「用心してください」ビルがささやいた。

「何を？　幽霊に？」

「また恋に落ちることにですよ」

「恋なんてするもんですか。彼は結婚しているって言ってるのよ」

「それによって、あなたの情熱が冷めるのを祈りましょう」

アガサは家の中に戻った。「ちょっとお手洗いに」彼女は叫んだ。すばやく階段を上がっていき、メイクをした。

「わたしの車を使いましょ」また庭に現れるとアガサはポールに声をかけた。

「いいよ」彼は立ち上がった。「近所を走り回るのに中古車を買おうかと思っているんだ。今後、MGのことはちゃんと大切にしてあげるつもりだよ」

たしかに、あのいまいましい車のせいで彼は村じゅうで有名になったにちがいないわ、とアガサは心の中で思った。

3

「鑑識はＣＤプレイヤーを詳しく調べたがるのかと思っていたわ」ミルセスターめざしてフォス街道を走っていた。

「些細な犯罪だし、どうでもいいんだよ。ところでミセス・ウィザースプーンは統合失調症かもしれないな」

「どうしてそんなふうに思うの？」

「初めの新聞報道だと、何かがぶつかったり、倒れたり、物が落ちたりすると書かれていた。そういう現象、ポルターガイストというのは念力のある人間によるものなんだ。精神の力で物を動かすことができるんだよ。たいてい三つの子供か、四十代の人間だ、理由はわからないが。松果腺に関連しているらしい。しかし、統合失調症でもそういうことができるそうだよ」

「その病気と関連する薬がバスルームの戸棚にあったの？」

「利尿剤、鎮痛薬、降圧剤しかなかった」

「あらそう。じゃ、行き止まりね。やっぱり、注目を集めたかっただけなのよ」

「それはどうかなあ」ポールは言葉を選びながら話を続けた。「彼女は気むずかしい老女だけど、世間の注目なんて必要としていないんじゃないかな。自己満足しているように見えたけど」

二人は黙りこんだ。彼をディナーに誘うべきかしら、とアガサは考えた。キャンドルを灯したすてきなディナー？　テーブル越しに視線がぶつかる。

〝アガサ、友人以上の関係になりたいんだ。いとしいアガサ……〟

「わたしの話を聞いている？」ポールの声がいきなり夢を破った。

「いえ、聞いてなかったわ。何を話してたの？」

「今夜のことだけど……」

ああ、二人とも同じことを考えてたのね。

「今夜のどういうこと？」アガサはかすれた声でたずねた。

「あなた次第だが……いや、だめかなあ……」

「何でもするわよ」ハンドルをつかんでいる両手が汗ばんできた。最後に足の毛を剃《そ》ったのはいつだったっけ？　足の爪を切っておかないといけないんじゃない？

「今夜コテージの外で見張っていたらどうかな、と思ったんだ。ミセス・ウィザースプーン以外の誰かがこの幽霊騒ぎに関与しているなら、家の周囲をうろついているかもしれない。とにかく、興奮する計画だよ。いい子だからイエスって言って」

「わたし、子供じゃないわよ」アガサは失望のあまり、いらついていた。男ってどうしてわたしが書いた脚本どおりにしゃべらないのかしら？

しかし、調査に行くということは、彼と行動を共にするということだ。「わかったわ」

「よかった。ＣＤプレイヤーをひきとったら、何か食べよう。わたしのおごりだ」

落ち込んでいた気分がまた上がった。

ポールがＣＤプレイヤーつきラジオを確認し、受領書にサインしているあいだ、アガサはデスクの巡査にトイレを使いたい、と場所をたずねた。強烈な消毒剤の臭いがする白いタイル貼りの警察のトイレに入ると、大きなバッグを開けて作業にとりかかった。さっきしたばかりのメイクを落とし、新しくファンデーションを塗り、白粉、頬紅、アイシャドーをつける。それから、イザティスをたっぷり吹きつけ、受付に戻った。どこにディナーに連れていってくれるつもりかしら？　きっとすてきなお店ね。

ポールがようやく現れた。ビル・ウォンと小柄なブロンドの女性警官といっしょで、ビルは彼女をヘイリーだと紹介した。「二人もいっしょに、って誘ったんだ」ポールは陽気に言った。「ビルの話だと〈犬とアヒル〉亭の食事がうまいらしい」

アガサはため息をこらえた。ビルの食事の好みは最悪だった。〈犬とアヒル〉亭は〝しゃれたビストロ風のパブ〟という最近の流行《はやり》とは真逆の店だった。部屋の片隅を占拠しているのはスヌーカー台。紫煙でかすむ薄暗い店内では、フルーツマシンが点滅している。バーカウンターは私服と制服の警官、ロンドン警察刑事部の連中で混み合っていた。メニューは黒板にチョークで書いてあった。アガサは憂鬱な気分でそれを眺めた。ラザニアのフライドポテト添え、フィッシュ・アンド・チップス、キッシュのフライドポテト添え。ロマンチックな夜はあきらめるしかない。

ビルはカースリーのさまざまな人々の近況をアガサにたずね、彼女がすべてに答え終わったときには、いまいましいことに、ポールはヘイリーをさかんにおだてていて、彼女ははしゃいでクスクス笑っていた。

ヘイリーは丸顔で切れ長の青い目をしていた。髪の毛はアガサがひそかに「安っぽいブロンド」と呼んでいる色だったが、それで関心をそがれる男は見たことがない。

「ポールはすごいんですよ」ヘイリーが言った。「今度うちに来て、コンピューターの使い方を教えてくれるんですって」

「あら」アガサが語気を荒らげた。「最近の警察官はコンピューターに詳しいのかと思ったわ」

「基本しか知らないんです」彼女はノートをとりだした。「じゃあ、あたしの住所と電話番号を書いておきますね」

アガサとビルはヘイリーがメモした紙をポールに手渡すのを暗い顔で見守った。

「あなた、何歳なの？」アガサはいきなりたずねた。

「二十七です」ヘイリーはまたクスクス笑った。「もう年寄りだわ」

「わたしやポールの年になるまでには、まだ何年もあるわよ」アガサは穏やかに言った。

「女性が年をとるってぞっとしちゃう。男性の場合はあまり関係ないけれど。あたし、年上の男性が好きなんです。あら、食べ物が来たわ」

食事はアガサの予想どおりひどかった。フィッシュ・アンド・チップスみたいに簡単な料理なら、このパブでもさすがにまともに作れるだろうと考えて、それを注文したが、魚は薄っぺらで、フライドポテトは冷凍だった。

アガサはヘイリーがラザニアにケチャップをたっぷりかけ、おいしそうに食べる様子をぞっとしながら見つめた。

ビルとポールは二人ともソーセージ、卵、フライドポテトを注文していた。

ヘイリーはパクパク食べ、平らげると満足そうに椅子に寄りかかった。

「おいしかったわ」

彼女はアガサを批判的な目つきで見た。「ミス・マープルの真似事をしているそうですね」

テレビで放映されたミス・マープルの姿が目に浮かび、もはや老婆のような気がしてきた。

「ちょっとした探偵仕事は経験があるわ、確かに」

「今は何かやっているんですか?」

「成果はなかったの」アガサは皿を押しやった。「幽霊屋敷を調べることになっていたんだけど」

ヘイリーはポールの腕にしがみついて悲鳴をあげた。「あたし、幽霊ってすごく苦手なんです」

「幽霊を見たことがあるのかい?」ポールが彼女に笑いかけた。

「いいえ、でも、祖母が見たんですよ。昔、スコットランドのハイランドにある古いホテルに泊まっていて、夜中に目が覚めたら、ベッドの足側に男が立っているのを見たんですって」

「彼はキルトを着ていたの？」アガサが皮肉を飛ばした。

「ええ、そうです。しかも、とっても恐ろしい顔をしていたんです。祖母がベッド脇の引き出しから聖書をとりだして、それを男に向かって振りかざしたら、消えてしまったそうです」

「うわあ！　なんてぞっとする話なんだ。いつか聞いたことがあるんだけど……」ポールが幽霊話をいくつか披露しているあいだ、ヘイリーは笑ったり悲鳴をあげたりしながら、さらにきつく彼の腕にしがみついた。

　とうとうビルが腕時計を見てこう言ったので、アガサはほっとした。

「そろそろ戻らないと」

「あたしは残る」ヘイリーが言ったので、アガサは落胆した。

「でも、もう行かないといけないんだ」ポールがきっぱりと言った。「知り合えて楽しかったよ、ヘイリー」

「家に来るときは知らせてくださいね」

「もちろんだよ」

「なんてまずい料理かしら」アガサは車を走らせながらぼやいた。

「そうだね。ともかく戻って、今夜の見張りの用意をしないと」

「何時に出発する？」

「真夜中ぐらいかな」

「本当に見張るべきだと思う？」

「やってみようよ。とにかく行ってみるだけでも。ヘイリーはビルのガールフレンドなのかな？」

「まだそうじゃないし、たぶん、あなたが今夜ああいう態度をとったあとでは、永遠にガールフレンドにはなれないでしょうね」

「ええっ！　嫉妬かな、アガサ？」

「うぬぼれないで、ハンバート・ハンバート（ナボコフの『ロリータ』に登場する少女性愛者）。あなたがビルにチャンスをあげなかったんでしょ」

「チャンスをあげなかったのは彼女だよ。けんかはやめよう。行くときは村の外に車を停めるつもりだ。黒い服を着ていった方がいいね」

アガサはカースリーに近づくと腕時計を見た。十一時だ。ほとんど手をつけなかったフィッシュ・アンド・チップスの埋め合わせに何かおなかに入れて、すばやく着替える時間しかない。

次から次に試着する手間はかけないことにした。そろそろ利口になって、前へ進むべきだ。男性のために装うと、常に不安を感じるし、快適でもない。

電子レンジ調理のカレーを食べた。パブの食事を鼻で笑っておきながら、きちんとした食事をめったに作らないという矛盾のことは、ちらっとも頭をよぎらなかった。黒いパンツ、黒いセーターを着て、ぺたんこの靴を履き、メイクはごく薄くしたので、ポールがドアベルを鳴らしたときにはもう用意ができていた。

ポールは不機嫌なアガサはどことなくセクシーだとふと思った。肌はきれいで、唇はふくよかだし、バストとヒップにもそそられる。しかし、今夜のことに頭を切り換えた。

幸い、とても暖かく、夜空は晴れていた。

アガサと同じように、ポールも黒いズボンと黒いセーター姿だった。

「頭にかぶるものを持ってきたならいいけど。その白髪はビーコンみたいに目立つわ」

「持ってきたよ。またあなたの車を使わせてもらわなくてはならない。わたしの車は明日、修理工場に持っていくつもりなんだ。新しい幌を注文したんだ。でも、ふだん乗り回す車を買うつもりでいる。車上荒らしにあっても、あまり気にならない中古車をね」

「ビンテージカーのMGには防犯アラームをつけるべきよ」

「たぶんそうすると思う」彼は重そうな袋をアガサの車の後部座席に置いてから、助手席に乗りこんできた。

「その袋には何が入っているの？」

「軽食と双眼鏡だよ。長い夜になりそうだからね」

ヘバードンに近づくと、ポールが言った。「速度を落として。あそこにうってつけの場所がある。木陰の農場の入り口だ。あそこにバックで入れて」

アガサは頭から突っ込んだ。「女性は後ろじゃなくて前に車を走らせるの、知らなかった？」

二人は車を降りた。「村を抜けて彼女の家まで歩いていかなくちゃならない。でも、起きている人間は誰もいないだろう」

静まり返った暗いコテージの列を通過していくことになった。パブですらとうに明かりが消えている。「向かいの野原には高い生け垣があるぞ」ポールが言った。「あの陰に腰を落ち着けて見張ることにしよう」

二人は生け垣の穴からもぐりこんだ。「地面は乾いているはずだ」ポールは言った。

「ほら、ここにすわれば、すぐそこの枝に大きな隙間がある。よく見えるだろう」

ミセス・ウィザースプーンのコテージは真っ暗だった。どこかでフクロウがホーホーと鳴いた。ポールが袋を開け、モルトウィスキーのボトルとグラスをふたつとりだした。「一杯どう？」

「やめておいた方がよさそう」アガサは言った。「運転があるから」

「朝までに酔いは醒めるよ。どうぞ」

「わかったわ、じゃあ、ちょっとだけ。気づいてるかしら、多くの人がお酒を飲めって他人に勧めることに？　つまりね、いつもお酒なの。たとえば魚が好きじゃないとしても、『なんだ、食べてみろよ、魚を食べろ。半分でも食べてみたら？　ほら、フィッシュフィンガー（細長く切った魚のフライ）をひとつどうだ？』とは誰も言わないでしょ。ええ、必ずお酒なのよね。麻薬密売人みたいに」

「いらない、って断ればいいだけのことだよ」ポールは穏やかに応じた。「煙草は？」

彼はパックをとりだした。

「喫煙者だったのね！」アガサは絶滅危惧種のメンバーが同類に会った喜びをはじけ

させた。

「ときどき」

二人はウィスキーをちびちび飲み、煙草をふかし、コテージを見張った。何ひとつ動くものはなく、何も起きなかった。

「結婚生活で何があったんだい？」ポールがお代わりを注ぎながらたずねた。

「たんにうまくいかなかったのよ。ジェームズは筋金入りの独身男だったの。結婚生活を続けていけなくなったのよ。ファニータっていう女性との結婚生活はどうなの？」

「ああ、妻はスペインにしょっちゅう行くし、わたしはこっちにいる。でも、いっしょにいるときはとてもうまくやってるよ」

「お子さんは？」

「いない。あなたは？」

「いいえ、一人も」

「どうしてコッツウォルズに？」

「きれいだから。ここはどこもかしこも美しいわ。ロンドンはそうじゃない。ますます荒れて汚くなっている。もちろん、仕事をしていたときもそうした欠点に気づいていたけど。もし今もあっちで暮らしていたら、悪いところもさほど気にならなかったでしょうね。ときどきカースリーが少し退屈に感じて、落ち着かなくなることもあるけど、何かが必ず起きる。都会と同じように、こっちでも殺人や傷害事件があるわ」

「じゃあ、男性についてはどうなのかな？」

「どうって何が？」

「つまり、恋人はいるのかってこと」

「いいえ」アガサはそっけなく答えた。

「それでも、村じゃ、あなたはコッツウォルズの魔性の女っていう評判みたいだけど」

「カースリーには他に何もすることがなくて、わたしについて作り話をする女性たちがたくさんいるのよ。わたしはただのつまらない中年女よ」

ポールはまたアガサのグラスに酒を注いだ。アガサは断るべきだとぼんやり思ったが、ウィスキーは心を慰め、体を暖めてくれたし、酒を飲んでも彼女はいつもしっかりしていた。

「あなたがつまらない女性だとは思えないな」彼は白髪を隠すために黒いニット帽をかぶっていた。黒い目が暗闇で光った。彼が身をかがめて唇に温かい口づけをしたので、アガサは意表を突かれた。うっとりしながら、ポールを見上げる。彼の顔がまた近づいてくる。どこかで小枝が折れた。

　彼は頭を起こし、ささやいた。「道の向こうから聞こえた」

　アガサは立ち上がろうとしてふらつき、バタンところんだ。頭がくらくらしている。

「しいっ」ポールはボトル、グラス、双眼鏡をあわてて袋にしまい、アガサを支えて立たせた。「向こうに行こう」

　ポールはすばしこく生け垣の穴を通り抜けた。アガサは彼のあとをよろよろとついていった。コテージの門の外には、すぐに回収できるように金属製のゴミ箱が出されていた。よろめいたアガサはそこに突っ込んだ。ゴミ箱がころがり、派手な音を立てた。

「これでおしまいだ」ポールが彼女を立たせたとき、二階の窓に明かりがついた。

「逃げろ！」

　アガサは腰に腕を回したポールに支えられながら、村の中を駆け抜け、車を停めたところまで戻った。ポールはアガサから鍵を受けとり、ドアを開けた。酔ってはいたが、彼は袋をちゃんと持ってきていた。「わたしが運転するよ」

　ゆっくりと発進させ、村からかなり離れるまで速度を上げなかった。「こんなに飲むんじゃなかった」アガサは嘆いた。

「わたしがいけなかったんだ。絶対にあそこに誰かいたと思うよ」

「キツネか羊ってことはない？」

「まあね。とりあえず今夜は寝て、またいずれトライしてみよう」


「じゃあ、彼が結婚しているというのは嘘だって言うのね」翌日ミセス・ブロクスビーがたずねた。「どうしてそう思ったの？」

アガサは高校生のように足をもじもじと踏みかえた。「だって、キスされたから」

「まあ、ミセス・レーズンったら。まったくもう。二人ともお酒を飲んでいたんでしょ。結婚しているからって、あなたを口説くのを思いとどまるとは限らないのよ。過去にも既婚者に口説かれたことがあったんじゃない？　PRの仕事をしていたとき、頻繁にお酒がらみの会合に出たはずよ」

「だけど、それはロンドンでのことだったし、ここは村よ！」

「村の生活だと既婚者が聖人君子になるの？　思い込みはとても危険よ。つまりね、別れ際に、彼はもう一度キスをするとか、愛情のこもった言葉をかけるとかしてくれた？」

「ううん。だけど、二人ともあせってたから。わたしはゴミ箱をひっくり返したし。

だいたい、謎の妻はどこにいるのよ？」

「たぶんスペインよ、彼が言うとおり」

「あなたって夢のないことを言うのね」アガサはふくれ面になった。

「あなたのことが好きだからよ。また傷つくのは見たくないの」

アガサはため息をついた。「恋に落ちたら、傷つかないわけにいかないのよ」

「ねえ、聞いてちょうだい。あなたにとって、恋に落ちることは中毒になっているの。あなたの問題はね、自分自身をちゃんと好きになれないところなのよ。だから、ひとつ執着がなくなると、急いで別のもので穴埋めしようとするのよ」

「いい話を聞かせてくれてありがとう、オプラ・ウィンフリー」

「本気で言ってるのよ。いいえ、もういいわ。あなたを怒らせるつもりはなかったの。ただ、あなたのために祈ることにするわ」

アガサは急に恥ずかしくなって、そわそわとすわり直した。これまでミセス・ブロクスビーは、アガサがひそかに「神のたわごと」と呼んでいる考えをほとんど持ちだしたことがなかった。

わたしが必死になって恋に落ちようとしていると言いたいの？　馬鹿馬鹿しい！

しかし、牧師館を出たときは、現実の冷たい風が頭に吹きこんでくるのを初めて感じた。あのキスのことは忘れた方がよさそうね。

一日がのろのろと過ぎていくあいだ、アガサはポールの結婚生活について考えてみた。彼のコテージにはまだ入ったことがなかった。もしかしたら二人の写真を飾っているかもしれない。スペインのものがそこらに置いてあるかもしれない。訪ねてみよう。かまわないでしょう？　またいつかトライしてみようって言ってたんだし。

猫に餌をやり、自分はランチにサンドウィッチを二切れ食べると、隣のコテージに出かけた。

ポールはアガサを見て驚いたようだったが、家にあげてくれた。「どうぞ。何かわかったのかな？」

「何も。また見張りをするつもりがあるのかしら、と思っただけ」

「迷ってるんだ」彼は困っているようだった。「コーヒーでもどう？」

「ありがとう」

彼はキッチンに立った。アガサは部屋を見回した。写真はない。ぎっしり詰まった書棚、すてきな革張りの肘掛け椅子、チンツ張りのソファ、安楽椅子、コンピューターとプリンターがのったデスク。田舎の風景を描いた感じのいい油絵が暖炉の上にかかり、かすかに煙草の香りが漂っている。ジェームズだったらぞっとしただろう。彼はアガサが室内で喫煙することをとても嫌がった。アガサはリラックスした。これは独身男の家だ、それを確信した。

ポールがコーヒーのマグカップをのせたトレイを手に戻ってきた。「ブラックがお好みだったよね。あまり長く話せないんだ。電話を待っているところなので」

「仕事の件？」

一瞬の間があった。それからこう答えた。「うん、そんなようなものかな」

ぎこちない沈黙の中でアガサはコーヒーをすすり、何か言うことを思いつこうとした。

電話が鳴った。「かまわないかな……？」ポールが言った。

アガサは立ち上がった。「また改めて」

むなしい気持ちで家に帰った。ミセス・ブロクスビーの言うとおりだ。あのキスは何の意味もなかったのだ。それでも、コテージのリビングには彼が結婚していることを示すものはひとつもなかった。

それから二日間、アガサは時間をもてあましながら、ぶらぶらして過ごした。ポールの姿はまったく見かけず、電話をしても、誰も出なかった。土曜の夜、婦人会の会合に出るために牧師館に行くことにした。何かやることができてほっとしていた。

ミセス・ブロクスビーが進行を担当し、ミス・シムズが議事録を読み上げているあいだアガサは夢想にふけった。その夢の中では、ポール・チャタートンに愛していると告白される。そのとき話しかけられたので、はっと我に返った。「ケータリングはどうかしら？」ミセス・ブロクスビーがまっすぐアガサを見つめていた。「アルツハイマー協会の基金集めの件なんですけど」

「何ですって？」アガサは訊き返した。

「あなたは関心が大ありでしょ」ミセス・ダヴェンポートはアガサがその病気の兆候を示していると言わんばかりだった。

「ごめんなさい。ちょっと考え事をしていて」

「六月十日の基金集めでは、アンクーム婦人会と協力する予定なのよ。慈善市を予定しているわ。ケータリングを担当してくれる人が必要なの」

「わかった、わたしがやるわ」アガサは評判のいいケータリング会社を雇えるだけのお金があることに感謝した。

「よかった！」話し合いは進行し、アガサはまた夢想に戻った。

会合後のお茶とケーキの席で、アガサはミセス・ダヴェンポートに詰め寄られた。

「注意しておくわ。ミスター・チャタートンのことだけど、彼は既婚者なのよ、ご存じでしょ」

「自分ではそう言ってるみたいね。でも、村のおばさんたちにうるさくつきまとわれないための口実にすぎないんじゃない？」

「たとえば、あなたにね」ミセス・ダヴェンポートは毒気たっぷりに言い捨てて歩み去った。

アガサは彼女をにらみつけた。ミセス・ダヴェンポートは、ミセス・ブロクスビーが作った上品なひと口サイズのハムサンドウィッチをぱくついている。アガサがキッチンにこっそり入っていくと、テーブルにはサンドウィッチとケーキがまだたくさん並んでいた。いずれリビングに運んでいくのだろう。アガサは冷蔵庫を開けて唐辛子を見つけだした。手早くそれをスライスして、小さなサンドウィッチにどっさりはさむと、皿を手にしてリビングに戻っていった。

「運んでこなくてもよかったのに」ミセス・ブロクスビーが言った。「作りすぎちゃったし、みなさん、すでにケーキを召し上がっているわ」

「おいしい食べ物をむだにするのはもったいないわよ」ミセス・ダヴェンポートが近づいてきた。巨大な胸のせいで船の胸像のように見える。「いくつかいただくわ」彼女は皿の上から六切れとった。

アガサは人混みにまぎれた。唐辛子サンドウィッチはあとふたつ残っている。それをバッグにしまいこむ。

ミセス・ダヴェンポートが顔を真っ赤にして咳き込み、食べ物を口から吐き出しはじめたので、ミセス・ブロクスビーはぎくりとして振り返った。まだほとんど手をつけていないサンドウィッチの皿が床にころがっている。ひとつがぱっくり開いて、唐辛子がのぞいていた。他の女性たちがあわてて水を運んでいくあいだ、ミセス・ブロクスビーはアガサ・レーズンを捜した。

だが、彼女の姿は消えていた。

日曜日になると、そろそろ教会に行こうとアガサは決心した。ポールが来るかもしれないこととは関係ないわよ、と心の中で言い訳した。ミセス・ブロクスビーに義理を果たすためにも、ときどき参列しなくては。

その日は曇ったどんよりした天気で、今にも雨が降りだしそうだった。やわらかなウールのスーツにバーバリーのコートをはおり、傘を手に教会に向かった。雲の垂れ込めた空の下で教会の鐘が鳴っている。

教会は満員だった。口蹄疫は終息しつつあると政府は言い続けているが、死んだ動物を燃やす薪の山がイギリスじゅうでいまだに煙を上げ、くすぶっている。逆境のときは常にそうだが、皆こぞって教会に足を運んだ。

アガサは前の方の席にどうにか割り込んでから、それを後悔した。後方の席にすわれば、ポールが礼拝に来ているかどうか確認できたのに。

頭を回してあちこち見ていたが、やむなくそれを中止した。ミセス・ダヴェンポートが真後ろにすわり、恐ろしい形相でにらみつけてきたからだ。

大半の参列者が賛美歌を歌い、祈りを唱え、説教に耳を傾けているあいだ、アガサ・レーズンは〈タイムズ〉でポール・チャタートンとの婚約を発表する夢に浸っていた。運がよければ、ジェームズ・レイシーもその記事を目にするだろう。

ようやく礼拝が終わった。アガサは立ち上がった。「ちょっと話したいことがあるの」ミセス・ダヴェンポートが噛みつかんばかりに言った。

「あとにして」アガサは声を押し殺して言うと、彼女を押しのけて通路を進んでいった。ポールの白髪が前方に見えたのだ。

教会の外で、アガサは棒立ちになった。ポールは牧師としゃべっていたが、黒いロングヘアの小柄できれいな女性の腰に腕を回していたのだ。

前へ進もうとする人々に押されて、アガサはしぶしぶ進んでいった。まさか。本当に？

ふいに真実を知りたくなくなった。ポールと女性の周囲にみんな集まっている。アガサは脇によけようとしたが、人々よりも頭ひとつ高いポールが彼女の姿を見つけて叫んだ。「アガサ！」

人波が割れた。アガサはゆっくりと近づいていった。「アガサ、妻のファニータです。ダーリン、こちらはお隣のアガサ・レーズンだよ」

「初めまして」アガサはワニのような笑みを浮かべた。ファニータは若かった。おそらく三十代初めだろうが、アガサ・レーズンにとっては若いと言える年代だ。黄金色の肌は健康的でつやがあり、大きな茶色の目は濃い睫《まつげ》に縁取られている。唯一の慰めは、長い黒髪が太くて硬そうだということだけだったが、たいした瑕疵《かし》ではなかった。豊かな胸と細いウエストを強調する、しゃれた黒いスーツを着ていた。

「こちらには長く滞在する予定なのかしら？」アガサはたずねた。

ファニータは笑って、かわいらしいスペイン訛《なま》りで答えた。「そろそろ、できるだけ主人といっしょに過ごそうかなと思ってるんです」

「わたしはすぐお隣なの。お役に立つことがあれば、いつでも訪ねてきてちょうだい」アガサは無理しながらそう口にした。

ファニータはお礼を言い、アガサは重い足どりで家に帰っていった。胸が引き裂かれるようだった。「なんておめでたいの」

バッグの中の鍵を探していると、背後で誰かが言った。「うちひしがれているみたいですね。葬式にでも行ってきたんですか？」

ぱっと振り返る。アガサの元部下で、現在はロンドンの大手PR会社で働いているロイ・シルバーが立っていた。

「ロイ！」これまでなかったほど彼に会えてうれしかった。「遊びに来たの？」

「日帰りですけど」彼はアガサの頰に挨拶代わりにキスした。

「じゃあ、中に入って、くつろいでちょうだい」

ロイは彼女のあとからキッチンに入ってきた。「たまにはリビングを使った方がいいわね。猫たちに餌をやってから、リビングで一杯やりましょう。元気そうね」

ロイはいつものやせこけたみすぼらしい姿が一変し、すっかりまともで健康的になっていた。セーターにチェックのシャツ、ジーンズという服装で、コシのない髪は保守的なスタイルにカットしたばかりのようだ。「ほんと、とてもちゃんとして見えるわ」アガサはかがんでふたつのボウルに餌を入れながら言った。「鼻ピアスもイヤリングもなし。それ、新しいイメージなの？」

「ベビーフードの案件を扱っているんですが、先方がものすごく堅苦しいんですよ」

「それにレインコートもなし。車で来たの？」

「ええ、日曜はあまり道が混んでませんから。口蹄疫はどうですか？」

「長引いてるわ」アガサは腰を伸ばした。「こっちにどうぞ。何を飲む？」

「ジントニックを。少しにしてください、運転があるから」

「了解。すわっていて。氷をとってくるわ」

「それで、どうしてここに来たの？」飲み物を作るとアガサはたずねた。

「あなたには正直に言います」

「あら、変わったのね」

「まだフリーランスで仕事をしていますか？」

「ときどき。どういう案件が入ったの？」

「〈ダンスター&ブラッグズ〉はご存じですよね」

「チェーンストアね。誰でも知ってるわ」

「新しい分野に進出するんです。若者向けファッションに。ボスがあなたにアイディアを出してもらいたがっています」

「若者向けファッションがどういうものかは知ってるわ」アガサは苦々しく言った。「〈ミスター・ハリー〉の服と同じでしょ。Tシャツ生地でできた安物で、台湾の労働搾取工場で作られているのよ」

「報酬ははずみますよ。ボスができるだけ早くとりかかってもらいたがってるんです」

「スーツケースを詰めるまで待っていてくれれば、そのままわたしをロンドンに連れていけるわよ」

ロイは驚いて目を丸くした。「こんなに簡単に引き受けてもらえるとは思ってもみなかった。何があったんですか?」

「退屈したの、それだけよ」

「殺人事件はないんですか?」

「ひとつも。ああ、幽霊が出るっていう家があるけど、たんに老婦人が世間の注目を集めたくて自作自演しているってわかったの。さて、二階に行って荷物を詰めてくるわ」

今回アガサは猫たちも連れてひと月も留守にした。かたやポール・チャタートンはミルトン・ケインズの会社と短期契約を結び、朝早く出かけて、夜遅く帰ってくる生活になった。ミセス・ブロクスビーが教区の仕事としてファニータを訪ねてみると、妻は不平不満で爆発寸前だった。

「ここはとっても退屈なんです」ファニータは訴えた。「マドリッドに戻りたい。ポールはあっちで仕事ができるでしょ。もっと年が近いスペイン人と結婚すればよかった。お母さんはそう言ったんです。ああ、お母さんの言うことを聞けばよかった」

「ミスター・チャタートンの契約はもうじき終わるわ。そうしたらあちこち連れていってくれるでしょう。一人でロンドンを訪ねてみるのもいいんじゃないかしら」

「あたしはロンドンなんかに行きたくない。マドリッドに行きたいの」

外では雨が降りしきっていて、芝生のあちこちに水たまりができていた。

「マドリッドでは晴れてるわ」

ミセス・ブロクスビーはアガサ・レーズンがころっと忘れてしまったケータリングの仕事にファニータをひきこもうとしたが、不首尾に終わった。彼女はそんなの退屈だ、と繰り返すばかりだった。

三週間後、ファニータはスーツケースをひきずりながら牧師館に現れ、駅まで送ってほしいと頼んだ。ミセス・ブロクスビーは、せめて夜になってポールが家に帰ってくるまで待っていてあげて、と説得しようとした。ファニータはもう決めたから、と頑固に言い張った。ポールが自分に会いたいなら、居場所は知っているんだから。

そこでミセス・ブロクスビーはファニータを駅まで送り、ロンドン行きの列車に乗りこむ彼女に別れの手を振った。

これで、ミセス・レーズンの夢がまた始まっちゃうわ、とミセス・ブロクスビーは不安だった。ミスター・チャタートンが妻を追っていこうと、どうか決断しますように。


しかし、その晩、ミセス・ブロクスビーがファニータのことをポールに報告すると、彼は怒りとあきらめの表情で無言のまま話を聞いていた。

「奥さまを追っていったらいかが？」ミセス・ブロクスビーは勧めた。

「妻は母親と三人の兄弟たちといっしょに暮らしたがっているんです。結婚後、四週間ほどマドリッドに部屋を借りて二人で暮らしてから、ロンドンに引っ越しました。最初でも妻は落ち着こうとせず、口実をこしらえては、しょっちゅう実家に戻った。最初のうちはわたしも頻繁に足を運んでいたが、どうしても実家から引き離すことができませんでした。もう三十二だというのに、家族にまだ子供扱いされている。だから、妻はこういうふるまいをするんですよ。前に妻はイギリスの田舎は美しいみたいだから住んでもいいわね、と言ったんです。だから、わたしはこのコテージを買ったんですが、この有様だ。まったく女っていうのは困ったもんだ。ところでアガサはどこですか？」

「ロンドンで仕事をしています」

「日帰りで向こうに行ってみようかな。彼女の滞在先をご存じですか？」

「いいえ」牧師の妻は嘘をつき、心の中で神に許しを請うた。アガサが滞在しているサービスつきマンションの住所は電話で知らせてもらっていたが、教えるつもりはなかった。

アガサはカースリーに戻ってきてうれしかった。ふだんはそれほど動じない良心が、粗悪な材質でひどいデザインの服を宣伝することで、さすがにずっと疼いていた。とうとう夏になり、モートン・イン・マーシュ駅からアガサを乗せたタクシーは、カースリーの道にできた緑の天蓋の下を走り抜けていった。

猫たちを旅行用ケージから日の当たる庭に出してやると、アガサは香《かぐわ》しい空気を胸一杯に吸いこんだ。それから荷ほどきにとりかかった。

ロンドンで過ごしているあいだは、ポール・チャタートンのことを頭からきっぱり閉めだすことができた。ファニータは知り合ったら楽しい人かもしれない。とにかく、ミセス・ダヴェンポートみたいな意地悪おばさんよりもよほどましだろう。

アガサは家賃の高いサービスつきマンションに滞在していた。家賃が高かったのは、おもにペット可のせいだったが、ジムが併設されていたので、さんざん利用した。おかげでウエストは締まり、おなかが平らになった。まあ、ぺったんことまではいかないけど。スカイブルーのショートパンツとブルーと白のギンガムのブラウスに着替えると、郵便局兼雑貨店まで食料品を買いに出かけた。

食料品の支払いをしているときに、カウンターの地元新聞の束に気づいた。いちばん上の新聞の見出しはこうだった。「幽霊屋敷の主、死亡しているのが発見される」アガサは新聞を一部買い、急いで家に戻った。買った物をしまうと、キッチンのテーブルで記事を読んだ。

ミセス・ウィザースプーンは階段の下で亡くなっているのを娘に発見された。首の骨が折れていた。娘のキャロル・ウィザースプーンは六十七歳で、アンクームのホルム・コテージに住んでいる。母親は毎週金曜に電話してくるのに、連絡がなかったので心配になって行ってみた、と語っていた。自分の鍵で家に入って死体を発見した。ミセス・ウィザースプーンは幽霊が出ると、何度か警察に連絡していた。アガサは新聞を押しやり、考えこんだ。あそこの階段はたしか絨毯敷きだったし、階段そのものもゆるやかだった。

もちろん誰か、あるいは何かにとても脅かされたら、ミセス・ウィザースプーンは足を踏みはずしたかもしれない。それにしても、どうして首の骨を折る羽目になったのかしら？　骨粗鬆症《こつそしょう》の様子はまったくなかった。背中もまっすぐ伸びていた。

ドアベルが鳴った。アガサがドアを開けると、ポール・チャタートンの黒い目が見下ろしていた。「あら、あなただったの。どうぞ入って」アガサは力なく言った。それから彼の背後をのぞいた。「奥さまは？」

「スペインに戻った」

「あら」アガサは彼の先に立ってキッチンに入っていった。ポールはアガサが長くて滑らかな脚をしていることにぼんやり気づいた。見たところ静脈瘤もない。

「やせたね」彼は言った。

「滞在していたマンションにジムがあったから、しょっちゅう利用していたのよ。コーヒー？」

「忘れてるね。紅茶をお願いします」

アガサはケトルの電源を入れた。「お願いしてもいいかしら、ポール？　ロンドンに行く前にちゃんとしたガーデンチェアを四脚買ったの。庭の奥の物置に積み重ねてあるわ。これが鍵よ。二脚出してもらえない？」

「いいとも」彼は鍵を受けとって庭に出ていくと、猫から盛大に歓迎された。

アガサは彼のために紅茶を、自分にはコーヒーを淹れると、庭に運んでいった。ポールはすわり心地のいいクッションつきの座席と背もたれのあるガーデンチェアを二脚並べていた。

「ミセス・ウィザースプーンの記事を読む時間はあったかかな？　あのできごとはとても妙だと思うんだ」

「同感よ」アガサは急に気分がよくなってきた。「ねえ、これからどうする？」

4

アガサ・レーズンは自分の良心の声に耳を傾けた。目下、その声はこれ以上ポールと関わりを持つな、と警告していた。その声を除けば、アガサは彼と会えて単純にうれしかった。ただし、自分が孤独を恐れているとは認めるつもりは絶対になかった。自立した女性だということに誇りを持っていたからだ。それでも、彼がまた訪ねてきて、妻はスペインで、二人で調査をまた開始した、ということがうれしい、それだけは確かだった。

「問題はどこから手をつけるかだね」ポールが言った。

「娘はどうかしら。彼女はアンクームに住んでいる。ただ、母親が亡くなって、こんなにすぐに訪問するのは非常識よね」

「葬儀はいつだろう。誰が参列するか観察したいな。それに、娘は母親を嫌っていたんだから、わたしたちが訪ねてもショックに感じないし、腹も立てないだろう。母親の友人で、お悔やみを申し上げに来た、と言えばいいんじゃないかな」

「それでいきましょう。電話帳をとってくるわ」

「直接訪問した方がいいよ」

「わかってる。でも、電話帳でまず彼女の住所を調べるわ」

アガサは二、三分で戻ってきた。「書き留めたわ。ヘンリー・ストリート四番地。ヘンリー・ストリートなら知っているわ。村はずれにある公営住宅よ」

「思い立ったが吉日だ。さっそく行ってみよう」

「着替えてくるわ」

「残念」彼は脚をじろじろ見ながらつぶやいた。

「おだてているの、ポール？」

「たんなる目の肥えた人間のコメントだよ」

アガサは二階に行き、長いサマースカートに着替えてから、ポールに脚を見られていたことを思い出して短いスカートにはき替えた。だが、誘いをかけているように思われるかもしれないと心配になって、再び長いスカートをはいたが、野暮ったく見えるような気がして不安になり、膝丈ぐらいのブルーのリネンのドレスを選んだ。メイクをやり直してから、ようやく一階に戻っていった。

「ずいぶん時間がかかったね」ポールは文句をつけた。「呼びに行こうかと思った」

「もう準備完了よ」アガサは彼に見つめられてかすかに頬を染めた。

「じゃあ出発しよう」


ヘンリー・ストリートの公営住宅の大半は住人が政府から買い取り、新たに持ち家になったことを誇示するために、はめ殺し窓や、えせジョージ王朝様式の屋根つき玄関ポーチがつけ加えられている。そうした家々とはちがい、四番地は家の手入れがおろそかになっていた。庭は雑草だらけで、玄関ドアも窓枠もペンキの塗り直しがすぐにでも必要な状態だ。

ポールはベルを押し、さらにドアをノックした。「ベルは壊れているみたいだ」

ドアを開けたのは大柄で骨張った体つきをした白髪交じりの女性だった。ウィスキーの臭いをプンプンさせていて、薄いブルーの目の縁は赤くなり、涙がにじんでいる。

「何か？」そっけなくたずねた。

「亡きお母さまの友人だったんです」ポールが口上を述べた。「最後のお別れをしたいので、葬儀の時間を教えていただけないかと思いまして」

「わたしは知らない。ハリーに訊いて。手配は彼が全部やっているから」

「ハリーというのはどなたですか？」

「弟よ」

「どこにお住まいなんですか？」アガサが口を出した。

「ああ、入ってちょうだい。住所をメモするから。ミルセスターにいるの。もう何年も弟とは会ってないわ」

二人は彼女のあとからみすぼらしいリビングに入っていった。アガサの鋭い目は、椅子の後ろに半分空いたウィスキーのボトルとグラスが隠してあるのを見てとった。

キャロルは窓辺のテーブルに近づき、書類の山をひっかき回してノートを見つけた。

「ここだわ」ノートを開きながら言った。「パクストン・レーン八十四番地よ」住所を紙片に走り書きしてポールに渡した。

「最後にお母さまと会ったのはいつですか？」アガサが質問した。

「亡くなっているのを発見する前にってこと？」

「ええ」

「その前の土曜よ。いつも土曜ごとに訪ねていたの。どうしてかしらねえ。さんざん悪態をつかれるだけなのに。かたやハリーは母に会いに行ったのかしらね？　ろくに行かなかったことに命を懸けてもいいわ。母のことなんか、これっぽっちも考えていなかった。だのに、母はすべてを弟に遺したのよ」

キャロルは泣きだし、涙が頬を伝って分厚いメイクに筋をつけた。気まずく押し黙ったまま二人が立っていると、彼女はようやく洟《はな》をかみ、涙をふいた。

「わたしが家を出たことを母はどうしても許せなかったの。奴隷みたいに、わたしをずっと家に置いておきたかったのよ。でも、家を出て、思い知らせてやったわ！」

「お母さまが主張されている幽霊に、あなたは悩まされたことはありますか？」アガサがたずねた。

「いいえ。わたしが戻ってきていっしょに住むように、自分ですべてを創作したんでしょ。何もかも、もううんざりだわ。検死審問にも出なくちゃならないのよ」

「どこで開かれるんですか？」とポール。

「ミルセスターの検死法廷で、明日の朝十時よ。どうやって母と友だちになったんですか？　母に友人なんていなかったのに」

「幽霊退治をしましょうと申し出たんです」ポールが説明した。

「じゃあ、あなたたち、まぬけもいいとこ。幽霊なんて存在しないもの。自分の母親だけどね、安らかに眠りたまえ、あの人はすごく嫌な婆さんだったわ」

「じゃあ、明日はそこに行こう」外に出るとポールが言った。「検死法廷に誰が来ているかわかったら興味深いだろう」

「ハリーっていう弟に会いに行かないの？」

「彼も明日来ているはずだよ」

「だけど、彼と話すチャンスがないかもしれないわよ」

「今はたぶん仕事中だよ」

「母親が亡くなったばかりなのに？　まあ、他にやりたいことがあるんなら……」

「むくれないで。わかったよ、行ってみよう」


「ここに住んでいるってことは、姉よりもずっといい暮らしをしているんだね」アガサがパクストン・レーンに車を停めると、ポールがあたりを見回した。「この美しい家々はすべて十七世紀のものだ」

「何の仕事をしているか訊いておけばよかったわね。万一家にいなかったときのために」

「もう遅すぎるよ。ともかく行ってみよう」

家々の前には庭がなく、狭い舗装されたスペースがあるだけだったが、どの家も鮮やかな色の花鉢で飾られていた。

ポールはドアベルを鳴らした。ドア脇のカーテンが揺れ、しばらくしてドアが開いた。

「ミスター・ハリー・ウィザースプーンですか？」ポールがたずねた。

「ええ、あなたたちは？」

「お母さまの友人なんです。葬儀に参列したいと思いまして」

長身の母親や姉に比べ、ハリーは驚くほど背が低かった。ふさふさした灰色の髪に丸顔、皮膚には赤い毛細血管が浮きでている。唇の上にちょび髭《ひげ》を生やし、灰色の目は用心深かった。

「葬儀は金曜です。トウデイにある聖エドマンド教会で十一時からです。献花は辞退させていただきます」

アガサはトウデイはヘバードンの近くの村だと思い出した。ドアが閉まりかけた。

「少しお話しできますか？」ポールが声をかけた。

ドアがしぶしぶまた開いた。「どうぞ。でも、時間があまりないんです。店に行かなくてはならないので」

「どういうお店なんですか？」彼について家に入りながらアガサは探りを入れた。

「アベイ広場の〈ミルセスター・アンティーク〉です」

彼が案内してくれた客間にはさまざまなアンティークの家具が置かれていた。ポールはきれいなジョージ三世時代のテーブルとシェラトンの戸棚に目を奪われた。

ハリーは二人に椅子も勧めず、大理石のマントルピースの前に立った。

「お名前をうかがえますか？」

「わたしはポール・チャタートンです。こちらはアガサ・レーズン。幽霊をつかまえられるかどうか試してみるために、二人でお母さまを訪問したんです」

「ああ、あのたわごとですか。母は年寄りなので、ボケかけていたんだと思いますよ。ある意味で、死は慈悲だったのかもしれません」

「最後にお会いになったのは？」

「さあね。クリスマスだったかな」

「そんな前」アガサが叫んだ。

彼は険悪な目つきになった。

「わたしの仕事や、最後にいつ母親と会ったかは、あなた方に関係ないと思いますが。では、もうこのへんで……」

「たいしたことはつかめなかったな」車に乗りこみながら、ポールは残念そうだった。

「ねえ、わたしたち二人とも、これが殺人だと仮定しているでしょ。もしかしたらただの事故だったのかもしれないわ。警察に行って、ビルがいるかどうかのぞいてみましょう」

警察署では取調室に入れられ、待つように言われた。さんざん待たされたあとで、驚いたことに二人の刑事が入ってきたが、どちらもビルではなかった。

「ビルはいないんですか？」アガサはたずねた。

「これはわれわれの捜査なんだ。わたしはランコーン警部で、こちらはエヴァンス部長刑事だ。ウォン部長刑事から、あなたたちがミセス・ウィザースプーンのヘバードンの家に一晩泊まって、幽霊退治をしようとしたと聞いている。それにまちがいないかね？」

「はい」とポール。

ランコーンは目の前のメモを見た。「あなたがポール・チャタートンで、そちらはミセス・アガサ・レーズンかな？」

二人はうなずいた。

「よろしい。幽霊はひとつも発見できなかったんだね」

「そのとおりよ。だけど、気味の悪い霧は出てきたわ、ほら、ドライアイスみたいな」

「まずミスター・チャタートンから話を聞こう。老婦人はボケていると思ったかね？」

「とんでもない。彼女は頭もはっきりしていたし、あの年齢にしてはとても元気だと思いました」

「弱々しいとか足元がおぼつかないとか、そういう兆候はまったくなかった？」

アガサが割り込んだ。「彼女が落ちたっていう階段ですけどね、傾斜がゆるやかだし、厚い絨毯が敷いてあったんですよ」意気込んで言った。

「ちょっと待って、ミセス・レーズン。さて、ミスター・チャタートン、二人とも一晩中あそこにいたんですか？」

アガサはふくれ面で黙りこんだ。

「わたしの方がミセス・レーズンよりも長く残っていました」

「なぜだね？」

ポールはにやっとした。「ミセス・レーズンは怯えて逃げだしたんです」

「何に怯えたんだ？」

「わたしは……」アガサが言いかけた。

ランコーンは片手を上げた。「ミスター・チャタートン」

「霧がドアの下から入りこんできたので、わたしはミセス・レーズンに階段を上がっていって、ミセス・ウィザースプーンが無事かどうか確認してほしいと頼みました。ミセス・ウィザースプーンは長い寝間着に、緑のフェイスパックをして現れた。ミセス・レーズンはそれを見て悲鳴をあげ、家から飛び出すと、自分の車で家に帰ってしまったんです。あとから電話をして、迎えに来てくれるように頼まなくてはなりませんでした」

男たちは腹を抱えて笑い、三人揃って女の愚かさを小馬鹿にするひとときを楽しんだ。

「そしてミセス・レーズンが帰ったあとで、何か起きたのかね？」

「何も。出ていってくれ、二人とも二度と顔も見たくないとミセス・ウィザースプーンに言われました。少し待ってから、申し上げたようにミセス・レーズンに電話したんです」

「おもしろいね、そのくだりは」

「わたしが思ったのは……」アガサが必死になって食い下がった。

刑事は二人とも立ち上がった。「お時間をとっていただきありがとうございました、ミスター・チャタートン。他に何かおたずねすることを思いついたら、ご連絡しますよ」

「ちょっと、あと一分だけ待ってよ、くそったれ!」アガサ・レーズンがわめいた。「わたしは透明人間じゃないのよ。これまで警察のために事件をいくつも解決してあげた。今は二十一世紀よ。わたしがこの場にいなくて、まったく役に立たない、と言わんばかりの態度をよくもとれるわね? ビル・ウォンはどこなの?」

「昼休みです」ランコーンはそう言いながら二人のためにドアを開け、ポールが出ていくときには同情するように彼の肩をポンポンとたたいた。


「全然味方になってくれなかったのね」外に出るとアガサがいきまいた。

「落ち着いて。どっちみち、あれ以上何もつけ加えることはなかっただろう?」

「役に立つ質問をたくさんできたわ」

「たとえば?」

「娘のキャロル以外に誰が鍵を持っていたのか? 家には他の入り口があるのか? とても古い家だから、秘密の通路があるかもしれないわ」

「ずいぶん想像力が豊かなんだね、アガサ」

「いいえ、ただの想像じゃないわ！」アガサが怒鳴ったので、通りすがりの人間が何人か振り返り、二人を興味しんしんで見つめた。

「円頂党員と王党員の話は覚えてる？」アガサは声のボリュームを落とした。「このあたりには秘密の部屋や通路のある古い家がたくさんあるのよ。ストラットフォードの方の古い家で煙突をふさごうとしたら、内部に秘密の小部屋があるのが発見されたという話よ。それに、あの家はどのぐらいの価値があるの？　茅葺きの二階建てのコテージで、内部はとても広い。梁がたくさんあって、リビングにはベンチつきの大きな暖炉まである。そういう特徴はどれも不動産屋にとっては垂涎《すいぜん》の的だわ」

「あなたが二階にいるあいだにキッチンに行ってみたんだ。家の裏手にはとても広い増築部分があった」

「おまけに」とアガサが言葉を継いだ。「女だからといって無視されたことで本当に頭にきたわ」

「気にしない方がいいよ。あのぞっとするパブをのぞいてみよう。ビルがいたら、質問攻めにできるよ」

案の定ビルはそこにいて、脂っぽい卵とフライドポテトをせっせと口に運んでいるところだった。アガサはビルの隣にすわり、ポールはバーカウンターに二人の飲み物をとりに行った。さっそくアガサは、ひどい扱いを受けたことで長広舌をふるった。

ビルは最後まで話を聞くと、穏やかな口調でなだめた。「ぼくにできることは何もなさそうです、アガサ。ぼくの担当じゃないので」

「だけど、何か聞いてるでしょ」

「まあね」

「家の鍵は誰が持っているの？」

「娘です。他には誰も」

「息子のハリーはどうなの、すべてを相続するのよね？」

「彼は鍵を持ってないと言ってます。幽霊騒ぎが始まったとき、ミセス・ウィザースプーンはすべての鍵を替えたんです。キャロルに鍵をひとつ渡し、ハリーには渡さなかった」

「どうして？」

「ハリーはめったに顔を出さないし、訪ねてくるときは前もって電話したからじゃないかと思います」

「彼の財政状況はどうなの？」

「調査中です」

「あら、そうなの？」クマみたいな目がきらっと光った。「てことは、事故だと確信を持っているわけじゃないのね？」

「あらゆる可能性を調べているだけだと思いますよ。今はそれほど事件がなくて暇なんです。じゃなかったら、関心を持たなかったでしょう」

「あそこの階段は傾斜がゆるやかで絨毯が敷いてあったのよ」

「そのことは聞きました。他にもあるんですよ」

アガサはバーカウンターの方を窺《うかが》った。ポールはまだバーテンダーの注意を引こうと躍起になっている。ふと、ポールには知らせずに、いくつかの事実を仕入れたくなった。

「何なの？」

「どうやらあの家に大金を提示されたらしいんです、アーバック・ホテルチェーンから」

「続けて。あのコテージに？」

「大きなコテージだけじゃなくて、あの裏手にはミセス・ウィザースプーン所有の数エーカーの土地があるんです。前面に本物のチューダー様式のコテージ、裏手にチューダー様式風の新しい建物を増築し、高級な田舎の隠れ家ホテルにしようと計画したらしいんです。しかし、彼女はその申し出をはねつけました」

「莫大な遺産があるのかしら？」

「百万ポンド近い現金と株です」

「なんて嫌な女！」アガサは叫んだ。「気の毒な娘はうらぶれた公営住宅に住んでいるのよ」

「アガサ、アガサ。警察の事件に首を突っ込まないでください。まあ、そう言っても、むだでしょうけど」

ポールが飲み物を手に戻ってきて、最後のせりふを耳にした。「たしかにむだだね」彼は陽気に言った。「はい、あなたのお酒だよ、アガサ。ビルから何か聞けたかな？」

「新しい情報はあまりないわ」

「そろそろ戻らないと。じゃあまた」ビルが言った。

「で、彼から何を聞いたんだ？」二人になると、ポールが重ねてたずねた。

アガサは心の中で闘っていた。情報を独り占めして、これまでのように一人で調べたらいいんじゃない？　でも、彼は青空のような色のリネンのシャツの襟元を開けて着ていて、白い髪と黒い瞳はうっとりするような組み合わせだった。

アガサは折れた。「お昼をごちそうしてくれれば、話してあげるわ」

彼は黒板のメニューを見上げた。

「いえ、だめよ。ここは嫌！」

彼はにっこりした。「わかったよ。広場の向こう側にとてもおいしいと評判のビストロがあるんだ。そこに行こう」

アガサはおなかがぺこぺこだったが、残念なことに、ビストロはヌーヴェルキュイジーヌで、少量の料理が野菜の真ん中にちんまりと盛りつけられて出てきた。しかも、野菜は大嫌いなルッコラだった。

「文句はやめて、ビルから聞いたことを話して」

アガサはビルから聞いたことを繰り返した。「でかしたね！」話し終えるとポールははずんだ声で言った。「食事を終えて家に戻ったら、このホテルチェーンの本部を調べて会いに行こう」

「食事はあっという間に終わるわ」アガサは暗い声を出した。「どの料理もひと口だけだから」

勘定書きが届けられると、ポールは食事代に目を丸くしたが、ワインを頼まなくてよかったと思い直した。「わたしもあなたも職業をまちがえたね」レストランを出ながらポールは言った。「レストランを開いて客を飢えさせ、大金をふんだくればよかった」

「フランス人って嫌になるわ」まだおなかがすいていたアガサはけなした。

「人種差別主義者だね」

「ちがうわよ。どっちみち、フランス人っていう人種は絶対に侮辱できないの。何を言われようと、これっぽっちもこたえないから」


アガサのコテージに戻ると、ロンドンの職業別電話帳を調べたが、アーバック・ホテルは見つけられなかった。「インターネットで調べよう」ポールが提案した。

アガサはコンピューターの電源を入れると、すぐに言った。

「見つけた。バースにあるわ」

「じゃあ、ここから遠くない。行ってみよう」


二人がバースに着くと、ロイヤル・クレセントではジョージ王朝様式のテラスハウスの列が、暗くなりつつある空の下で白く輝いていた。アーバック・ホテルの本部は、そのロイヤル・クレセントの中にある優雅な一軒だった。

「高級だね」ポールがささやいた。「もっと安っぽい会社かと思っていた」

二人が受付に入っていくと、ジョージ王朝様式のデスクの向こうに白髪の有能そうな女性がすわっていた。コンピューターが広まる前は、古いレミントンのタイプライターで一分に八十語を打てたような女性ね、とアガサは思った。

ポールは名前を名乗り、ヘバードンにあるミセス・ウィザースプーン所有のコテージの入札に関心があるのだ、と説明した。

忙しくてお相手できないと鼻であしらわれるだろう、と覚悟していたが、意外にも受付係はこう応じた。「ミスター・ペリーがお会いできると思います」

「ミスター・ペリーってどなたですか？」アガサはたずねた。

「わが社の社長です。こちらでお待ちください」

受付係は優雅な階段を上がっていった。ポールは受付エリアの壁にかけられている会社が経営する複数のホテルの写真に見入った。「こういったホテルはどこも幽霊が出るような不気味な建物には見えないね。改装した領主屋敷って感じだ」

受付係が階段を下りてきて、そのあとから脚の長い秘書が現れた。

「どうぞこちらに。社長のペリーがお会いします」

秘書はとても短いスカートをはいていた。アガサはポールが階段を上がっていく秘書の長い脚をじろじろ見ていることに気づき、嫉妬に胸をえぐられた。世の中は中年女性にとって不公平だ。彼女が青年をじろじろ見ていたら、色ボケした女だと思われるだろう。しかし、男性なら同世代でも外見が見苦しくなければ、絶対にそんなふうに軽蔑されないのだ。

秘書は二階の踊り場にある自分のオフィスを通り抜けると、二人を奥のドアから部屋へ招じ入れ、背後でドアを閉めた。

ミスター・ペリーは皺ひとつないつやつやした顔の五十代で、小さな灰色の目に太いボサボサの眉をしていた。一分の隙もなく装い、手入れの行き届いた手をデスクに置き、立ち上がって二人を迎えた。

「どういうご用件でしょうか？」昔のイートン校のアクセントでたずねたので、アガサの中で劣等感がぎくっと頭をもたげた。英国の階級制度がりっぱに生き延びているのは、上流階級のスノッブな振る舞いのおかげではなく、むしろアガサのような人々の劣等感のおかげではないかと思うことがある。それにしても、どうしてわたしが劣等感を覚えなくてはならないの？

ふと気づくと、ポールが何か言って、二人とも興味しんしんでこちらを見ていた。彼女はあわてて口を閉じた。何か考えごとをしていると、口がポカンと開く癖があるのだ。

「アガサ？」ポールがうながした。

「え？」

「ミセス・ウィザースプーンのコテージに関心を持っている理由を、ミスター・ペリーに説明していたところなんだ。だから、すわったらどうかな？」

アガサはミスター・ペリーの向かいの椅子にすわった。

「ようするに、その老婦人の死に疑わしいところがある、そう信じていらっしゃるんですね。われわれが彼女からコテージを買おうとしていたと知り、ま、率直に言うと、うさんくさいホテルチェーンがとんでもない行動に走ったとお考えになった」

「そんなところです」アガサは度肝を抜かれ、つい正直に白状した。「でも、それはこちらにうかがうまでの話です。とてもきちんとしている会社のようですね」

ミスター・ペリーはおもしろがっているようだった。

「あの家をほしがった理由は裏の敷地のせいです。それに、あの家が建てられた年代も、われわれの目的にぴったりに思えたのです」

「だけど、そもそもあの土地のことをどうして知ったんですか？」アガサは質問した。

「だって、誰かから聞かなければ、裏の土地のことはわからないでしょう？」

「確かに」

「じゃあ、誰から情報を入手したんですか？」

「詳細は覚えていません。わたし自身はミセス・ウィザースプーンと折衝していませんから。しかし、どこかにファイルがあるはずだ」彼はインターコムのボタンを押した。「スージー、ファイルを持ってきてくれないか、ええと……」彼はポールを見た。

「建物の名前は？」

「アイビー・コテージ、ヘバードンのバッグ・エンド」

「ヘバードンのバッグ・エンドにあるアイビー・コテージだ」ペリーはインターコムに向かって言った。

アガサはミスター・ペリーのデスクにある大きなガラス製灰皿に目をやった。

「煙草を吸ってもかまいませんか？」

「どうぞどうぞ。コーヒーはいかがですか？」

「お願いします」

彼はまたインターコムを押した。「ファイルを見つけたら、コーヒーを持ってきてくれ、スージー」

「彼女は気にしますか？」アガサが好奇心に駆られて質問した。

「気にするって何を?」

「コーヒーを淹れるように頼まれることです」

「いや、まさか、うちはとても古風な会社なので」

スージーが入ってきてボスにファイルを渡した。

ミスター・ペリーはそれを開いた。「どれどれ。ああ、ここに手紙がある。息子のハリー・ウィザースプーンからだ」

「やっぱり!」アガサの目は興奮でぎらついていた。

「そうか、思い出しました。勘違いさせられたんです。てっきり売り主は息子だと思ったのでね。息子が家と敷地の写真を送ってきたんですよ」

「今はもう売り主は息子ですよ」ポールが言った。

「実はもう購入を考えていないんですよ。ああ、スージー。コーヒーか。うれしいね。そこにトレイを置いていってくれ」

アガサはミスター・ペリーの顔をしげしげと眺めた。美容整形をしているのかしら? 彼は顔を上げ、彼女の視線に気づいた。「自動車事故に遭ったんです。とても上手に顔を修復してもらったが、やや不自然になってしまった。やはり、そう思いますか?」

アガサは恥ずかしさのあまり真っ赤になった。「いえ、ちゃんとなっていますよ」気まずかった。「どうしてコテージをほしくなくなったんですか？」

「膨大な修復が必要だし、ああいうコテージは重要文化財に指定されているんです。建築許可はとれそうにもない。たいそうな歴史のある建物なんですよ。部下がリサーチをしていて発見したんですが、円頂派と王党派のイングランド内戦のときに、サー・ジェフリー・ラモントという王党員がウースターの戦いから逃げてきて、あそこに隠れたんです。彼は宝石と金貨の財宝を持っていた、と噂されています。サー・ジェフリーは当主のサイモン・ラヴゼイがクロムウェルの支持者になっていたことを知らなかった。ラヴゼイはサー・ジェフリーを密告し、彼はタワー・ヒルで絞首刑に処されました」

「それで、彼の財宝はどうなったんですか？」アガサがたずねた。

「誰も知らないようですね。彼を密告してまもなく、ラヴゼイは結核で死んだんです」

コーヒーを飲みながら不動産価格について話していると、ミスター・ペリーはそろそろ約束があるのでと言いだし、二人は暇《いとま》を告げた。

「あそこには財宝が埋められていると思う？」帰り道、アガサは興奮していた。

「いや、まったく」

「まあ、あきれた！　全然、夢がないのね。探してみたいわ」

「でも、それは無理だろう。わたしはアイビー・コテージに押し入るつもりはないからね」

「だけど、押し入る必要はないかも。ねえ、葬儀のあとで、ハリーは参列者を家でもてなすはずよ」

「それで？」

「他の弔問客に交じって参加して、玄関ドアの鍵をこっそり手に入れる。そうしたら合い鍵を作りに行き、急いで戻ってきて元に戻しておけばいいのよ」

「もっと簡単な方法があるよ。ハリーは葬儀が終わったらすぐに家を売りに出すにちがいない。数日待って、どの不動産会社が扱うかを調べ、家を見学したいと言えばいいだけだ。そのあいだに、家の歴史についてもう少し調べてみるのもいいかもしれない。だけど、埋められた財宝のことは期待しない方がいいよ。何かあったとしても、とっくの昔に発見されているだろう。かつては屋敷に秘密の出入り口があったかもしれないな」

「ミセス・ブロクスビーに会いに行って、アイビー・コテージについて詳しい資料を持っている歴史協会があるかどうか訊いてきましょう」

「トウデイに歴史協会があるわよ」ミセス・ブロクスビーは言った。「トウデイは知っている?」

「ヘバードンのすぐ近くでしょ。だけど、実際に行ったことはないわ」

「とても大きい町で、ちょっとブロックリーに似ているわ。十八世紀は製材所の町だったのよ。誰が主宰しているのか知らないけど、向こうに行って訊いてみればいいわ」

「そうするわ。明日、検死審問に出た方がいいと思うの。事故死っていう評決になるんでしょうけど」

しかし、アガサとポールは意外な展開を目の当たりにすることになった。

翌朝、二人はミルセスターの検死法廷の後ろの席にすわっていた。

「陪審がいる」ポールが叫んだ。

「陪審って必ずいるものじゃないの?」アガサがたずねた。

「いつもとは限らない。検死官が陪審を招集したんだよ。つまり、警察が死因に満足していないから、検死審問が開かれたってことだ」

「突然死だったり、亡くなった人が最近、医者に行っていないと、必ず検死審問が開かれるのかと思っていたわ」

「しいっ！　検死官が登場した」

アガサは笑いをこらえた。検死官自身が死体のように見えた。長身のやせた男で、死体さながら青ざめた顔に猫背。肌は黄ばみ、ちらっと陪審に向けた笑みはしかめ面のようだった。

最初の証人は、救急車と同時に現場に到着した警官だった。階段の下に犠牲者が倒れていて、首が妙な角度に曲がっていた、と述べた。身につけていたのは寝間着。警察と救急車が同時に到着した。死体を調べたが、生命兆候は一切なかった。救急車を呼んだのは、階段の下に倒れている母親を発見したミセス・ウィザースプーンの娘だった。

警官は偽装を疑ったか？　いいえ。娘さんのミス・ウィザースプーンは、母は高血圧だったので、おそらく脳卒中を起こしたのじゃないか、と話していました。その後、ミセス・ウィザースプーンのかかりつけ医、ドクター・ファーブが現場に呼ばれたが、死亡証明書にサインすることを拒否した。

次の証人はドクター・ファーブだった。死亡証明書にサインするのを拒否したのは、警察の法医学者の報告書を待ちたいと思ったからだ、と証言した。「この死は不審だと考えたのですか?」検死官が質問した。

「そこまでは考えませんでしたが」とドクター・ファーブ。「ただ、状況が妙だったのです。彼女は確かに高血圧を患っていた高齢女性でした。しかし、血圧の管理をきちんとしていたし、薬も飲み、驚くほど健康だった。脳卒中の痕跡も見られませんでした。首の骨が折れているように見えました。おそらく転落によるものと思われますが、確実を期したかったのです」

亡きミセス・ウィザースプーンの精神的および肉体的健康状態について、さまざまな質問がなされ、医師がそれに長々と答えているあいだ、アガサはあくびを噛み殺していた。検死法廷は暑くてほこりっぽかった。長いパラディオ式の窓は十八世紀から一度も洗われたことがないかのようで、こびりついた汚れのせいで、ほんのわずかな日の光しか射しこまなかった。

アガサのまぶたが落ちはじめた。まもなく眠りこみ、一時間後、ポールに脇腹を突かれてようやく目覚めた。「いびきをかいていたよ」

「何ですって?」アガサは大声を出した。

みんなの視線が一斉に向けられて、アガサは赤面した。キャロル・ウィザースプーンが証人台ですすり泣いていた。

「あなたの試練を長引かせたくないんです」検死官がやさしく話しかけた。「いつものようにお母さんに会いに行ったんですね?」

「ええ、そうです」大きな声で答えた。それから法廷を見回し、赤くなった目を弟のハリーにすえた。「彼よりもずっと頻繁にね!」

キャロルは湿ったハンカチーフでごしごし目をこすった。

「誰のことを言っているんですか?」

「弟ですよ。ハリー。母のことをこれっぽっちも気にかけず、ろくに会いに行かなかったのに、母はすべてを弟に遺した! はっきり言います。彼が母を殺したんです!」

「あなたが悲嘆に暮れているのは承知していますよ、ミス・ウィザースプーン。ですが、言葉には気をつけるようにご忠告します」

マスコミ席であくびをしていた地元紙の記者が急にしゃんとなって、必死にメモをとりはじめた。

「何もかもおかしいって、わたしは言ってるんです」キャロルが怒りに我を忘れてわめいた。「弟の商売は暗礁に乗りあげていた。そのことは調べたんですか？」

「証人を連れだしなさい」検死官が命じた。

女性警官が憤怒の形相のキャロルを証人席から連れていった。

「いちばんいいところを見逃したね」ポールがささやいた。

検死官は陪審に話しかけた。「最後の証人の非難は無視してください。みなさんはさまざまな報告を聞きましたね。ミセス・ウィザースプーンは年齢の割に健康で、亡くなる直前まで元気だった。生前、謎の幽霊に脅かされていると訴えていた。法医学者は、死因は首の骨が折れたことだと述べた。ミセス・ウィザースプーンは自宅であるヘバードンのアイビー・コテージの階段から落ちて死んだように見えるかもしれない。それでも、首の前面に黒い痣《あざ》があり、それは体のその部分を強く殴打されるとできる跡と一致している。鑑識の報告書では、手すりには指紋がひとつもなかった。階段は厚い絨毯が敷かれていた。ミセス・ウィザースプーンが落ちたのなら、当然、落下を防ごうとしてどこかで手すりをつかんだと推測される。また、鑑識班は首の致命傷に一致するような跡を階段のどこにも発見できなかった。では、評決を検討するために退場してください」

陪審が結論を出すのに十五分しかかからなかった。

「一人または複数の不詳の人物による殺人」

アガサは法廷を見回してハリー・ウィザースプーンを探したが、彼の姿は消えていた。

「これでもう、彼はあの家を売ることができなくなった」ポールが小声で言った。「犯人が誰なのか判明するまではね」

カースリーに戻ると、アガサは意見を口にした。「何もかもはっきりしているわ」

「何が？　雨が降りだしたよ。庭にいる猫たちを中に入れてやったら？」

「ドアを開けておいて。入りたければ勝手に入ってくるわ。変わった猫たちなの。雨が好きなのよ。何がはっきりしているのか？　つまりね、犯人はハリーにまちがいないってことよ。自分がすべてを相続すると知っていたにちがいないわ。商売が傾いていたし、母親は年寄りだけど、あと何年も生きられそうだった」

「だからといって、他の容疑者の可能性は捨てないでおこう」

「たとえば？」

「パーシー・フレミング」

「まさか！　あのファンタジー作家？　どうして彼なの？」

「ただの勘だよ。彼女に対する嫌悪感で我を忘れ、自分の本の登場人物の一人になりきったのかもしれない。復讐者トールとか、そういうやつだ」

「ちょっと待ってよ。でも、幽霊のことを忘れていたわ。ハリーが夜中にドライアイスや幽霊の物音を仕掛けたとは思えないわよね。自分が相続することになっている価値のある家から母親を追いだしたがる理由がある?」

「怖がらせて心臓発作を起こさせようとしたのかもしれない」

「彼女のことはわかっていたはずよ。自分の母親なんだから。母親を怖がらせるのは一筋縄ではいかないことぐらい、承知していたにちがいない。なんだか胸騒ぎがするわ。何か食べてから、トウデイまで行きましょう」彼女は大きな冷凍庫を開けて、霜のついたパックをいくつかとりだすと、氷をかきとって中身が何なのか読みとろうとした。

「おかまいなく」ポールはあわてて止めた。アガサが調べている品は冷凍庫に何年も入っていたにちがいない。「すぐに出かけよう。トウデイに食事ができる店があるはずだ。わたしの車も使えるよ」

「知ってるわ。MGが戻ってきたんでしょ」

「いや、そこらを走るために新しく中古車を買ったんだよ」

猫たちが部屋に入ってきて、濡れた体をアガサの脚にこすりつけた。

「また外に出ていかないうちにドアを閉めて」アガサは言うと、バッグを手にとった。

「じゃあ、行きましょう」


トウデイの村はコッツウォルズの丘陵の懐に抱かれていた。太陽がまた顔を出し、ジョージ王朝様式の風情のあるテラスハウスが淡い黄色の日差しの中で輝いている。ポールの車はフォード・エスコートで、村の入り口に積まれた藁《わら》のマットをバリバリと踏み越えていった。口蹄疫が猛威をふるっていた時期に、消毒薬をたっぷり染みこませて置かれた藁だった。

ポールは標識に従って村の中心部をめざした。「ほら、あそこ。パブがあるし、外の黒板にメニューが出ている」

パブの正面に車を停め、二人はメニューを眺めた。「村のお手軽な食事はどこにいっちゃったのかしら?」アガサは嘆いた。「スズキとかヒレステーキは目の玉の飛び出るような値段だわ。重い食事をとる気分じゃないんだけど」

「ともかく入ってみよう。中ではもっと単純なバーメニューを出してるんじゃないかな」

パブはチューダー様式で、周囲の十八世紀の建物よりもさらに古かった。店内は天井が低く、暗い。アニメのクルーゾー警部のようなフランス訛りのあるバーテンダーが注文を訊いた。ポールが軽食をとりたいと説明すると、奥の一般席に行くように指示された。彼はフランス人がよくやるように、批判的な目つきで、かすかに唇をゆがめてしゃべった。

一般席は、きどった食事が出されるラウンジを出て石敷の通路を進んだところにあった。

ラウンジには客の姿がなかったが、こちらにはけっこうたくさんの人たちがたむろしていた。天井の低い細長い部屋で、木の床はむきだし、テーブルと椅子がいくつか置かれている。バーカウンターには誰もいなかったが、ベルが置いてあり、「ご用の方は鳴らしてください」という小さな掲示が出ていた。ポールがベルを鳴らした。クルーゾー警部が現れた。

「はあい?」間延びした声を出した。

「安いメニューを頼む」ポールはいらついていた。

ラミネートのカードが渡された。ポールは短いメニューを読みあげた。

「タラとフライドポテト、ラザニアとフライドポテト、卵とフライドポテト、チキンカレー」

「値段は？」とアガサ。

「驚くね」

「高くて？」

「こんなジャンクフードにしては不当なほど高い」

ポールはメニューを返した。「けっこうだ」

クルーゾー警部は不機嫌そうに立ち去った。

「あとで別の店に行こう」

「よくつぶれないわね」外に出るとアガサは憤慨した。「だって、パブは観光客のルートにないでしょ」と店を振り返る。「何か怪しげな商売の隠れ蓑《みの》かもよ」

「事件は一度にひとつずつ」ポールは彼女を引っ張った。「ちょっと歩いてみよう。店があったら、歴史協会のことを訊けるかもしれない」

二人はコテージの列を通り過ぎていった。庭はなかったが蔓《つる》バラがあちこちにあり、ドアに垂《しだ》れていたり、植木鉢で栽培されたりしている。

「あそこに店がある」ポールが言った。「〈トウデイ食料品店兼郵便局〉」

しかし店は閉まっていた。「お昼で閉まったにちがいない」ポールは窓をのぞきこんだ。「イギリス人の商店経営者というのはあきれるな。アジア人から何ひとつ学んでいないようだ」

「見て！」アガサは窓に貼られたカードの一枚を指さした。

庭の手入れやベビーシッターをしますというカード、中古芝刈り機、食洗機、自転車売りますのカードに交じって、「トウデイ歴史協会」というタイトルのきれいなカードがあった。その下にはこう記されていた。「円頂派と王党派。十七世紀のトウデイにおける王党派一派についての歴史的な議論。開催日：毎週水曜夜七時半、教会室にて」

「しかも、今夜だ」ポールは満足そうだった。「それぞれの家に戻って、食事をした方がよさそうだ」


「せめてオムレツを作ろうと言ってくれてもいいのにね」アガサは猫たちに愚痴りながら、電子レンジ調理の料理を解凍した。それが食べられるようなものであることを祈った。霜が分厚くついていたので、ラベルが読みとれなかったのだ。

歴史協会に行くなんて時間のむだだ、という気がして仕方がなかった。十中八、九、ハリー・ウィザースプーンが母親を殺したのだ。

5

アガサ・レーズンは香りのいいお湯に浸かりながら、ここから出て服を着て、トウデイ歴史協会に行く意味があるのかしら、と考えていた。ハリーが殺人犯だと思えないからではなく、もうのんびりしたいと感じていたからだ。めったに経験しない欲求だった。ふだんだと、アガサはぶらぶらして何もしないでいると、かえってくつろげない。本当は、努力をする価値もない男のために身支度をしてドレスアップをする、という繰り返しにうんざりしてしまったのだ。ポールは結婚している、そのことを忘れないで、とアガサは自分をいさめた。

ホッジとボズウェルはバスタブの縁にすわり、その考えに賛成だと言わんばかりに、真面目くさった顔でアガサを見つめていた。

埋められた財宝と秘密の入り口。子供時代に読んだ漫画みたいだ。それでも——何者かが、あの家にこっそり入りこんだのはまちがいない。

ため息をひとつつくと、アガサはすっかりぬるくなった湯から立ち上がり、体をふいた。それから鏡に映った自分の姿をつくづく眺めた。胸はまだ上向きだったし、セルライトやストレッチマークもできていない。しかし、ウエストや下腹部や顎の下の皮膚はたるみかけている。明日、ウエストのエクササイズをすることに決めた。元々ウエストは太めだった。これ以上太くなるまま放置しておくのは馬鹿げている。

かわいらしい下着をつけることは断固として却下した。既婚者と出かけるのに、そこまで気を遣う必要なんてないでしょ？　白いコットンのパンティと白いコットンのブラをつけ、寝室に行くと、着心地のいいリネンのパンツスーツと白いブラウスを選んだ。ハイヒールを履きたいという誘惑も退けた。走っていく猫のあとから一階に下りると、ちょうどドアベルが鳴った。腕時計を見た。ポールは時間に正確だ。

「準備はいいかな？」ドアを開けるとたずねた。「とてもすてきだね」

やれやれ、男っていうのはよくわからないわ。最小限のメイクの方が口説きやすく見えるのかもしれない。

「こんなことをして何かわかると、本気で思ってるの？」

「可能性はある。試してみる価値はあるよ」

二人が出発したときはまだ明るかったが、灰色の夜空は西の方角に幕電光が広がり、ときどき雷鳴が轟《とどろ》いていた。「教会室の場所を出発する前に調べておくべきだったわね」

「教会はメイン・ストリートの突き当たりに建っているから、教会室はその隣にあるはずだ」

「奥さんから連絡はあった？」

「ファニータから？　いや。便りのないのはよい知らせだよ。元ご主人からは？　あなたはまだ彼に恋していると、村ではもっぱらの噂だけど」

「彼からは連絡がないし、連絡もほしくないわ」アガサは吐き捨てるように答えた。

それっきり、二人ともトウデイに着くまで黙りこんでいた。

ポールは教会の正面に車を停めた。灰色のノルマン様式の塔で、西側のドアにはノルマン様式のアーチがついている。教会墓地の伸び放題の芝生のあいだに古い墓石が並び、いくつかはすっかり傾いていた。大粒の雨がアガサの頬を打ち、すぐ近くに雷が落ちた。

「その教会室というのを見つけましょう」アガサは叫んだ。「今にも土砂降りになるわ」

年配の男女が教会墓地に出てきた。「歴史協会にいらっしゃるんですか？　教会室の場所がわからないんですが」ポールが声をかけた。

「いっしょにいらっしゃい」老人が言った。

「参加者自身が歴史そのものね」二人はのろのろと歩くカップルのあとから教会の角を曲がり、ゆるやかな階段を上がって、開いているドアにたどり着いた。小さな四角い部屋ではすでに六人の年配の人々が席につき、中年の三人はそわそわして、あくびをしていた。

長身でスリムな男性が、聴衆の前に置かれた聖書台に書類を並べている。アガサとポールを見つけると、挨拶をしに歩み寄ってきた。

「ピーター・フランプトンと申します。ささやかな集まりに新しく参加していただき光栄です」

ポールが自己紹介をしているあいだ、アガサはこっそりとピーター・フランプトンを観察し、学者肌でとても魅力的だという結論を下した。年の頃は四十代後半だろう。ウェーブのかかった手入れの行き届いた美しい灰色の髪。ほっそりした顔には、まっすぐで形のいい鼻と睫の濃い淡い灰色の瞳。

「いちばん前に二人分の席が空いてますよ」ピーターは言った。「理由はわかりませんが、誰もいちばん前にすわりたがらないんです」

「では、例外になりましょう」ポールは応じると、アガサを前へ誘った。

「内乱について関心がおありなんですか？」ピーターが質問した。

「ええ、とても」アガサは答えた。

「それはよかった。そろそろ始まります」

派手な稲光で部屋が真っ白になり、数名の参加者が悲鳴をあげた。

「ただの嵐で、すぐに去りますよ」ピーターは聖書台を前にして立った。「こんばんは、みなさん。前回、内乱についてあまり知識がないとおっしゃる方たちがいました。そこで、今夜は一六五一年のウースターの戦いに焦点を絞ろうと思います。これは一六四二年に始まった内乱で、最後の戦いとなりました。さて、王党派はいわゆるスペイン人騎士の流れをくむと言われ、長い巻き毛を好んでいました。かたや円頂派は頭を刈りこんでいたので紳士ではなく、身分の低いピューリタンの労働者とみなされていたのです。さて戦いについてです。八月二十八日、議会軍の軍隊が——」

「誰だって？」老いた震える声がたずねた。

「円頂派のことです」

「ほほう」

「彼らはアップトンでセヴァーン川を渡った。夜までに——」

部屋の奥のドアが勢いよく開いた。アガサは体をよじって新入りを見ると、ポールの脇腹を突いた。「ちょっと見て」ささやいた。「生気にあふれてるわ。ただし、わたしたちとは無縁の生気だけど」

若い女性が入り口に立っていた。背後の教会墓地では、雨が銀色の筋となって激しく降りしきっている。彼女は豊かな茶色の髪を頭のてっぺんでまとめ、銀色のコームをところどころに挿していた。色白で唇を紫色に塗り、目の周囲に太く黒いアイライナーを入れている。ノースリーブの革のチュニックに銀のごてごてしたアクセサリーをつけ、ぴっちりした黒革のパンツにはニーハイブーツ。ブーツはとてつもなくヒールが高く、脇に銀の留め金がずらっと並んでいる。

「入ってきて、ジーナ。それからドアを閉めて」ピーターは彼女の登場にまるで驚いた様子がなかった。

雷鳴が轟いたが、ピーターの声がそれを圧するように大きくなった。半時間後、彼はまだウースターの戦いについて語っていて、トウデイの王党派の歴史に進むつもりはないようだった。

戦いの終わりが近づき、円頂派が進軍し、チャールズ二世が逃走する頃には、雷鳴は遠くに去っていった。「一万人ほどのスコットランド人捕虜は持ち物を没収された。

近辺の刑務所に入れられた者もいたし、アメリカのニュー・イングランドや西インド諸島に移送され、プランテーションや鉱山で働かされた者もいた。残りの者たちはフェンズの干拓工事に従事させられた。イギリス人捕虜の大半は軍隊に徴集され、アイルランドへ派遣された。

この講義がみなさんの知識の穴を埋めるものであることを祈っています。では、休憩にして、お茶をいただきましょう。それから質問を受けつけます」

聴衆のあいだから一人の女性が立ち上がり、白いクロスをトレッスルテーブルからめくると、ティーポットやサンドウィッチとケーキの皿が現れた。アガサは立ち上がってジーナを捜したが、彼女の姿はどこにもなかった。入ってきたときよりも目立たぬように出ていったにちがいなかった。

「お茶をいただこうか」ポールが言った。年配者たちはさっそくサンドウィッチやケーキを皿に山盛りにしている。「歴史に興味があるんですか？」ポールが年配の紳士に話しかけた。「ないね」老人は陽気だった。「わしは食べ物目当てで来とるんだ」

「もうほとんど残ってないわ」アガサは文句を言った。「がめつい連中ね」

「連中の方があなたよりも切羽詰まっているんだろう。老齢年金だけで生活していくとしたら、大変だろう？」

「あのおかしな格好のジーナっていう女の子だけど、どうして来たのかしら？」

「さあね。祖母の様子を見に来たとか？　歴史教会の会合ではなく、ディスコ向けの服装だったたな」

ポールはあたりを見回した。「ピーター・フランプトンも消えてるよ。質問を受けるために戻ってきてくれるといいんだが」

「部屋の奥のスクリーンの陰にもうひとつドアがあるわ。たぶんあそこから出ていったのよ」

「ああ、また戻ってきた」スクリーンの陰からピーターが現れると、ポールは言った。

「お茶を楽しんでいらっしゃるあいだに」ピーターは声をかけた。「質問はありませんか？」アガサは手を挙げた。「はい、そちらの女性……」

「これはトウデイの王党派についての講義だと思ったんですけど」

「そのつもりでした。でも、内乱の背景について知りたいとおっしゃるメンバーが何人かいたんです。たぶん来週にでも」

ポールが手を挙げた。「サー・ジェフリー・ラモントについて少し教えていただけませんか？」

「ちょっとお待ちを。ミスター・ブラッグの方が早かった。ミスター・ブラッグ？」

「今週はどうしてフェアリーケーキがないんだね？」

「ミセス・パートレットがお休みだからですよ。彼女がいつも作ってくれるんです。来週はまたいらっしゃるでしょう」

フェアリーケーキのよさについて、熱心な議論が勃発した。ポールはまた手を挙げた。

「ミセス・ハーパー」ピーターは指した。

ポールはいらだたしげに顔をしかめた。

「前回の会合の議事録を読み上げたいんです」ミセス・ハーパーは神経質そうな声で弱々しく言った。

「申し訳ない。忘れていました。お願いします」

ポールは椅子にすわりこんだ。「おもしろくなってきたわね」アガサは耳打ちした。

「彼はわざとあなたの質問を無視しているわ」

どうやらそのとおりだった。ミセス・ハーパーが読み終えたとたん、ピーターはこう告げたのだ。「では、これでお開きにします。また来週、お会いしましょう」

ポールは立ち上がったが、ピーターは足早にスクリーンの陰に消え、ドアが閉まった。

「これきりね。彼の住まいを探りだして、家を訪ねてみましょう」

「地元の連中にアイビー・コテージについて訊いてみよう。ミスター・ブラッグ」ポールは年配の男性に近づいていった。

「なんだね？」

「アイビー・コテージの歴史について教えていただけませんか？」

「女性が殺されたって家かい？」

「ええ」

「古い家だ。チューダー様式のな」

「それは知っています」ポールはじりじりしてきた。「あそこには財宝が隠されているんじゃないんですか？」

「ああ、その古い話か。ないよ。これっぽっちもね。わしはそう思っとる。何かあったとしても、わしが生まれるずっと前に盗まれただろうし、それはきのうじゃないよ」彼は大口を開けて笑い、ポールにケーキのかけらを浴びせた。

「わたしたち、あそこを買おうかと思っているんです」アガサが言ってみた。

「じゃあ、ミスター・フランプトンに訊くがいい。彼はあの家を狙っていたんだが、婆さんが断固として売ろうとしなかったんだ」

アガサの目が興奮で輝いた。「ミスター・フランプトンのお住まいをご存じかしら？」

「パブから三軒目のコテージだ。ファゴッツ・ボトム（ゲイの尻という意味がある）さ」

アガサは目を見開いた。「そんな名前の家があるわけないわ！」

「あるとも。ずっとそうだった。ミスター・フランプトンは外に番地だけ出しとって、名前は出してないけどな」


二人が外に出ると、教会墓地を囲む古木にたまった水滴に薄日が反射し、きらめいていた。

「隠れ蓑っていう可能性はあるわね、歴史協会は」コッツウォルズの村々に潜む凶悪犯罪のシンジケートを暴きたい一心で、アガサは意見を述べた。

ポールは笑った。「いやいや、じっくり聴いていなかったんだね。彼はとてもいい講演をした。あのテーマには情熱を持っているんだろう。聴衆のほとんどが食べ物めあてで来ていても、さほど気にしていないんだよ」

「だけど、途中で入ってきた女の子は？　まったく場ちがいだったけど」

「親戚かもしれない。推測はやめて、どうにか事実をつかもう」

ゆっくりとパブを通り過ぎ、コテージを二軒数えてから、三軒目で車を停めた。

「明かりがついてる。家にいるにちがいないわ」

「防犯のためにつけていったのでなければね」

二人は車を降りると、コテージのドアに近づいた。アガサはベルを鳴らした。

ドアが開き、ピーター・フランプトンは二人を見るなり、いらだちをあらわにした。

「重要な用件なんですか？」

「アイビー・コテージの件でおたずねしたいことがあるんです」アガサが言った。

「で、何についてですか？」

「中でお話ししてもかまいませんか？」とポール。

「二、三分なら」しぶしぶ応じた。

ピーターのあとから二人は狭くて暗いリビングに入っていった。彼はすわれとも言わず、二人に向き合って立った。

「ジェフリー・ラモントの財宝の話なんですが、その言い伝えは真実なんでしょうか？」ポールがたずねた。

「財宝はあると、いや、あったと信じています。十九世紀に出版された村の短い歴史書によると、一八八四年頃に所有者の一人が財宝を探すためにコテージを解体したらしいんですが、何も発見されなかった」

「秘密の通路についてはどうですか?」

ピーター・フランプトンは頭をのけぞらせて、高笑いした。

「ないですよ。あるときミセス・ウィザースプーンの許可を得て、アイビー・コテージを捜索したんですが、妙なところはまったくなかった。財宝もないし、秘密の通路もありません」

「そうですか、以上です」アガサはがっくりしていた。「お時間をいただき、ありがとうございました」


「これからどうする?」車で出発するとアガサはたずねた。「邪悪なホテル経営者も存在しないし、歴史協会には怪しい男もいなかった」

「誰かが彼女を殺したんだとすると、おそらくハリーだろう。ハリーに集中しよう」

「むだよ。警察はハリーに注目しているし、警察が見つけられないようなことをわたしたちだけで発見できるとは思えないわ。娘の方はどう? 何ももらえないことを知って、怒りにまかせて母親を殺したのかもしれない」

「明日まで、このままにしておこう。疲れたし」

「それにおなかもすいたわ」ポールがディナーに誘ってくれるのではないかと期待して言ってみた。

「じゃ、電子レンジ調理のディナーまで送っていくよ」ポールがにやにやしながら言ったので、アガサは横っ面をひっぱたいてやりたい衝動をこらえた。


アガサはぐっすり眠り、掃除する物音で目を覚ました。どうやらアガサの家事をしてくれているドリス・シンプソンがやって来たようだ。

アガサは顔を洗って服を着ると一階に下りていった。ちょうどドリスがキッチンから現れた。

「おはようございます、アガサ」村でアガサのファーストネームを呼ぶ女性はドリスぐらいだった。

「キッチンに来てコーヒーをつきあって、ドリス。あなたが何か耳にしていないか知りたいの」

「コーヒーをポットに淹れたばかりですよ」ドリスはキッチンのテーブルについた。

「猫たちは庭に出してあげました」

「ありがとう。スクラブルはどうしてるの？」

スクラブルはある事件のときにアガサが救った猫だ。三匹では多すぎると感じて、アガサはスクラブルがなついていたドリスに飼ってもらうことにしたのだった。

「スクラブルは元気いっぱいですよ」ドリスは砂糖三杯とたっぷりのミルクをコーヒーに入れた。「そんな苦いものをよくブラックで飲めますねえ。何をお知りになりたいんですか？」

「ミセス・ウィザースプーンについて何か噂を耳にしていない？」

「あの殺された老婦人ですか？　本当に殺されたんですよね？　今朝の新聞に記事が出てたとか。わたしは読まなかったけど、村の人から教えてもらいましたよ」

「ええ、検死審問でそういう結論になったの。それで、何か聞いてない？」

「早すぎますよ、アガサ。だって、今朝までは、みんな、あれは事故だって思ってたんですから。でも、訊いてみますね。ところで、お隣さんと頻繁に会っているそうですけど」ドリスは首をかしげ、眼鏡越しにアガサを見つめた。

「ミセス・ウィザースプーンの件で訊き回っていて、彼が手伝ってくれているだけ」

「既婚者にちょっかいを出さないでくださいよ」

「ちょっかいなんて出してないわよ」アガサはむっとして言い返した。「それに、奥さんとも会ってるわ」

「ああ、あのスペイン人女性。ものすごく失礼な人ですよね。わたしの仕事先の奥さんに、カースリーは墓場みたいだから二度と戻ってくるつもりはない、って言ったそうですよ」

「彼女はとても気まぐれなんだと思うわ」アガサは慎重に言葉を選んだ。「夫にスペインで暮らしてもらいたがっているのよ」

「そのことを彼はどう考えているんですか？」

アガサは肩をすくめた。「スペインに行きたいとは思っていないでしょうけど、わたしには関係ないわ」

ドアベルが鳴った。「わたしが出るわ」アガサは言った。

ドアを開けると、ビル・ウォン部長刑事が立っていた。「仕事？」アガサはたずねた。

「半々です」彼はアガサのあとから家に入ってきた。「何か探りだせたかなと思って」

「たいしたことは何も。コーヒーは？」

「お願いします。おはよう、ドリス」

「おはよう、ビル。仕事にとりかかりますね、アガサ。あなたが寝坊しているなら、猫たちに餌をやろうとしたんですけど、キャットフードの缶が見当たらなくて」

「午前中に、お店で買ってくるわ」

ドリスが出ていき、掃除機のスイッチを入れてせっせとリビングを掃除し始めると、ビルはささやいた。「あなたが猫たちに新鮮な魚やパテをあげていることを知らないんですね？」

アガサは頰をうっすらと染めた。「ときどきごちそうをあげているだけよ。ところで、何かわかったの？」

「死亡推定時間を特定するのはむずかしいんですが、夜の八時から真夜中ぐらいです。ハリー・ウィザースプーンは素人劇団で《ミカド》を公演するためにミルセスターにいました。彼はコーラス担当でした。公演後、楽屋での打ち上げにも参加していて、パーティーは遅くまで続いたようです」

「だけど、彼女は寝間着姿で発見されたのよ。夜のあいだに殺されたにちがいないわ」

「胃の内容物から、法医学者はおそらく十一時頃に亡くなったのだろうと推測しています」

「残念！　ハリーはまったく劇場を離れなかったの？」

「証人によればそうですね。あなたの方は何かつかめましたか？」

アガサはため息をついた。「全然。トウデイの歴史協会で退屈な夜を過ごしてきたわ」

「なんでまた、そこに？」

「アイビー・コテージは古い家でしょ。内戦時代に、王党派のサー・ジェフリー・ラモントがウースターの戦いから逃げてきて、あの家に隠れたの。彼は宝石や金貨の財宝を持ってきたはずなのよ。おそらくラモントは知らなかったんだろうけど、家の主人のサイモン・ラヴゼイはクロムウェルの支持者で、彼を売った。財宝についてはそれっきり行方がわからないけど、家のどこかに隠されているっていう言い伝えがあるの」

「《ボーイズ・オウン》誌みたいな話ですね。隠された財宝なんて」ビルがからかった。「ともあれ、サイモン・ラヴゼイが金持ちになったか、財宝をクロムウェルに差し出したか、どちらかですよ」

「そうね。行き止まりばっかり。ただし、彼女が亡くなる前から、何者かが家に忍びこめたのは事実よ。秘密の通路があったのかもしれないわ」

「アガサ！　代々の所有者は徹底的にお宝を探したにちがいありません。だから秘密の通路があったら、とっくに発見されているはずです」

「かもね。でも、そのことをしゃべるかしら？　つまり、財宝を探しているときに古い秘密の通路を見つけたら、それについて口を閉ざしているんじゃない？」

「藁をもつかむ心境なんですね」

「いえ、つかむ藁すらない状況よ」アガサは煙草に火をつけた。「鑑識からは何も言ってこないの？　足跡とかは？」

「役に立つことはひとつも」

「娘のほうはどうなのかしら、キャロルは？　彼女はお金を必要としている。何かしら相続できると期待していたかもしれないわ。あるいは、相続できないと知って、怒りのあまり母親を殺したのかもしれない。彼女は鍵を持っているし」

「娘さんは気の毒な人で、ずっと母親にひどい扱いを受けてきたんです。でも、そういう殺人を目論むようなタイプには思えませんね。犯人は冷血で計算高い人間です。ご心配なく。彼らが捜査していますから」

「彼ら？　あなたではなく？」

「ええ、この事件はランコーン警部の担当なんです」

「ああ、あいつ！　性根の腐った男尊女卑の刑事ね」

「アガサ、昔のウーマンリブ活動家みたいな口をきいてもむだですよ。知り合った男性に片っ端から夢中になっているようじゃね」

「そんなことないわ！　ポールには夢中になってないもの！」

ドアベルが鳴った。「わたしが出ます」ドリスが声をかけた。

「ミスター・チャタートンですよ」ドリスが叫んだ。

アガサが悲鳴をあげて階段を駆け上がっていくのを見て、ビルはにやっとした。

「すぐに下りてくるって伝えて」

戻ってきたアガサはきれいなサマードレスを着て、メイクをしていることにビルは気づいた。

「手がかりはどれもこれも行き止まりみたいだね」ポールが言った。彼はビルにたずねた。「明日の葬儀には出るのかい？」

「いえ、ぼくの担当じゃないので。担当のランコーンはきっと参列すると思います」

ポールは用心しろ、というようにアガサに目配せした。家の鍵を誰にも見つからずに盗めるものだろうか？

「そろそろ失礼します」とビル。「興味をそそるようなことを聞き込んだら、知らせますよ」

「妙よね」彼が帰ってしまうとアガサはつぶやいた。

「何が？」

「いつもは事件に首を突っ込むな、警察に任せておけって警告するのに」

「じゃあ、あなたの探偵能力が認められたってことだね」

「この事件では、わたしの探偵能力はほとんど発揮されていないわ」

「わたしたちにできて、警察にできないことは何か？　ずばり、噂話だ。もう一度あっちに行って、近所の人に聞き込みしてみるべきじゃないかな」

「つまり、グレタやパーシーにってこと？」

「ええ、二人に」

「試す価値はあるわね、たぶん」アガサは声を張り上げた。「ちょっと出かけてくるわ、ドリス」

「猫の餌を忘れないでください」

「了解。行きましょう、ポール」


ヘバードンに到着すると、アガサは注意した。「グレタはミセス・ウィザースプーンにパン切りナイフを突き立ててやる、と脅したのよ。それを忘れない方がいいわね」

「ミセス・ウィザースプーンに会っただろう。多くの人がそういうことを言いたくなるような女性なんだ。でも、口で言うのと、それを実行するのとではちがう。ああ、あのバラを見て！」二軒のコテージの戸口に咲き乱れているピンクと白の蔓バラを指さした。「雨また雨の最悪の秋と冬と春だったけど、今、神さまが埋め合わせしてくれているみたいだ」

アガサは内心でうめいた。他人が「神」という言葉を口にするたびに居心地が悪くなる。ただし、コッツウォルズの美しさにすっかり慣れてしまって、美しい風景を当たり前のように眺めていたことは認めないわけにいかなかった。ロンドンを訪ねた直後の二日間以外は。

「ええと、ペア・コテージに着いた。まずグレタから始めよう」

ドアを開けたグレタはパンツとノースリーブのシャツ姿だった。グレタの筋肉がよく発達していることに気づき、アガサは意外だった。小柄で太っているように見えたが、脂肪は一切ついていないようだ。

「あら、またあんたたち。殺人だったのね。でも驚かないわ。自分の手で、あの婆さんを殺してやりたいと思ったほどだもの。どうぞ」

二人は彼女のあとからリビングに入っていき、腰をおろした。

「警察は息子のハリーが犯人だと考えているようですよ」ポールが口火を切った。

「あの弱虫が！　彼がどうして実家に寄りつかなかったか知ってる？　母親に怯えていたのよ。子供の頃、折檻《せっかん》されてたって、このあたりの老人たちは言ってるわ。だから、ああいう人間になったのね」

「ああいう、というと？」アガサは探りを入れた。

「ああ、あの人はゲイでしょ」

「同性愛者ってことですか？」とアガサ。

「それで説明がつくわ。結婚もしていないし」

アガサは唐突にジェームズのことを思った。中年までずっと独身を通していて、彼女と結婚したのだった。

「結婚していないからといって、同性愛者とは限らないわ」アガサは切り口上になった。「それに、たとえそうだとしても、知恵や勇気が足りないということにはならないでしょ」

グレタは馬鹿にしたように鼻を鳴らした。「あんた、やけにリベラルぶった人なのね」

ポールは口元がほころぶのをこらえた。アガサはこれまでにもそういう批判を受けたことがあるのではないだろうか。しかし、アガサが議論しようとしているのを見てとり、あわてて口をはさんだ。「アイビー・コテージの秘密の通路について耳にしたことはありませんか？」

「ないわね、記憶にある限りじゃ。どうして？」

「何者かが彼女を脅かそうとしていた。わたしたちがあそこに泊まったとき、ドアの下からドライアイスの霧が流れこんできたんですよ」

「注目を浴びようとして自分でやったんじゃないの？」

「かもしれない。一方、何者かがやっていたとしたら、秘密の通路があるかもしれないんです。それに、屋敷に隠された財宝という言い伝えはどうなんでしょうね？」

「ただの言い伝えでしょ。昔話よ」

「彼女が殺された夜に」とアガサがグレタへの嫌悪感を隠しながら質問した。「このあたりで誰かを見るとか、何かを聞くとかしませんでした？　見知らぬ人間が村をうろついていなかったかしら？」

「ねえ、探偵仕事は警察に任せておいたら。ここにも警察が来たのよ、知らなかった？　すでに一軒一軒、捜査員が聞き込みに来てるわ」

アガサはもう限界だった。立ち上がった。「お時間をとっていただきありがとうございました。ポール、行きましょう」

ポールはおどおどしながら後に続いた。

「嫌な女！」アガサは大声で言った。

「しいっ。彼女に聞こえるかもしれないし、また彼女に話を聞く必要が出てくるかもしれないよ」

「ああ、そんなことになりませんように。ともかく、ひとつ思いついたことがあるの」

「どんな？」

「アリバイがあろうとなかろうと、ハリーが第一容疑者でしょ。警察は彼が誰にも見られずに、こっそりへバードンに行ったのかもしれないと考えるはずよ」

「まさか。ティティプーの市民の扮装をしたまま？」

「いい、十時に舞台がはねたとする。メイクを落として、車を実家に走らせて犯行におよび、パーティーに間に合うように戻ってくる時間はあるわ」

「それで、何をするつもりなんだい、アガサ？」

「彼はわたしたちの協力を感謝するかもしれない。わたしたちに助けてほしければ、屋敷を調べさせてくれるかもしれないわ」

「見込み薄だよ」

「かもしれない。だけど、明日、葬儀のときに訊いてみるわ」

「タイミングが悪いんじゃないかな」

「なぜ？　彼は育て方のせいで、母親を憎んでいたにちがいないわ」

「必ずしもそうとは限らない。母親は母親だからね」

「ただし、どこから見ても、彼女は毒母だった」

「ちょっと、アガサ。亡くなった人の悪口を言うのはよくないよ」

「どうして？　あのお婆さんのことをよく言わない連中の仲間入りをしているだけよ。パーシーが小屋にいるか行ってみましょう」


パーシー・フレミングは二人の顔を見て喜んだ。「現実の殺人事件が、まさに玄関先で起きたんですからね」彼ははしゃいでいた。「あなたたちは探偵をしているんですか？　警察がやって来たが、彼らにはほぼ何も話しませんでしたよ」

「アイビー・コテージに秘密の通路があるって聞いたことはありますか？」ポールがたずねた。

「財宝の話は耳にしたことがあるが、秘密の通路のことは知らないですね」

「殺人のあった夜に何か聞くとか、誰かをこのあたりで見かけるとかは？」

「まったく。でも、わたしにはある推理があるんです」

「どんな？」アガサが意気込んだ。

「娘の犯行ですよ。たしかに、翌日、彼女は死体を発見した。しかし、殺人のあった夜には何をしていたのか？　警官の一人に訊いてみたんです。一晩じゅう家にいたそうです。明かりがずっとついていたし、テレビの音が遅くまで聞こえていた、と近所の人々も証言している。しかし、明かりもテレビもつけっぱなしにして、ヘバードンにこっそり行くことはできたでしょう？」

「車を見かけませんでしたけど、ふだんはどうやってここまで来ていたのかしら？」

彼の表情が暗くなった。「バスです。朝にここに着き、母親と過ごし、午後二時のバスで帰っていたんです」

「だけど、夜のバス便はないんですよね？」

「ええ。でも、車を雇うことはできたはずだ」

「確かに」アガサはふいに疲れを覚えた。小屋の中は暑く、パーシーのアフターシェーブローションの強烈な匂いがプンプンしている。「では、そろそろ。ご協力ありがとうございました」

「役立たず」アガサはけなしながら車に戻っていった。「これからどうする？」

「明日の葬儀までは何もできそうもないね」

6

翌朝アガサが目覚めると、しとしと雨が窓ガラスを濡らしていた。ベッドから出て、クロゼットをひっかき回して葬儀に着ていくのにふさわしい服を探した。英国国教会だから黒ずくめでなくてもよかったが、明るい色だと非常識に思われるかもしれない。それに、敏捷《びんしょう》な動きができるような服装でなければならなかった。たとえば、こっそり鍵を盗み、急いで合い鍵を作りに飛んでいけるような。やっとダークブラウンのシルクのパンツスーツに白いブラウスを選んだ。それにヒールを合わせるつもりだったが、バッグにフラットシューズも忍ばせていこう。

髪が心配になって点検した。根元に灰色の筋がのぞいている。ああ、どうしよう、と思わず声がもれた。いまいましいことに、長い黒髪のファニータの姿が頭に浮かぶ。

バスルームに行き、コンディショナー、シャンプー、カラー剤の棚をひっかき回した。これまで美容院に行かずに自分でカラーリングしたときはたいてい失敗したのを

忘れ、ブルネット色のカラーリンスを見つけて、それを使うことにした。

ヘアドライヤーで乾かそうとしたとき、ドアベルが鳴った。腕時計を見ると十時三十分だ。ポールにちがいない。しまった！　アガサは頭にタオルを巻き、下着の上にガウンをはおって階段を駆け下りてドアを開けた。

「一分ですむわ」

「一分じゃやすみそうもないな。急いで」

アガサはまた二階に駆け上がり、髪の毛を乾かし、ブラッシングしてなめらかなボブに整えると、パンツスーツとブラウスを急いで着て鏡の中の姿を見た。雨は止み、薄日が射していて、髪を照らしだした。根元が赤くなっている。

「アガサ！」階段の下でいらいらとポールが叫んだ。アガサはつばが大きな茶色のスエードの帽子をつかむと、頭にかぶり、一階に急いだ。

「震えているマッシュルームみたいだ」ポールが意見を言った。「その帽子のどこかに隠れているんだよね。さあ、行こう」

トウデイに向かって車を運転しながら、ポールはちらっとアガサを見た。

「太陽が出ていて、かなり暑いよ。最近の葬儀では帽子をかぶる必要はないみたいだけど」

「この帽子が気に入ってるの」アガサはけんか腰で言った。「流行なのよ」

「わたしはだまされないよ」

「あなた、いつもそんなに失礼なの？」

「いや、あなたをお手本にしているだけだよ」

二人ともむっつり黙りこんだまま、教会に着いた。

ポールが教会の塀のわきに駐車すると、二人は教会墓地を通り抜けていった。

「ここに埋葬されるんじゃないだろうね」ポールがあたりを見回した。

「どうして？」

「区画がもうないから。テレビで誰かが埋葬されるとき、たいてい昔ながらの教会墓地だって気づいた？　最近はそうじゃない。イギリスの墓地は死者でもう満杯なんだよ」

いたずらな風が教会墓地に吹きこんできて、アガサの帽子を頭からさらって遠くに飛ばした。「とってこよう」ポールは言うなり、帽子を追いかけていった。彼はびしょ濡れになった帽子を持って戻ってきた。「もうかぶれないよ。水たまりに落ちたから」彼はアガサの髪に目をやった。「とても魅力的だな。茶色の髪の根元が赤くて」

アガサは腹を立てながら濡れた帽子を受けとり、墓石にかぶせた。

「ランコーン警部がちょうど教会に入っていくところだ」ポールがひそひそと言った。

「それにキャロルも」アガサは驚いた。「すっかり洗練されて、やけに楽しそうだわ。他に誰が来ているのかしら」

二人は薄暗い教会に入っていった。ほぼ満員だった。グレタ・ハンディとパーシー・フレミングが隣同士ですわっている。残りは野次馬根性の村人だろう、とアガサは推測した。

「ピーター・フランプトンがあの風変わりな女性、ジーナといっしょに入ってきたよ」ポールがささやいた。

アガサとポールは出席者全員が見えるように、小さな教会の後ろの席を選んですわった。ピーターはジーナに腕を貸しながら通路を歩いてきた。彼女はインディアンコットンのくすんだ赤いドレスを着て、長い木製ビーズがついたかさばるブーツを履いている。ほどいたストレートの髪はお尻まで届きそうだ。振り向いて教会内を見渡した。パープルのアイシャドーにパープルの口紅、日焼けメイク。

「奇妙な組み合わせね。お嬢さんかしら？」

「それはないよ。ねえ、軽食がなかったらどうする？」

「式後にアイビー・コテージで、もてなしがあることを祈りましょう」

「いまだに、『親愛なるみなさん、われらがここに集ったのは……』で挨拶を始めるのかな。たぶんちがうね。わたしは聖書の現代訳が大嫌いなんだ。欽定訳聖書の言葉の美しさが損なわれているし、そうした言葉にこめられた絶対的な信仰も失われてしまっている」

オルガンのおごそかな音楽が教会に鳴り響いた。棺《ひつぎ》が運ばれてきた。ハリーが棺の担ぎ手の一人だった。残りの人間は葬儀社が手配したようだ。

葬儀が始まった。簡素だが威厳のあるものだった。牧師が短い説教をし、古めかしい賛美歌を全員で斉唱した。頌徳《しょうとく》の言葉は誰も述べなかった。故人を賞賛するほどの偽善者は一人もいなかったようだ。

棺が運びだされ霊柩車にのせられるあいだ、全員が起立した。

アガサとポールは会衆に続いて教会のドアに向かった。そこにはハリーとキャロルが並んで立っていた。

アガサは難詰されるのではないかと不安だったが、ハリーはこう挨拶した。

「来てくださってありがとうございます。アイビー・コテージの軽食の席に参加していただければ、キャロルもわたしもうれしいです。個人的にちょっとご相談したいこともありますので」

「まず、お墓に行くのではないんですか？」アガサは訊いた。

「いいえ、母は火葬の予定なんです。葬儀社に任せてあります」

「期待が持てそうね」車に戻りながらアガサはポールに言った。

「可能性はあるね。あるいは、もう口出しをするなと警告したいだけかもしれない。帽子はとってこなくていいのかい？」

「もういいわ。キャロルとハリーがずいぶん愛想よくふるまっていたことに気づいた？」

「演技の可能性もあるね」

「だけど、キャロルは幸せそうと言ってもいいぐらいだった。しかも、しゃれた服を着ていたわ」

「まあ、相談の中身がわかれば、いずれ明らかになるだろう」

「二人が友好的なら、家の中を調べる許可をとれるかもしれないわ」

「こっちから持ちださない方がいいよ」

参列者全員が帰っていき、最後にキャロルとハリーが去るまで車の中で待ち、それからアイビー・コテージに向かった。

軽食はシェリーとサンドウィッチだった。アガサはおなかがすいて食べ物に物欲しそうな視線を向けた。だがポールがささやいた。「鍵をとってきて」

「じゃあ、あなたの車のキーを渡して。合い鍵屋を見つけなくちゃならない。モートンには一軒あるけど」

「ブロックリーに靴屋があるんだ。そっちの方が速いよ」

鍵は錠前にぶらさがっているものと、なぜ二人とも思い込んでいたのだろう？　おまけに、玄関ドアには四つも錠前がついていた。彼女は裏手のキッチンに回ったが、二人の女性がサンドウィッチを切って皿に並べているのを見て引き返してきた。

ポールは横に来たアガサに驚いた。「ずいぶん早かったね」

「どこにも行かなかったから」アガサは不機嫌に言った。「鍵はドアに挿しこんだままじゃないし、玄関ドアには四つも鍵がついてたわ」

「となると、二人の善意に頼るしかないかな。サンドウィッチを食べていて。わたしは裏からもっと簡単に入れないか、調べてくるよ」

「もう試したわ。キッチンに女性がいたの」

「いちおう見てくるよ」

ポールは去り、アガサはパーシー・フレミングに声をかけられた。

「あら、ここでお会いするとは意外です」アガサは言った。

「葬儀に列席するのが好きなんですよ」きっぱりと言った。「陰鬱な雰囲気や儀式のことを本に利用できますから」

「ピーター・フランプトンの姿がないですね」アガサは室内を見回した。

「ああ、歴史協会の男ね。彼はトウデイ出身だからトウデイ教会のイベントにだけ参列するんです」

「彼といっしょにいた女の子、ジーナだったかしら、彼女は何者なんですか？」

「ジーナ・サクストンですね。いわば、いきなり現れたんですよ。すてきな衣装でしたよね？　今日のいでたちはまさに六〇年代のコミューンって感じだった」

「だけど、どこの出身なのかしら？」

「トウデイにコテージを持っているんですよ、去年叔母に遺贈されて。その前にどこにいたのかは知りません。彼女とピーターはつきあってるんです。年齢差を考えると、啞然とするが」

「彼はハンサムですものね」

「ま、舞台向きの顔ですよ。そう思いませんか？」パーシーは舞台向きという言葉を妙に強調した。「あの男は十七世紀に異常に執着している。ああ、あの嫌なおまわりが来た」彼はさっと背を向けて立ち去り、代わりにランコーン警部がアガサの目の前に立っていた。

「われわれの捜査を邪魔するようなことはしていないだろうね」警部は詰問した。

「お悔やみを申し上げているだけよ」

「ひとこと、警告しておこう、ミセス・レーズン。村のおばさんが警察を手助けするのは小説の中だけだ。現実じゃ、たんに悩みの種でしかない」

「あなたもそうでしょ」アガサは語気を荒らげた。「とっとと消えてよ」

「警告はしておいたからな」

アガサは背を向けて歩み去った。キャロルに近づいていくと、ちょうどグレタ・ハンディに別れを告げているところだった。そっとささやいた。「わたしたちに話があるんですって？」

「ちょっと待っていただける？　他の人もすぐに帰るでしょうから」

だが、全員が引き揚げるまでにさらに一時間かかり、一人でハリーとキャロルの話を聞かなくてはならないかもと思いはじめたときに、またポールが姿を現した。

「これでよし」ハリーは最後の客を送り出した。「すわってください」

アガサは立っているのに疲れたので、ありがたく肘掛け椅子にすわりこんだ。

「実は、わたしにはアリバイがあるが、警察にまだ疑われているんです。キャロルもわたしも、完全に潔白が証明されるまで遺産が手に入らないんですよ」

「キャロルの方は何も相続できないのかと思ってましたけど」

キャロルは弟にまばゆい笑みを向けた。「ハリーが弁護士と交渉して、わたしが半分もらえるようにしてくれたの。いろいろ話し合った結果、母が意図的にわたしたちの仲を裂こうとしていたってことがわかったんです」

「遺産を手に入れたら、商売を続けていくんですか？」アガサはハリーを見つめた。

「いいえ、売るつもりです。二年前まではとても順調でした。消費税が上がって、売り上げが激減したのが致命傷だった。オークションで誰もほしがらないようなアンティークに投資しすぎたんです」

「それで、わたしたちになぜ会いたいと？」ポールがたずねた。

「警察はわたしかキャロルが犯人だと思い込んでいるので、ほかの可能性をあまり熱心に調べていないんです。それであなたの記事を思い出したんです、ミセス・レーズン。母を殺した犯人を見つけてもらいたいんです。遺産が手に入ったら、料金はお支払いします」

「ああ、それは気にしないで」アガサは新興成金みたいな鷹揚《おうよう》さで応じた。「どっちみち調べているから。実はね、家を調べさせてもらえないかと思っていたんです。というのもね、お母さまを脅かそうとしていた人が誰にしろ、こっそり家の中に入る方法があったわけでしょ。秘密の通路とか何かがあったんじゃないかしらね」

「もう少ししてからでいいかな?」ハリーはちらっと姉を見た。「ここを片付ける必要がありますし」

「じゃあ、よかったら鍵を借りていって、誰もいないときにまた戻ってくることもできますよ」

「そこまでする必要はないと思うけど」キャロルが言った。「だって、問題は誰が母を殺したかでしょう?」

「でも、わかりませんか?」アガサは必死に食い下がった。「あなたかハリーじゃなければ、犯人には家に入るなんらかの方法があったはずなんですよ」

ハリーは立ち上がった。「キャロルもわたしも葬儀のあとでへとへとなんです。すべて少し先延ばしにしてもいいですか?」それから返事を待たずに、彼は部屋を突っ切っていき二人のためにドアを開けた。

「やれやれ!」車に乗り込むとアガサは言った。「どう思う?」

「実に奇妙だな。だって、殺人犯を見つけてほしいと言いながら、二人とも家の捜索を断固拒否する。でも、心配はいらないよ。鍵は手に入れたから」

「なんですって！　どうやって？　どこで？」

「裏側に通じるドアがふたつあったんだ。ひとつはキッチンからで、複数の錠前とかんぬきがついていた。しかし、食器室にもドアがあった。ほこりまみれの古いドアだったので、ずっと使われていなかったんだろうね。でも、錠前に鍵が挿さったままだった。それを抜いてきたんだよ。キッチンで働いている女性たちに、幽霊退治のときにノートを落としたと説明したので、あちこち探し回る口実になった。鍵を手に入れると、スピード違反をしてモートンまで車を走らせ、スペアを作ってきた。だから、今夜忍びこもう」

「ペンライトで探し回らなくちゃならないのは残念ね」

「そのことも考えてみたんだけど。キャロルもハリーもこの近くには住んでいない。あの家の前を歩いて通りかからない限り、明かりがついているかどうかは見えないよ。だから明かりをつけても問題ないだろう。たまたま誰か来たら、たとえば夜中に犬の散歩をさせていて不審に思ったら、まず玄関のベルを鳴らすだろうから、そのときは速攻で裏から逃げればいいよ」

アガサはステアリングを握っているポールの腕がすぐそばにあることにふと気づき、胸がキュンとした。出発する前に、彼はジャケットを脱いで後部座席に置いたのだ。日に焼けた筋肉質の腕。アガサは欲望がかきたてられるのを感じ、同時にファニータのことを思い出した。彼のことは忘れなさい。たぶんどこかに結婚していない男がいるわ。魅力的でやさしくて知的で、アガサ・レーズンと生涯を共にしたいと思う男が。

アガサは葬儀には黒ずくめは採用しなかったが、家に忍びこむには必要だと考えた。その夜は暖かくムシムシしていたが、黒いブラウスは持っていなかったので、薄手の黒いセーターに黒いパンツを合わせ、黒いぺたんこ靴を履いた。ポールは午前二時に迎えに来ることになっている。彼が来る直前に、この役を完璧にこなさなくてはと考え、リビングの煙突に手を突っ込んで煤《すす》を集めると、顔まで黒くした。

きっかり二時に迎えに来たポールは彼女を見るなり、ぎくりとしてあとずさり、それから弱々しく「ハロウィーンかな」とつぶやいた。

「顔が白かったら黒い服を着ても役に立たないでしょ」アガサは憤然として言い返した。

「でも、洗い落としてきて。もし誰かが起きていて、そういう顔で車に乗っているあなたを見たら、朝にはカースリーじゅうで妙な噂が広まっているよ」

しかし、アガサが煤を落として改めてメイクをし、カースリーを出発したとき、ミセス・ダヴェンポートが寝室の窓から二人を見ていた。彼女の唇はいまいましげにゆがんだ。ミスター・チャタートンの奥さんに、ご主人があの悪女と何をやっているのか知らせなくては。おそらく噂を避けるために、どこかのホテルで密会するつもりなのよ。だけど、奥さんはマドリッドにいる。ミセス・ブロクスビーはミセス・チャタートンの実家の住所を知っているかしら、とミセス・ダヴェンポートは思案した。


前と同じように、村の外に車を停め、バッグ・エンドのアイビー・コテージまで歩いていった。

月光に照らされた屋敷は黒々として不気味だった。かすかな風が蔦をざわめかせ、まるで誰かがささやいているようだ。アガサは不安そうに家を眺めた。「幽霊なんて本当にいないわよね」

「馬鹿なことを。裏に回ろう」

ポールは家のわきの門を開けた。蝶番《ちょうつがい》がきしんで夜のしじまに背筋が寒くなるような音を響かせた。

ふいにアガサは、猫たちといっしょに自宅のベッドにもぐりこんでいればよかった、と後悔した。自分が取るに足らない存在で、独りぼっちで孤立している気がする。だいたいポールはわたしのことをどう思っているのだろう？

「よし」彼はペンライトをつけた。「こっちが裏手だから、食器室のドアはこの先にあるはずだ、キッチンのドアの隣に」アガサは揺れるペンライトの光についていき、食器室のドアの前に出た。

「気が乗らないわ」彼女はささやいた。「これ、いい思いつきじゃないわよ」

「静かに！」ポールはポケットから鍵をとりだし、錠前に挿しこんだ。「固くて回らない」とつぶやいた。「潤滑油を持ってくるべきだった」さらに力をこめると、鍵はギシギシ音を立てて回った。

ポールは音もなく食器室に入っていき、アガサもそれに続き背後でドアを閉めた。

「まず最初に地下室を調べるべきだと思う。とりかかるのにふさわしい場所だよ」

二人はキッチンを通り抜け、家の表側に通じる石敷の廊下を進んでいった。

「ここじゃないかな」ポールは小さなドアの前で足を止めた。「ありがたいことに錠前に鍵を挿しこんだままだ」

ドアを開け、内部をペンライトで照らし、明かりのスイッチを見つけた。四十ワットの弱々しい光が急な石階段を照らしだした。

「さ、下りていこう」ポールは楽しそうだった。

アガサはゆっくりと階段を下りながら、警察のサイレンが聞こえてこないか、ずっと耳を澄ませていた。

ポールは階段の下でもうひとつのスイッチを見つけた。アガサは階段を下り、ポールと並んで地下室を眺めた。古いトランクや箱がいたるところにある。「これだけのものを調べるには何年もかかりそうだわ」アガサはあきらめ顔で言った。

「わたしたちが探しているのは秘密の入り口だ、そうだろう？」

アガサは嘆息した。「わたしは壁の二面を調べるから、あなたは別の二面を調べて」

「ちょっと思ったんだけど……」

「何なの？」捜索を早く終わらせたくて、じりじりしながらアガサはたずねた。

「外から誰かが入ろうとしたら、庭からトンネルを掘るんじゃないかな」

「だけど、庭っていっても何エーカーもあって広大よ！」

「ようするに、床に跳ね上げ戸みたいなものがあるはずだってこと」

「だとしても、ミセス・ウィザースプーンが見つけてるわよ」

「そうとも限らない。この大量のがらくたは引っ越したときからあったにちがいない。

このトランクの名前を見て。『ジョセフ・ヘンダーソン』」ポールはかがんで、箱の中をひっかき回した。「ここには一九〇二年の教科書があるぞ！　彼女はこういうものをまったく整理せず、そのまま放置していたんだと思うな」

「だけど、ハリーとキャロルは子供のときにここに下りてきたんじゃないかしら」

「そうするのを禁じられていたのかもしれない」ポールは箱の中をのぞきながら地下室の別の方向に移動していった。「これはハリーの教科書だし、こっちはキャロルのものだったにちがいない人形だ」

「床はほこりだらけよ」アガサは俄然、興味がわいてきた。「ざっと見て、移動された形跡のある箱がないか調べましょうよ」あとずさった拍子に古い木馬にぶつかり、悲鳴をあげた。木馬は子供が背中に乗っているかのように前後に揺れている。

丸一時間、二人はさんざん探した。「望みなしね」アガサはトランクにすわりこんだ。いろいろな物を移動したせいで腕が痛かった。ポールがやって来て、隣にすわった。

「すべて移動して、その下を調べたんだが」ポールはため息をついた。

「あそこにある木製の収納箱以外はね。重すぎて、まったく動かせなかったから」

「何が入っていた？」

「見なかったわ」

「アガサ！」

「だって、疲れていたし、つかまるんじゃないかと気が気じゃなくて」

「わたしが収納箱の中を見てくるから、ここで待っていて。どこにあった？」

「古いカーテンの山の下。すべて元どおりに積んでおいたわ」

アガサはポケットから煙草のパックとライターをとりだした。収納箱の方に行きかけていたポールは振り向いた。「煙草はだめだ、アガサ。煙の臭いがずっと残るからね」

アガサはむっとしながら煙草をポケットにしまい、あくびを噛み殺した。

カーテンをどけると、ほこりが盛大に舞い上がったので、ポールはくしゃみをした。大きな収納箱の蓋を開けた。「またカーテンだ」と言いながら布地をとりだす。

「その下に何かあった？」

「何も。待って。底の木の縁にひっかき傷があるぞ」

「それがどうかしたの？」アガサは煙草が吸いたくてたまらなかった。

ポールはポケットを探ってナイフをとりだした。彼の頭が収納箱の中に隠れた。

「底が持ち上がる。はずせるんだ」

ふいに気力が戻ってきて、アガサは彼のところに行った。

ポールは力をこめ、苦労しながら収納箱の底を持ち上げた。「これを見て」彼は腰を伸ばした。

そこには床に作られた跳ね上げ戸があった。跳ね上げ戸の上に、新しそうな輪がとりつけられている。

ポールは輪をひっぱった。跳ね上げ戸はやすやすと持ち上がり、それからまた落ちてきて、収納箱の側面にガシャンとぶつかった。ポールは罵《ののし》り、二人とも息を止めた。

「大丈夫だ」ポールはほっとしたように笑った。「地下室の音は外にまで漏れないだろう。あの木製階段を見て。ところどころ新しくて、修理したみたいに見える」

ペンライトを照らしながらポールが下りていったので、アガサも続いた。二人は石敷の通路に出た。空気は乾いていてカビ臭く、天井はとても低かったので腰をかがめて歩かねばならなかった。

「空気が汚染されていて危険じゃない？」ポールのセーターの裾につかまって、アガサは進んでいった。

「カナリアを連れてくるのを忘れたよ」ポールは冗談を飛ばした。「空気は問題ない。それどころか、少しずつ新鮮になってきている。出口に近づいているんだ」

二人は黙りこくって進んだ。「行き止まりだ。でも、また梯子《はしご》がある。わたしが先に上がってみよう。こっちにも跳ね上げ戸があるはずだ」

彼は梯子を上がっていった。アガサは心配しながら待っていた。何かを持ち上げようとしているのか、うめく声が聞こえた。それからドサッという音。「上がってきて」ひそめた声が聞こえた。「どこかに出たよ」

アガサは梯子を上りはじめたが、小枝や木の葉がバサバサ落ちてきたので悲鳴をあげた。「ごめん」ポールが叫んだ。「邪魔な物をどけようとしていたんだ。跳ね上げ戸が覆われていたから」

アガサが出たのは薄暗い茂みの中だった。「かがんで進んでいけば、服を破かずにここから脱出できるよ。やぶの中にトンネルみたいな通路ができている」

アガサはポールのペンライトを頼りに進んでいった。茂みから出てみると、屋敷からかなり離れた庭のはずれで、そのあたりはまったく手入れをされていないようだった。あたり一面に雑草ややぶが生い茂っている。

「これで何者かが侵入した方法がわかったぞ」ポールが言った。

「ここから出ましょう」アガサは不安そうにあたりを見回した。「なんだか背中がぞくぞくしてきたわ」

「わかった。いっしょに梯子を下りて、跳ね上げ戸を元に戻そう。その前にできるだけ蓋の外側を元どおりにするよ。わたしたちがここにいたことを誰にも知られたくないからね」

アガサが梯子の下で待っていると、ポールが跳ね上げ戸を閉めてペンライトを手に下りてきた。

ポールに先導されながら、低い天井に頭をぶつけないようにアガサは腰をかがめて進んでいった。しかし、通路の途中で、いきなりポールが立ち止まった。「どうかしたの？」アガサは声をひそめてたずねた。

「ここにアルコーブがある、壁のくぼみが。トンネルで列車が進入してきたときに、作業員が避難するような場所だ」ポールはペンライトで照らした。「何もないな」ペンライトを上に向ける。「これは煙突みたいなものだ。いわば古い通気口だね。だけど、上部はふさがれているようだ。アガサ、わたしが両手を組んで、そこにあなたを乗せて持ち上げたら、上部を手探りして何か隠されていないか調べてもらえるかな？」

「ええ、わかったわ。だけど、ここから出るまで不安でたまらないわ」

アガサはポールに持ち上げられた。両手を伸ばして、枯れ葉や小石を下にかきだす。小石がポールの顔にぶつかって、彼が思わず手を離したとき、アガサの手がアルコーブの内側から突きだしている鉄棒に触れた。あわててつかまったが、鉄の大釘か何かがゆるみはじめた。アガサはポールの上に落ち、二人いっしょに床にころがり、さらに小石や木の葉がばらばらと降ってきた。

「重いなあ」ポールは文句を言いながら、アガサを押しのけた。「ペンライトを落としたら、スイッチが切れてしまった。探すのを手伝って」

四つん這いになって二人はあたりの床を手探りし、とうとうポールが叫んだ。

「あった」

同時にアガサも言った。

「ここに包みみたいなものがある。上から落ちてきたにちがいないわ。ペンライトをつけて」

「まだ壊れていないかな。よかった、大丈夫だ。何があったんだ？」

か細い光線が、ほこりまみれの革にくるまれた包みを照らしだした。

「どこかから落ちたのね。持って帰りましょう。この家にはもう一刻もいたくないわ。どっちにしろ、財宝はなかったし。これ、本みたいね」

地下室への階段を上がり、地下室からまた階段を上がって、ようやく家から出ると、アガサはほっと胸をなでおろした。二人は急いで車に向かった。

「誰にも見られなかったのならいいんだけど」アガサが息を切らしながら車の座席に寄りかかった。「ねえ、これからどうする？　警察にあの入り口のことを言うべきよね。あそこから何者かが侵入して、彼女を脅かしたんだから」

「話せっこないよ。警察はどうやって発見したか知りたがるに決まってる。あなたの家に戻って、発見したものを調べてみよう」

アガサのコテージに落ち着くと、アガサは革の包みをキッチンのテーブルの上に大事そうに置いた。ポールが包みを開いた。「日記だ！　ラモントの日記だよ」

「財宝について、何か書かれている？」

「どれどれ。ウースターの戦いの準備の詳細と食糧と武器の目録だ」彼はページを繰った。「それから戦いの描写」

「最後まで飛ばして。戦いに敗れたと悟ったときに財宝を隠したはずよ」

「せかさないで！」

アガサがじれったくて切れそうになるほど、ポールはのろのろとページを最後まで繰っていった。

「あったぞ。この最後の部分はサイモン・ラヴゼイの家に避難したときに書いたにちがいない。『所持していた多くの金と宝石はウースター北部のティミンの畑に埋めた。それから回り道をしてヘバードンまで行き、隠れ家を探した。このことは家主に言っていないが、彼は奇妙なやり方で情報を得ようとして圧力をかけてくる。われわれの理念に彼がまちがいなく共感しているとわかるまで、この記録は隠しておくことにする』」

ポールは日記を閉じた。その目は興奮で輝いていた。「これで財宝の在り処《か》がわかったね」

「明日、探しに行きましょう」アガサは叫んだ。「何か見つけたら、ラモントの子孫が生存しているか確認すればいいわ」

「ティミンの畑か」ポールが考えこんだ。「おそらくティミンは農夫だな」

「ウースター地区の地図があるわ」アガサは急いで地図をとってきた。しかし、ウースターの北にあるすべての農場を調べたが、ティミンという名前は見つからなかった。

「農場はとっくの昔に売られてしまったのかもしれない。十七世紀の地図が必要だな」

「明日、ウースターの登記所に行きましょう。少し睡眠をとった方がいいわね」

アガサはポールを玄関まで見送った。「あなたは勇ましいね、アガサ」ポールは微笑みかけた。「こんなにわくわくしたのは初めてだよ！」

ポールは両腕でアガサを抱きしめると、唇にキスした。

アガサはうっとりとまばたきしながら、彼を見上げた。

「おやすみ」ポールはやさしく言った。「明日の朝十時に。ぐっすり眠ってね」

アガサはそっとドアを閉めると、はずむ足取りで二階のベッドに上がっていった。胸がときめいていた。彼はファニータと離婚して、わたしと結婚してくれるわ！　ジェームズ・レイシーはわたしたちの結婚式の告知を見るだろう。そして苦しめばいいのよ！


朝、ウースターに出発した二人は財宝の期待に胸をふくらませ、殺人事件のことをすっかり忘れていた。マルヴァーン丘陵まで続くイヴシャムの谷には、日がさんさんと降り注いでいる。アガサの心は穏やかだった。隣にはゆうべ自分にキスしたハンサムな男性。そして、めざすのは隠された財宝だ。

登記所の外に駐車したとき、彼女の心の地平線に最初の暗雲が顔を出した。ポールが釘を刺したのだ。「今のウースターは広大な場所だ。しかし十七世紀には現在と比べ、かなり小さな土地だったにちがいない」

「悲観的にならないで。ティミンの畑を探しにやって来たんだから」

登記所では、十七世紀半ばのウースターの地図を見せてもらうことになった。

「まあ！」アガサは地図にかがみこむと叫んだ。「ほんと、ウースターは小さいわ」

「見てみよう、北の方だ。北を見て」

ポールの長い指が町の北へと滑っていく。「あった！」ポールは叫んだ。「ティミンの畑。ティミンは小作農の農夫だったにちがいない。バーンハダム家の領地の一部だ」

「行ってみましょう」アガサは興奮で我を忘れていた。「まず金属探知機を買った方がいいかもしれないわ。それから――」

「アガサ、ウースターの現在の地図を参照した方がいいと思うよ。あの畑は今では別のものになっているかもしれない」

「ああ、地図なら持ってきたわよ」アガサは大きなバッグから地図をとりだした。

二人は地図を広げ、十七世紀のものと比較した。

「ビルが建設されている。ショッピングモールだ。それに何キロにもわたって、家々が建ち並んでいる」

「ともかく見に行ってみましょうよ」アガサは断固とした口調だった。「ティミンの畑が駐車場か何かになっていたら、掘り返せるかもしれないわ」

「だけど、ウースターは一六五一年から拡大し続けているからね。まず十八世紀と十九世紀の地図を確認した方がいいと思う」

「どうして？」

「考えてみて、アガサ。その畑に何か建物があるなら、すでに地面が掘り返されたということだ。家の地下室を造るにも、深く地面を掘る。財宝はすでに発見されているだろう。それを発見した人間はそのことを黙っていたにちがいない」

二人は十八世紀と十九世紀の地図を借りて、眺めてみた。「ここを見て」ポールが言った。「十九世紀の方だ。ティミンの畑があった場所にずらっと家が並んでいる。教会まであるよ」

「そんなはずないわ。教会を取り壊すことはありえないでしょ！」

ポールは立ち上がって、一九四五年のウースターの地図を持ってきた。

「ここに答えがあるよ。その一帯は戦時中に爆撃されたんだ。地図をすべて返却しよう」

外に出ると、アガサは言い張った。「それでも現地を見てみたいわ」

「お望みなら。でも期待はしないで。あなたが運転して。わたしが道案内するから」

やっと巨大なショッピングモールの外に到着した。「ティミンの畑はどのぐらいの大きさだったかしら？」

「六エーカーぐらいかな」

「そう、この巨大施設は六エーカー以上あるわね。あなたの言うとおりだわ。あの建物と掘削で、財宝はとうになくなってしまったのよ」

「そして、わたしたちの手元には貴重な内乱の記録が残されたが、誰にもそれをどうやって手に入れたか言えない状況だ。何かおなかに入れてから、これからどうするかを決めよう」

「心を慰めてくれる食べ物がいいわ、ジャンクフードが」

「じゃあ、方向転換して、少し戻って。さっき、一日じゅう朝食を出している店を見かけたんだ」


アガサは卵、ソーセージ、ベーコン、フライドポテトを平らげると、ため息をついて椅子の背にもたれた。「これで頭が回るようになったわ。まず、ラモントの日記をどうしたらいいかよね」

「ざっと目を通しただけだけど、当時のことがかなり詳しく完璧に記されていた。とにかく、サー・ジェフリー・ラモントの子孫がいるかどうかを調べるべきだろう。もしその人物を見つけたら、匿名で日記を送ればいいよ」

「ずっと気にかかっていることがあるの」

「何だい？」

「秘密の通路のこと。階段が修繕されていたのを見たでしょ。ハリーとキャロルはあの入り口のことを知っていたんじゃないかしら。わたしたちにそれを見つけられたくなかったのよ。ただ、警察には話せない。だって、屋敷で何をしていたのか説明しなくちゃならないでしょ。ビルにこっそり知らせる方法があるとしても、鑑識班があそこに行き、そこらじゅうにわたしたちの指紋がついているのを発見するでしょう。手袋をしていなかったから」

「ハリーかキャロルがあれについて知っていたら、どうしてわざわざ殺人犯を見つけてほしいと依頼してきたのかな？　二人のうちどちらか、あるいは二人で母親を殺したんだとしたら、ってことだけど」

アガサは眉間にぎゅっと深い皺を寄せた。それから愁眉を開いた。「ねえ、二人とも殺人事件とは無関係だったんじゃないかしら。ただ、あの通り道を使って母親を脅かしていたんじゃない？」

ポールは首を振った。「それはないだろう。二人とも母親が簡単に怯えるような人間じゃないことを知っていたはずだ」

「ちょっと待って！　あることを思いついたわ。ハリーは母親が死ぬ前に、どうしてホテルチェーンに屋敷を売る話を持ちかけたのかしら？」

「これから行って、訊いてみた方がよさそうだ」

まず店に寄ってみたが、土曜の午後だったので、〝閉店〟の掲示がドアに出ていた。

「変ね」アガサは言った。「ミルセスターには観光客がたくさん来るわ。土曜も営業していそうなものなのに」

「自宅に行ってみた方がいいね」

その頃、ミセス・ブロクスビーはミセス・ダヴェンポートをじっと見つめていた。

「マドリッドのミセス・チャタートンの住所が知りたいんですか？　ミスター・チャタートンにお訊きになったらいかが？」

「そうするつもりだったわ」ミセス・ダヴェンポートはむっとしたようだった。「彼が家にいればね。でも、いつもあのレーズンっていう女性と出歩いているんです。みっともないわよね、はっきり言って。いい年をした女性が。おまけに相手は既婚者よ」

感情のこもらない声で、牧師の妻は答えた。

「ミセス・レーズンとミスター・チャタートンは同世代でしょ。殺人事件を調べているの。それだけのことよ。そのことを心に留めて、悪意のある噂を村じゅうに広めないようにお願いしたいわ」

お灸《きゅう》を据えられて、ミセス・ダヴェンポートは牧師館を出た。どうやったら住所が手に入るかしら？　他に知っていそうな人は？　そのとき、ミス・シムズのことを思い出した。婦人会の書記だ。彼女は住所録を管理している。ファニータは一度会合に出席した。おそらくミス・シムズは住所をメモしたにちがいない。ミセス・ダヴェンポートは公営住宅に向かった。婦人会のような尊敬すべき団体が、シングルマザーで公営住宅に住んでいるような女性をどうして書記に選んだのか、彼女には理解できなかった。明らかに、わたしたちのお仲間ではないのに、と不快に感じながら、ミス・シムズの家に通じるこぎれいな庭の小道を歩いていきベルを鳴らした。

「あら、あなただったのね」ミス・シムズが言った。「ちょうど出かけるところなんです」

「ミセス・チャタートンのマドリッドの住所をご存じかと思って」

「どうかしら。調べてみるけど。どうぞ。あら、ちょっと待って。ご主人に訊いたらいいじゃないの」

「全然、家にいないのよ」

「じゃあ、ドアからメモを差し込んでおけばいいわよ」

ミセス・ダヴェンポートは胸をぐいっとそらした。「いい子だから、その住所を調べて教えてよ。ほら、さっさとして」

「お断りよ」

「何ですって?」ミセス・ダヴェンポートは居丈高な口調で訊き返した。

「住所は教えないって言ったのよ。だから、とっとと帰ってちょうだい、おばさん。あなた、何か悪巧みをしているんでしょ、ピンときたわ」

「まあ、あきれた!」

あの人、あたしたちのミセス・レーズンに意地悪するために来たんだわ、とミス・シムズは思った。警告してあげた方がよさそうね。

だが、そのときまたドアベルが鳴り、今度こそ、ミス・シムズの新しい紳士の友人だった。布地の室内装飾の仕事で出張してきたのだ。そんなわけで、ミセス・ダヴェンポートとの一件はすっかり忘れられてしまった。

ハリーが自宅のドアを開けると、アガサとポールが立っていた。

「あなたたちでしたか。何か発見しましたか？」

「まだですけど、ちょっとご相談したいことがあるんです」

「どうぞ」

彼は二人に向き直るとたずねた。「何ですか？」

「お母さまが殺される前に、どうして家をホテルチェーンに売却しようとしたんですか？」

ハリーはずっとしかめ面をしていたが、ほっとしたように表情を和らげた。

「ああ、そのことなら簡単に説明できます。商売が傾きかけたので、母が援助してくれるかもしれないと考えたんです。しかし母は投資に失敗したので余分な現金はまったくない、と顔色ひとつ変えずに答えました。屋敷は一人暮らしには大きすぎる、とわたしは指摘しました。売って介護施設に移り、家の売却金の銀行利子で暮らしていけると。引っ越したくなるほどの金額では売れないだろう、と母は反論しました。それで、どのぐらいの価格がつくか、当たってみることにしたんです。で、あのホテルチェーンに連絡しました。最初のうち、向こうは関心を示したんですが、必要な改装のためには建築許可をとらなくてはならず、その許可はまず下りそうもないと判断したようです。母はわたしが失敗したので、それ見たことかという態度でした。もっとも、母はいつだってわたしが失敗すると喜びましたけどね」苦々しげにつけ加えた。

「お母さんには敵がいたと思いますか？」ポールがたずねた。

「大勢の敵を作ったにちがいありません。他人の人生を惨めにして喜ぶような人間だったから。バリー・ブライアーもその一人ですね」

「パブの店主の？」

「ええ、そうです。母は絶対禁酒主義者で、酒を飲むことに反対だった。あの手この手で、彼に店を閉めさせようとしていた。それに、村の人たちとしょっちゅうけんかしていました」

「ところで、屋敷に通じる秘密の入り口を知りませんか？」

「秘密の入り口なんてありませんよ。存在するなら、とっくに知ってました」

「ピーター・フランプトンについてはどうですか？」

「何者ですか？」

「トウデイで歴史協会を主宰しています。あの家を買おうとしていたんです」

「彼のことは聞いた覚えがないですね」

アガサとポールはそれ以上の質問を思いつけなかった。殺人犯の正体についてわかったら知らせる、と約束して辞去した。

「やっぱり彼が第一容疑者という気がするわ。素人劇団に連絡して、あの晩、彼がヘバードンまで行く方法があったかどうか確認した方がいいわよ」

「わたしが気になっているのは、例の通路のことなんだ。警察は家全体を調べたにちがいない、彼女が殺される前にも」

「殺されるまでは彼女の言うことを本気で取り合わず、徹底的な捜索はしなかったわよ。だけど、殺された後はどうかしら？」

「地下室にあったものはどれもこれも、ほこりまみれだった。ランコーン警部はすごく頭がいいとは思えない。たとえ調べたとしても、収納箱を開けて、カーテンを目にしただけだろう。これから何をするべきかわかるかい、アガサ？」

「何なの？」

「今夜、手袋をはめてあそこに戻り、わたしたちが触れたところをすべてきれいにふくんだ。それからビルに連絡して、ああいう古い屋敷には秘密の通路があるはずだから、調べた方がいいと伝える」

「ただし、きれいにふきとったら、殺人犯の痕跡もふきとることになるわ」

「殺人を企んでいる人間は指紋なんて残さないよ」

「わかった。その提案はあまり気に入らないけど」


その日の真夜中に、ミセス・ダヴェンポートはライラック・レーンのはずれのやぶに隠れるようにして立ち、ポールとアガサのコテージを窺っていた。ひと晩じゅう、見張りを続けていたのだが、教会の鐘が真夜中を知らせたとき、ようやくその忍耐が報われた。ポール・チャタートンが家から出てきて、アガサのコテージに行ったのだ。彼女が外に出てくると、彼はその頬にキスした。彼は旅行鞄を手にしていた。二人はアガサの車に乗り込み、走り去った。

ファニータ・チャタートンに、ご注進に及ばなくては。それがわたしの務めよ、とミセス・ダヴェンポートは思った。

7

アガサとポールは夜中から翌朝までかけて、ほこりを払い、ふき、掃除機をかけた。朝になって帰るときは、二人ともくたくたで、誰に見られても気にならないほどだった。とにかく、すべての痕跡を消すという目的は果たした。

ベッドにもぐりこんでひと眠りしてから夕方に集まり、警察に秘密の通路のことをどう報告するかを相談しようということになった。

二人は夜の七時にアガサのキッチンに集まり、計画を練った。

「匿名の手紙は？」アガサが提案した。

「そうだね。別の方法もあるかもしれない。ピーター・フランプトンは秘密の通路について知っているのかなあ」

「その可能性はあるわね。ともあれ跳ね上げ戸を知っていた人物がその上に収納箱を移動して、さらにカーテンを置いたのよ。あれはとても古い収納箱だったわね」

「でも、どこかの時点で移動されたにちがいない。地下室は最初からあんなにがらくたで一杯だったわけじゃないだろう」

「ねえ、すべて白状してビルのお情けにすがる道もあるわよ」アガサはためらいがちに提案した。

「うまくいかないよ。住居侵入だからね。貴重な証拠も隠滅してしまった。彼にはとうていかばいきれないだろう」

「じゃあ、やっぱり匿名の手紙？」

「リスクがあるな。封筒の折り返しからあなたのDNAが検出されるかもしれない」

「シール式の封筒だってあるわよ」アガサは指摘した。「実はモートン・イン・マーシュの警察署は、ある一定の時間帯は閉まるの。たしか夜間よ。郵便受けに紙を投げこんでくればいいわ。タイプしたものじゃなくて。タイプライターはたいてい突き止められるから。たぶんコンピューターも同じね。コンピューターの印刷用紙を新しく一パック買ったの。ありふれたブランドよ」

ポールはため息をついた。「わかった。やってみよう。だけど、手袋をはめた方がいいね」

アガサは二階に行き、未使用のカラーリングセットから薄手のビニール手袋を取り出し、ポールのところに戻った。

アガサは手袋をはめ、デスクから印刷用紙のパックを出して、そっと一枚を引き抜いた。

用紙を二本の指先でつまむと、キッチンに運んでいった。もう片方の手でキッチンペーパーを破りとり、テーブルに広げると、その上に用紙をのせる。

「どう書いたらいいかしら？」

「単純にしよう。活字体でね。ええと、『アイビー・コテージには秘密の通路が存在する。入り口は地下室の古い収納箱の底だ』」

アガサは息を止めながら書こうとした。唾液一滴でも、バーミンガムの法医学研究所で自分だとばれるのではないかとひやひやした。

「できた！　さて、見られずに警察署の郵便受けにどうやって入れてこようかしら。真向かいに引退した人々のアパートがあるから、夜中に見張っている老人がいるかもしれないわ」

「とりあえず四角く折りたたんで。偽装工作を考えなくちゃならないな」

「ミセス・ブロクスビーのところには、素人演劇のために衣装をしまっておく箱があるの。でも、どうして衣装が必要なのか知りたがるわね。相手がミセス・ブロクスビーでも、この件は話したくないわ」

ポールが言った。「ロンドンの友人のところで仮装パーティーがあるって、わたしから説明するよ」

「《ミカド》の衣装を着たら、警察の関心をハリーに引き戻すことになるわね。もっとも、彼がすでに容疑者からはずれているならだけど」

「他の衣装だってあるだろう。それに二人とも衣装を着る必要はないんじゃないかな。片方が変装すればいいんだ。派手な衣装はいらないよ」


午前二時に、アガサは真っ赤なウィッグをかぶり、《真面目が肝心》の公演で使用されただらんとしたロングドレスを着て、ポールが車を停めたクリケット場近くの裏道から、どきどきしながら表通りに出ようとしていた。フォス街道をトラックが走りすぎていくが、運転手は前方に視線を向けているようだ。モートン・イン・マーシュは人気《ひとけ》がなかった。足早に警察署に近づいていくと、紙片をドアから投げこむ。

安堵の吐息をついて急いで引き返そうとしたとき、誰かに腕をつかまれた。

「こんばんは、別嬪《べっぴん》さん」

くるっと振り向くと、小柄な酔っ払いがすっかりできあがって、にたにた笑いかけてきた。「キスしねえか?」

「手を放して」アガサはドスのきいた声で言った。

街灯の光が男の眼鏡を照らしている。ナトリウム灯の光の下だと、まるでふたつの小さなオレンジ色の月みたいだ。

意外にも男は力が強かった。アガサの腕を背後にねじりあげた。「こっちに来い」ろれつが回っていない。怯えたアガサにとって、その臭い息はまさにメチルアルコールだった。アガサは男と向かい合うと、思い切り股間に膝蹴りを食わせた。男は痛みのあまり動物のような雄叫びをあげると、彼女の腕を放し、悲鳴をあげはじめた。向かいの建物で明かりがつき、アガサはスカートをつまんで走りだした。

ポールが車の横に立ち、道の先を心配そうに眺めていると、アガサがこちらに走ってきた。

「出して」息をあえがせている。「ここからすぐに離れて!」

「いったい……?」彼は言いかけた。

「酔っ払いよ」アガサは苦々しげに吐き捨てた。「レイプされるかと思った。いちばん痛い場所を蹴ってやったわ。それであんなに悲鳴をあげているのよ。わたしたち、どんどん泥沼にはまっていくみたいね。しばらく、おとなしくしていた方がよさそうだわ」

「同感だ。もう疲れたよ」

翌朝、アガサは惨めな気分で目覚めた。自分がPR担当者としては有能だとわかっている。だが今は落伍者のような気がした。ポールといっしょに、重要な証拠を隠滅してしまった。さらに貴重な歴史的記録を手元に隠している。声に出してうめいた。ああ、どうしてあの日記を元に戻して、警察に発見させなかったのだろう？

隣のコテージでは、ポールがまったく同じことを考えていた——ただし、ひとつだけちがいがあった。彼はアガサを責めていたのだ。こんな馬鹿げたことに首を突っ込んだのは、アガサのせいだ。指紋の半分でも残っていたらどうなるだろう？　そもそも、幽霊退治は自分のアイディアだったことをすっかり忘れていた。さらについ最近、アガサを魅力的だと思ったことも、きれいに脳裏から消えていた。今、アガサのことは、頭のねじがゆるんだ押しの強い中年女性としか思えなかった。気性の激しい妻と話をしたくてたまらなくなった。しかしマドリッドに電話すると、母親にファニータは出かけていて、いつ帰ってくるかわからない、と言われた。

受話器を置いたとたん、電話が鳴った。「もしもし？」おそるおそる電話に出た。

「ねえ、ポール、アガサよ。ちょっと考えていたんだけど……」

「今は話している時間がないんだ。切るよ」そっけなく言った。

アガサはゆっくりと受話器を置いた。大粒の涙が頬をころがり落ちる。わたしは年老いて、まぬけで、ひどく孤独だわ、としみじみ感じた。ミセス・ブロクスビーを訪ねることにした。何かを話したいわけではなかったが、牧師の妻といると癒やされたし、固い友情で結ばれていた。

ミセス・ブロクスビーは牧師館のドアを開けた。「ミセス・レーズン、あらまあ、入ってちょうだい。どうしてそんなに動揺しているのか話してみて」

アガサはたちまち涙をあふれさせた。ミセス・ブロクスビーは彼女をリビングに連れていき、古ぼけたソファに置かれたふかふかの羽毛クッションの上にすわらせると、ティッシュの箱を渡した。アガサは涙をふき、洟をかんだ。

「わたし、本当に馬鹿だったの」しゃくりあげながら言った。「でも、あなたには何も話せないの」

「その気になれないなら、何も話す必要はないのよ」ミセス・ブロクスビーはやさしく言った。「でも、あなたから聞いたことは絶対にあなたの許可なく外にもらさないわ、それは覚えておいて」

　とぎれとぎれに、アガサは秘密の通路と日記を発見したこと、戻っていき、すべての指紋をきれいにふきとったので、証拠がだいなしになってしまったことを打ち明けた。それから警察署のドアから匿名の手紙を投げこみ、酔っ払いに襲われたこと。

「衣装は返すわ」アガサは悲しげにしめくくった。「わたし、変装したのよ。赤いウィッグと、あの《真面目が肝心》のドレスで」

　ミセス・ブロクスビーはうつむいてすわっていたが、その肩は震えていた。笑いをこらえるように鼻を鳴らしたが、とうとうあきらめ、クッションにもたれて笑いころげた。

「ミセス・ブロクスビーったら！」アガサは屈辱で顔を真っ赤にして、半ば立ち上がりかけた。

「帰らないで」ミセス・ブロクスビーはアガサをまたすわらせた。「これがどんなに滑稽《こっけい》か、わからない？」

　アガサは不承不承、笑みを浮かべた。「滑稽じゃなくて、馬鹿げてるだけよ」

　ミセス・ブロクスビーは冷静さを取り戻した。

「お茶を淹れるわね。庭でお茶とティーケーキをいただきましょう。お日様が出てきたみたいだし。先に庭に出て、煙草を吸っていたら」

少し気分が落ち着いて、アガサは庭に出ていった。背後ではクレマチスが古い牧師館の淡い色の壁に蔦を這わせ、紫色の花をこぼれんばかりにつけ、目の前の庭では昔ながらの花々が咲き誇っている。マリゴールド、ストック、デルフィニューム、ルピナス、グラジオラス、ユリ。

煙草のパックをとりだして、しげしげと見つめた。煙草を吸いたいという衝動に支配された人生って、なんて腹立たしいのかしら。またパックをしまった。

ミセス・ブロクスビーがいろいろのせたトレイを運んできた。「ここにすわりましょう。ティーケーキを焼いたの。お店のものは材料をたっぷり使っていない気がするから。よかったらミルクとお砂糖を入れてね」

「他にもあるの」アガサは重い口を開いた。「ポールのこと。彼に電話したら、忙しいって、ガチャンと切られたの」

「たぶん、あなたと同じように怯えているし、自分はまぬけだと感じているのよ。だけど、もちろん、彼は男性だってことを忘れちゃだめよ」

「それとどういう関係があるの？」

「まぬけで馬鹿げた真似をした男性は、非難する相手を見つけようとするものなのよ」

「そんなの不公平よ！」

「ああ、いずれ彼は乗り越えるわよ。問題を検討してみましょう。すでに取り返しのつかないことをしてしまった。だけど、誰がミセス・ウィザースプーンを脅かして殺害したにしろ、その両方を同一人物がしたと仮定してだけど、おそらくとても用心して手袋をはめていたわよ。それに警察は秘密の通路があることをまったく知らなかったし、あなたたちが発見しなかったら、永遠に知らないままだったでしょう。だから、捜査の邪魔をしたというより、捜査を進展させたのよ」

「かもしれないわね」アガサは口一杯にティーケーキを頰張りながらもごもごと言った。

「それで、他にわかったことを話して」

アガサはハリーとキャロルに犯人を見つけてほしいと頼まれたが、屋敷を調べるのを彼らが渋っているように見えたこと、ハリーが遺産をキャロルと分けるつもりでいることを伝えた。

「どうして心変わりしたのかしらね？」

「ハリーが言うには、キャロルと話し合ったら、母親が二人に仲違いをさせようとしていたって気づいたんですって。信じられる話ね」

「あるいは、殺人でうしろめたく感じている男が、いい人だと見せようとしたくて、そういう行動をとったのかもしれないわ」

「ポールがあんなにそっけない態度をとらなかったら、今夜ミルセスターに行って、素人劇団が何かリハーサルをしているかどうかのぞいて、いくつか質問をしてみない？　って提案するつもりだったの。あの晩、ハリーがしばらくのあいだ姿をくらます機会があったかもしれないでしょ」

「だけど、それだと、ハリー本人もリハーサルに参加しているんじゃないの？」

「そのとおりね」

「ちょっと待って。あなたのために役立つ情報をあげられるかもしれない。ミルセスターに友人がいるの。彼女がたしか劇団の一員だったはずよ」

ミセス・ブロクスビーは家に入っていった。アガサはさらにお茶を飲みながら待った。

牧師の妻は戻ってくると、アガサに紙片を渡した。「ミセス・バーリーという方なの。これが住所よ。今、家にいるわ。すぐに行けば、少し話ができるわよ」

「本当にありがとう。ポールに話すべきかしら？」

「いいえ、彼はしばらくそっとしておきなさいな。じきに顔を出すわよ」

アガサはコテージに戻った。ポールは前庭で作業をしていた。アガサは通り過ぎながらためらったが、向こうは彼女に絶対に気づいているはずなのに、草むしりから顔を上げようともしなかった。アガサは肩をすくめてそのまま家に入っていった。

ミセス・ダヴェンポートは通りの端からすべてを観察していた。じゃあ、二人は終わったんだわ！　がっかりだった。まだファニータの住所を調べようとしていたし、アガサ・レーズンが当然の報いを受けるところを見たかったのに。

アガサはミルセスターに車で向かいながら、肩の荷が下りた気がした。またもや一人で行動することになったが、気分爽快だった。男性のことで頭が一杯だったせいで、優秀な探偵としての本来の能力が充分に発揮できなかったんだわ。

ミルセスターの外の待避所に車を停めると、グローブボックスから地図をとりだし、ミセス・バーリーの住所を確認した。

バーリー、大麦《バーリー》ね、と運転しながら思った。きっとリンゴのように赤いほっぺたをして、豊かな胸に花模様のエプロンをかけた、ぽっちゃりして愛想のいい田舎の女性なんだろう。

現実はいささか予想外だった。ミセス・バーリーは「ロビンと呼んでね」と言った。ほっそりした女性で六十代、お金をかけて染めた金髪にヴェルサーチのパンツスーツを着て、ゴールドのバングルをじゃらじゃらつけている。

「ささやかなわたしの隠れ家にどうぞ」もったいぶった言い方をした。「絵の具の匂いは許してね」

アガサは芸術家のアトリエに通された。意地悪そうな目つきの小さなプードル犬が足首に吠えかかってきたので、蹴り飛ばしたいという衝動をこらえねばならなかった。壁にはキャンバスが何枚も立てかけられていて、描きかけの絵が一枚イーゼルにのっている。キャンバスには緑と黄色の顔の女性が描かれていた。

「自画像なの」長い指を謙遜するように広げてロビン・バーリーがささやいた。「下手な絵だけど、わたし自身なの」

「すばらしい絵に見えますけど」アガサは嘘をついた。「絵のことはよくわからないけど、自分がどういう絵が好きかはわかっている」というせりふにはいつも困惑させられる。いったい、それで何を言わんとしているのだろう？　当然、絵を買うなら、好きなものを選ぶべきだ。絵を鑑賞するには芸術を勉強しなくてはならない、と言われ続けてきた。でも、なぜ？　わたしは美術大学の学生じゃないのよ。ジェームズはアガサを馬鹿にして、きみは無教養でも恥ずかしいと思わないのだと批判した。だが、いまだにアガサには芸術というものがよくわからない。あるときジェームズにマティスの展覧会に連れていってもらったとき、この画家の色の選択にはぞっとするわ、と大声で言ったら、真っ赤になったジェームズに、展示会場から大急ぎで連れだされた。

「太陽が西に傾き始めたから、一杯飲んでも許されるわね」ロビンは言った。「あなたの毒薬は何にする？」

「ジントニックをお願いします」

「いいですとも。わたしも同じものをいただくわ」ロビンはアトリエの向こうにある小さなキッチンに行き、飲み物をふたつ作ると運んできた。「サルーテ」彼女はグラスを掲げた。

この人はきどった言い回ししか口にしないのかしら、とアガサは思った。

「あなた、偉大な探偵なんでしょ」ロビンが言いだした。「どうぞ、すわってちょうだい。わたしはここに住んでいるわけじゃないのよ。ここはアトリエなの。ワームストーン村に小さな仮宿《ピエタテール》を所有しているのよ。実は今、とても忙しいんだけど、マーガレットのお願いは断れないわ」

「マーガレット？」

「ミセス・ブロクスビーよ、もちろん。で、あなたになら貴重な時間を割いてもいいかしら、って思ったの。降れば必ず土砂降りって言うでしょ」謎めいた言葉をつけ加えた。

「ただし、すべての雲は銀の内張りを持つ」アガサは応酬した。

「そして、すべての道は海に通じる」ロビンは返した。

この人、頭がいかれてるのかしら、とアガサは思った。声に出してはこう言った。

「ハリー・ウィザースプーンと《ミカド》の件なんです」

ロビンは指輪をはめた手で金色の髪を払った。「あら、そうなの。わたしはカティーシャを演じたのよ」

「義理の娘になりたがっている人物ですね」アガサはそのギルバート&サリヴァンのオペレッタを知っていた。

「そのとおり」

恋に溺れて破滅した女は
狂喜するほど魅惑的
あなたは本当に臈長《ろうた》けたのか？

アガサはココのせりふを引用した。

ロビンは鼻でせせら笑った。「実を言うと、わたしはその役に華やかさを加えたのよ。カティーシャが醜く描かれているのはまちがいだって、前々から思っていたから。そうそう、あなたの言ってた問題ね。ハリーはただのコーラスの一人よ。彼がどうやってその場から消えたかは見当もつかないわね」

「いなくなったら気がついたでしょうか？」

「そこが問題なの。あんなどうでもいい存在。まあ、気づかなかったでしょうね。上演時間は八時から九時半まで。それから、全員が楽屋に行き、メイクを落として、打ち上げの準備をした。パーティーは劇場の舞台で開かれたのよ。真夜中少し過ぎまで続いていたわ。ハリーは簡単に抜け出ることができたでしょうね」

「警察は彼が抜け出さなかったと確信しているようね。少なくとも、わたしはそういう印象を受けたわ」

「お気の毒だわ。大変でしょうねえ、警察の情報も手に入れられず、こんなふうにただ、やみくもに話を聞いて歩くのは」

「そうね、あなたみたいな人たちから情報を得ようとするといらいらさせられるわ」

「あら、あら」ロビンがたしなめた。「爪を立てたのね。巣にいる小鳥もそれに賛成してくれるわ」

アガサはバッグをとりあげた。「お酒をごちそうさま。そろそろ失礼するわ」

「どうかすわってて。お役に立てると思うから」

「どうやって？」アガサはドアに向かった。

「うまく訊いて回るわ。ハリーはコーラス隊だったし、コーラスの連中は団結しているの。全員でひとつの楽屋を使っているしね、男性はってことだけど。無断《AWOL》で彼が出ていくのに、誰か気づいたかも」

アガサはバッグに手を入れて、名刺をとりだした。

「何かわかったら電話をちょうだい」


「探りだせたらの話だけどね」アガサはひとりごちながら車に乗り込んだ。「あの人にそれができたら、まさに奇跡よ」

ミルセスターでランチを奮発し、何軒か店を回ってから家に帰ってきた。

ライラック・レーンに曲がりこむと、ビル・ウォンの車が停まっていたので心が沈んだ。駐車して車を降りると、ビルが一人きりだったので、ほんの少し肩の力が抜けた。

「話したいことがあるんです。できたらお友だちもいっしょに」

ポールは口をきいてくれない、とは白状したくなかった。

「どうぞ、入って。彼に電話してみるわ」

キッチンにビルを通した。「パーコレーターのスイッチを入れて、ビル。すぐに戻るわ」

「キッチンの子機は使えないんですか？」

「あら、そうね」アガサは狼狽《ろうばい》した。「もちろん、使えるわよ」彼女は受話器をとりあげてから、また置いた。「向こうの部屋から電話する理由があったの。アドレス帳があっちにあるのよ。彼の電話番号は覚えていないから」

「わかりますよ」ビルは彼女に番号を教え、アガサはしぶしぶ受話器を手にとった。

ポールが外出していますように、と祈った。彼が動揺して、アイビー・コテージに侵入したと口を滑らせてしまったら？　すでにビルは匿名の手紙のことを知っていて、二人を疑っているのはまちがいなかった。

だが、ポールは最初のベルで電話に出た。「アガサよ」明るい口調で言った。「ビル・ウォンがここに来ていて、わたしたち二人と話したいんですって」

「何について？」ポールが鋭く訊き返した。

「わからない。急いで来て」

「だが――」

アガサは受話器をたたきつけるように置いた。

「さよならも言わずに受話器を置くのは映画の中だけかと思ってました」ビルが皮肉った。

「あら、さよならを言わなかった?」それから、ロビン・バーリーさながらのわざとらしい笑い声をあげた。「で、何のことなの?」

ドアベルが鳴った。アガサはビルに視線をすえたまま立ち上がった。

「きっとポールでしょう」とビル。

アガサは玄関に行き、ポールを入れた。残念ながらビルもついてきた。用心して、と事前にこっそり耳打ちできると期待していたのだが。

全員がキッチンのテーブルを囲んだ。アガサとポールは並んですわり、ビルはその向かいに腰掛けた。無意識のうちに、いつも警察の取調室ですわっているのと同じ位置についたのだった。

「とても不思議なことが起きたんです」ビルが口を開いた。

「コーヒーを飲みたい人は?」アガサがとってつけたように明るくたずねた。

「あとで」とビル。ポールは両手を組み、キッチンのテーブルをじっと見つめている。

「実は、警察に匿名の手紙が届けられたんです。モートン警察署のドアから押しこまれていました。そこにはアイビー・コテージには収納箱とつながっている秘密の通路があると書かれていた」

「なんですって！　じゃあ、やっぱり秘密の通路があったのね！」アガサは叫んだ。

「あなたが推測したとおりだった」とビル。

「じゃあ、それを使って殺人犯は中に入ったにちがいないわ。さて、コーヒーにしましょうか？」

「どうしてぼくがここに来たのかには関心がないようですね」ビルが言った。

「秘密の通路っていうのは、そもそも、わたしたちの推理だったからに決まってるでしょ」アガサはポールが顔を上げて、何か言ってくれますように、と祈った。真実以外の何でもいいから。

「お二人に、この件と何か関わりがあるのか、とたずねなくてはなりません」

「何を言いたいの、ビル？　わたしたちが秘密の通路を作ったとでも言うの？」

「ぼくがここに来た理由はよくわかっていると思います。ハリー・ウィザースプーンにはすでに話を聞きました。子供のとき、地下室に行くことは絶対に許されなかったそうです。あなたたちが屋敷を調べてもいいかと頼んできたが、断ったそうですね。

まさか、押し入ったんじゃないでしょうね？」

「いいえ」アガサはきっぱりと否定した。「押し入られていたの？」

「誰が入ったにしろ、鍵を持っていたんです。押し入った形跡はありませんでした」

「じゃあ、答えは簡単じゃないの。キャロルかハリーにちがいないわ」

「さらに」とビルがたたみかけた。「バジェンズ・スーパーマーケットの隣のマンションに住む女性が、夜中に悲鳴を聞いたそうです。窓の外をのぞくと、女性が男性ともみあっていたとか。女性は酔っ払いらしい男を蹴りつけ、逃げていった。目撃者は女性の人相を説明するように頼まれると、実に奇妙なことを口にしたんです。男ともみあっていた女性は古めかしいティードレス姿だったって。写真の中のおばあさんが着ているものとそっくりだったそうです。女性の髪の色は説明できませんでした。ナトリウム灯はすべての色を変えてしまいますから。ただ、あなたそっくりの人が、舞台用の衣装で変装し、あの手紙を入れに行ったように思えるんですよね」

「ビル、何を言うの！　わたしたちが秘密の通路を見つけていれば、あなたに話したわ」

「許可なく屋敷に入って見つけたなら黙っていたでしょうけどね」

ポールが顔を上げて、初めて言葉を発した。「これは正式な取り調べなのかな？」

「いいえ、友人としての訪問です。もしも偶然にあの通路を発見して、証拠を隠滅したのなら、二人とも厄介なことになりますよ」

ポールは静かに言った。「じゃあ、そうしなくてよかったよ。わたしはコーヒーは遠慮するよ、アガサ」彼はいきなりアガサににっこりした。「紅茶がいいな」

アガサは安堵のあまり全身から力が抜けた。立ち上がると、紅茶とコーヒーを淹れに行った。

「通路について話してください」ポールが言った。「長いんですか？　とても古いものなんですか？　どこから外に出るんですか？」

「ぼくは正式にはこの捜査に関わっていないんですけど、地下室の大きな古い収納箱から階段を下りていくらしい。その階段は修繕されているらしいですが。家と庭の下に掘られた通路を進んでいき跳ね上げ戸を抜けると、やぶの真ん中に出ると聞いてます。警察署の近くでもみあいを目撃した女性は、すぐに警察に電話した。地元の警官が出動してきて、手紙を見つけたんです。鑑識班が何時間も作業をしています。通路を含め地下室のものはすべて、指紋がぬぐわれていたそうです。掃除機まで使われたようですね。警察はキャロルとハリーの家を探し、掃除機を押収したようです」

ポールは自分が使った自動車用掃除機のことが頭に浮かんだ。今、コテージの戸棚にしまってある。まだ中身を捨ててもいなかった。アガサは二階にあるティードレスとウィッグのことを思った。

アガサはビルの前にコーヒーのマグカップを置いたとき、手が震えなかったのでほっとした。それからポールに紅茶のカップを渡した。

「あのぞっとするランコーン警部は次にここに来るんでしょうね」

「その可能性はありますね。さっき言ったように、ぼくは事件の担当じゃないんです。でも、ミセス・ウィザースプーンを脅かして、彼女を殺した人間は、その秘密の通路を使ったにちがいありませんね」

「どちらの事件も同一犯の犯行ならね」アガサは言った。

ビルはおや、というようにアガサを見た。過去の経験から、突飛なやり方をして失敗ばかりしているように見えても、アガサにはいきなり直感が閃《ひらめ》くことを知っていたのだ。

「よくわからないの」アガサは自分のマグカップをとり、煙草に火をつけると、またすわった。「殺人犯はかなり狡猾だと思うわ。ミセス・ウィザースプーンがこんなにかくしゃくとして元気じゃなかったら、おそらく事故で処理されたんじゃないかしら。亡くなった人が高齢だと、それほど綿密に死因を調べないものでしょ。医師が死亡証明書にサインしたら、殺人犯は安全だった。ただ、幽霊の件はちょっと……子供っぽい気がするわ。ところで、警察は本当に家を徹底的に調べたのかしら。どうして秘密の通路を発見できなかったの？」

「そのことを思いつかなかったからですよ。ランコーン警部はいまだにハリーが犯人だと信じているので、他の線を調べようとしないんです」

ビルはコーヒーを飲み終えて立ち上がった。「用心してください、二人とも。この件には一切関わっていないことを心から祈ってますよ」

「関わってるわけないでしょ」アガサはビルを送り出した。

彼女は急いでキッチンに戻ってきた。「あのティードレスとウィッグ。ミセス・ブロクスビーに返した方がよさそうね」

「それに掃除機。ゴミを捨ててくるよ。ゆうべ着た服はすべて洗った方がいいね。ねえ、アガサ、失礼な態度をとってすまなかった。だけど、我ながらあんなに馬鹿な真似をしたことがどうしても信じられなかったんだ」

「あとでディナーをごちそうしてくれればいいわ。今は証拠を処分しましょう……すぐに」

夕方早くにはティードレスとウィッグは牧師館に戻され、地下室と通路を掃除したときに着ていた服はすべて洗濯されて乾き、履いていた靴も念入りに洗われてきれいになった。ようやくアガサがほっとしていたときに、電話が鳴った。ポールからだった。「ランコーン警部が来ているんだ」低い声で言った。「あなたに来てもらいたいそうだ」

アガサは重い足どりで、ポールのコテージに向かった。ランコーン警部とエヴァンス部長刑事がリビングで待っていた。ポールはデスクの前に静かにすわっている。

「さて、ミセス・レーズン。すわってください」ランコーン警部が命じた。アガサは座面の硬い椅子をポールの隣に置くと、すわった。

「ゆうべ午前二時から三時までの間、お二人はどこにいましたか？」

「ベッドです」アガサとポールは同時に答えた。

「証人は？」

「いいえ」アガサは冷ややかに答えた。

「とりわけ、あなたの行動に関心を持っているんです、ミセス・レーズン」ランコーン警部が冷たい視線を彼女に向けた。「モートン警察署に何者かがメモを投げ入れた。そこにはアイビー・コテージには秘密の通路があると書かれていた」

「それで、あったんですか？」ポールがたずねた。またもやアガサはほっとした。

「ええ、ありました。しかも、すべてがきれいにふかれていた。掃除機まで使われていたんだ。捜索令状をとることもできるが、あなた方二人の家の掃除機を調べたいと思っています」

「いいわよ」令状をとって戻ってきて、コテージじゅうを徹底的に調べられたくなかったので、すぐにアガサは承知した。何かまずいもの、たとえばウィッグから落ちた髪の毛とかを発見されたら困る。

「ミスター・チャタートン？」

ポールは肩をすくめた。「かまいません」

彼は立ち上がって、階段の下の戸棚から直立型の掃除機をとりだした。エヴァンス部長刑事が受け取り証を書いた。

「家に行ってわたしのをとってくるわ」

「車用の掃除機を持っているなら、それも持ってきてほしい」ランコーン警部が命令した。

「そういうのはないわ」アガサは肩越しに答えた。

アガサは急いで戻ってきた。ポール一人を刑事たちといっしょに残していくのが心配だったからだ。二人が積極的に協力しようとしていることに、ランコーン警部は失望しているようだった。

しかし、好奇心のせいでアガサはたずねずにはいられなかった。「どうしてわたしたちがこの件に関係していると思ったんですか？　わたしたちがミセス・ウィザースプーンを殺したがる理由なんてある？」

「あの古い家には財宝が隠されているという言い伝えがあるんだ。ミセス・ウィザースプーンが亡くなり、家は無人になったから、いかれた連中が宝探しをしようとするかもしれない」

「だが論理的に解釈すれば、痕跡を残していないか確認するために殺人犯が戻ってきた、ということになる」ポールが言った。

「そして、警察署に手紙を残したとでも？」

「別の人物かもしれない。殺人犯を知っている何者かだ」

「ああ、それで思い出した。ある目撃者が、手紙を残した女は、というか、酔っ払いとけんかをしていた女は古くさいティードレスを着ていたと証言したそうだ。そういう服を持っているかね、ミセス・レーズン？」

「わたしはそんな年じゃないわ」

「だったら、エヴァンス部長刑事があなたのクロゼットをのぞいてもかまわないだろうね？」

「お望みなら、今見てもいいわよ」

アガサが行ってしまうと、ランコーン警部は男同士の内緒話といった体でポールに話しかけた。「さて、ミスター・チャタートン、あの女はこれまでにも警察の捜査に首を突っ込んできてねえ。あなたがあの女に関わっていることが知れると評判に傷がつきますよ。彼女をちょっと刑務所にぶちこんで、いたずらさせないようにする理由があるとありがたいんですが。ねえ、教えてくださいよ。彼女は何を企んでいたんですか？」

「ミセス・レーズンは隣人で友人です。ミセス・ウィザースプーンの幽霊騒ぎを調べようというのは、すべてわたしの思いつきだったんですよ。葬儀のあとで、ミスター・ハリー・ウィザースプーンと姉のキャロルに犯人を見つける手伝いをしてほしい、と頼まれました」

ランコーン警部は渋い顔になった。「承諾しなかったんでしょうね」

「できるだけのことはする、と答えました。わたしたちのすることは、あなた方の捜査の邪魔にならないはずです。重要なことを発見したら、すぐにお伝えしますよ」ポールは日記が丸見えになっている書棚の方にちらっと心配そうな視線を投げた。日記はコンピューターサイエンスについての新しいりっぱな本のあいだに置かれていた。

「何もしないでください、というのがわたしからのアドバイスです」

二人が無言ですわっていると、アガサがエヴァンスと戻ってきた。「ありませんでした」部長刑事は報告した。

ランコーン警部は立ち上がった。「では、これで……今のところは」


「ふう！」二人が帰るとアガサは息をついた。「ひやひやしたわ」

「気になっていることがあるんだ」

「何？」

「地下室はほこりだらけだった。何年も何ひとつ動かしていないみたいに。ランコーン警部は困ったことになっているんじゃないかな。警察は地下室をざっと見ただけで、きちんと捜索しなかったんだよ」

「たぶん。だけど、あなたは殺人犯が何か痕跡を残していったと考えているのね？」

「ねえ、明日、ハリーとキャロルとちょっと話してみた方がいいと思うんだ。いくら禁止されたからって、あの家で育った二人が地下室を一度も探検しなかったとは信じられないんだよ」

「だけど、子供二人に収納箱の底に仕込まれた跳ね上げ戸を発見できるかしら？」

「それは無理かな。それに、ひとつ、思い出したんだ。庭に通じる跳ね上げ戸は、かなり新しかった。たまたま入り口を発見した誰かが、こっそり屋敷に入れたら便利だと考えて、とりつけたのかもしれない」

「ピーター・フランプトンのことを忘れているわよ。彼は地元の歴史家でしょ。秘密の通路を発見したのかもしれない。それに、どこを探したらいいのかも知っていたのかもしれないわ。覚えてるかしら、彼はあの家を買いたがっていたのよ。もう少し彼について探った方がいいと思うわ」

「そうだね。だが、例のディナーをまずとってから、ハリーとキャロルを問い詰めてみよう」


ロビン・バーリーはその晩、《マクベス》の最終リハーサルのあとで楽屋の鏡の前にすわっていた。その舞台で彼女はマクベス夫人を演じることになっていたが、自尊心をずたずたにされていた。今日は探偵仕事をしてわくわくする一日だった。何本も電話をかけ、ハリーが抜け出したかどうかを確認した。しかも、彼は抜け出すことが可能だった! レーズンっていう嫌な女に、それを報告すべきかしら? いいえ、そのことは胸にしまっておいて、警察に行こう。ただし、まず最初に〈ミルセスター・クロニクル〉に連絡して、わたしの探偵としての手腕について大々的に記事を出すようにに手を打っておかなくては。そのとき、ぞっとする最終リハーサルのことを思い出して、表情が陰った。あの新しい演出家は酔っ払いのろくでなしだ。いつもの演出家ガイ・ウィルソンが帯状疱疹《たいじょうほうしん》で寝込むことになったせいで、あんなストラットフォードのくだらない演出家に頼む羽目になったんだわ。あの演出家ときたら、《マクベス》全体の舞台をボスニアに変えたうえ、兵士たちにガスマスクをつけさせる気でいる。おまけに、出演者全員の前で、わたしが演じるマクベス夫人は教会のパーティーを主催した領主夫人みたいだ、とこきおろした。

楽屋のドアが開き、ガスマスクをつけた顔がのぞいた。ロビンは振り返り、眉をひそめた。下っ端の兵士の出演者には親しい知り合いがいなかった。

しかし、彼は見事な赤いバラの花束を手に入ってきた。「あなたの美しさにふさわしい花を」その声はマスクのせいでくぐもっていた。

ロビンはいきなり笑顔になった。「やさしいのね。なんて美しい花かしら！」

「花瓶がありますね。活けて差し上げましょう」

「お名前をうかがっていないわ」

「密かな賞賛者のままでいたいのです」彼は楽屋の隅の流しで花瓶に水を入れ、バラを活けた。

「さようなら、いとしい人」彼は芝居がかったお辞儀をすると、背中を向けて去っていった。

奇跡のようにすっかり気分が高揚し、ロビンは花に歩み寄ると、香りを吸いこんだ。とたんに息が苦しくなり一歩後ろによろめいた。腕も脚もひどく重い。叫ぼうとしたが、息苦しさはさらに増した。ロビンは床に倒れ、嘔吐した。ドアの方に這っていこうとしたが、大きな闇がのしかかってきた。

8

翌朝、トーストとマーマレードとブラックコーヒーの朝食を用意しながら、アガサはご機嫌で口笛を吹いていた。太陽が開け放したキッチンのドアから射しこみ、世の中はとても平和な気がする。ポールとのディナーは楽しかった。二人はいっしょにいてくつろげる関係に戻れたようだ。素人臭いミスについて冗談にしてしまえるほどだった。アガサはロビン・バーリーを訪ねたことを話し、彼女の物真似までやってみせてポールを笑わせた。

その日の午後、ポールが迎えに来て、いっしょにトウデイに行き、ピーター・フランプトンに探りを入れることになっていた。

またもや彼女の頭にバラ色の夢が広がりはじめた。美容院に行く時間はとれそうになかったので、朝食をすませるとバスルームに行き、ブルネット用カラーリンスを使って根元の赤い色を和らげた。

髪にタオルを巻くと、一階に下りていき、庭にすわって太陽の温もりを楽しむことにした。

ドアベルが激しく鳴らされ、ドアがバンバンたたかれたので、あわてて立ち上がった。

走っていってドアを開けた。ポールが立っている。「アガサ、アガサ、ロビン・バーリーという人に会ったって話してたよね？」

「ええ。どうぞ。何があったの？」

「たった今、ラジオで聴いたんだ。モートンから帰る途中だったんだけど、楽屋で死んでいるのが発見されたんだよ」

二人でキッチンに歩いていった。「心臓発作を起こしたのかしら」

「警察は不審死と見ているとニュースでは言っていた」

アガサはキッチンの椅子にへたりこみ、呆然として彼を見た。

「じきに警察はアトリエ周辺の住人たちの聞き込みをするわね。そうしたらわたしの人相が報告される。だけど、彼女が楽屋で殺されたなら、ハリーに容疑が向けられるわ。ああ、どうしよう、わたしがいけなかったのよ。彼女は探偵の仕事をやりたくてうずうずしていたの」

「調べてみるように頼んだのかい？」

「そういうわけじゃないわ。それどころか、とても失礼な態度だったから、さっさと帰ってきたほど」

「じゃあ、あなたのせいじゃないよ。今日はハリーやキャロルに会っても意味がないし、もっといろいろわかるまではピーター・フランプトンは放っておいた方がよさそうだ。この件にはきっとハリーが関係しているにちがいない」

「ハリーにアリバイがあれば、ロビンの事件はミセス・ウィザースプーンの事件とは無関係かもしれない」

「ビル・ウォンと会えるといいんだが」

「署の刑事全員がこの事件に駆り出されていて、マスコミのせいでプレッシャーをかけられているんじゃないかと思うわ。老婦人が殺された事件よりも、こっちの方が目新しいし」

「わたしたちにできることが何かないかなあ」

またドアベルが鳴った。二人はとまどって顔を見合わせた。「警察にちがいないわ」アガサは暗い声を出した。

しかしドアを開けると、そこにいたのは憔悴した顔のミセス・ブロクスビーだった。

「入って。ちょうどニュースを聞いたところ」

「信じられないわ。ミセス・バーリーとは古くからの知り合いだったの。彼女と会ったんでしょ?」

「ええ、ハリーが抜け出してヘバードンに行くことが可能だったか知りたいって話した。あなたのお友だちだったのは知っているけど……つきあいづらい人だったわ」

「たしかにミセス・バーリーは傲慢な態度をとることがあったけど、心根はまっすぐだった。教会のためにたくさんの善行を施してくれたのよ。ワームストーンのセント・エセルバラ教会の牧師さんと電話で話したわ。彼女が住んでいた村よ。最終リハーサルのあと、牧師さんと楽屋で会う約束をしていたんですって。彼女は村の教会のために舞台を演出する予定だったの。彼女を発見したのは牧師さんだったのよ。

彼の話だとドアの近くに倒れていたみたいね。ひどい顔色で、嘔吐していた。救急車と警察と消防を呼んだんだけど、三つ全部呼ぶなんて、さぞ動転していたんでしょうね。最初に到着したのは警察だった。彼は外で待つように指示されたそうよ。それから警察署に連れていかれて、そこでも待つように言われた。ようやく二人の刑事が現れて質問されたけど、最悪の経験だったそうよ。何度も何度も、彼が花を持っていったのかって質問されたんですって。そして、花は持っていっていない、って何度も繰り返さなくちゃならなかった。牧師さんは彼女と会う約束をしていたので楽屋のドアをノックすると、返事がなかった。そこでドアを開けて、彼女を見つけたの。聴取が終わる頃には、ミセス・バーリーはシアン化合物中毒で亡くなったことがわかった。シアン化合物の錠剤がバラの花瓶に入れられたと、警察は考えているみたいね。錠剤から発生した青酸ガスで殺されたのよ」

「今の時代、平和なコッツウォルズでどうやってシアン化合物を手に入れられるのかしら？」

「農場ではかつて農薬としてシアン化合物を使っていたんだ」ポールが言った。「現在では禁止されているよ、ＤＤＴもね。それがまだ残っていたんじゃないかと思う」

「で、これからどうするの？」とアガサ。

「待つしかないよ」

「警察の情報が手に入ればねえ」アガサは嘆いた。「電話の通話記録を調べられないから、彼女が誰に電話していたのかもわからない」

「誰かの通話記録を三カ月分調べてくれる探偵事務所があるわよ」ミセス・ブロクスビーが言ったので、二人は仰天した。「料金は四百ポンドと付加価値税」

「まあ、どうしてそんなことを知ってるの？」アガサはたずねた。

ミセス・ブロクスビーはほんのり頬を赤く染めた。「ここだけの話にしてね。ある教区民がある女性に夢中になって、彼女の通話記録を調べたがったの。彼女は絶対にかけていないと言い張っていたけど、昔の恋人に電話しているんじゃないかと彼は不安だったのよ」

「それで、実は電話していたの？」アガサは身を乗りだした。

「ええ、そうよ」

「じゃ、彼の執着は消えた？」

「いいえ、さらにひどくなって、しまいにはオーストラリアに移住したわ。お金のむだだったわね」

アガサはオーストラリアに引っ越した人は誰だろう、と記憶をたどった。ミセス・ブロクスビーは小さな笑みを見せた。「あなたが来る前の話よ、ミセス・レーズン」

「ねえ、ビルに電話して、ロビンを訪ねたことを話すべきじゃないかしら。どっちみち、警察は探りだすと思うし」

「ランコーン警部にさんざん絞られそうだね」ポールが警告した。

「こっちから情報を提供したら、それほど嫌味を言われずにすむわよ」

アガサは電話をかけに部屋を出ていった。

数分後に戻ってきた。「ビルをつかまえられたわ。とうとう彼も事件の担当になったの。すぐに警察署に行かなくちゃ」

ポールがアガサを警察署に送ってくれた。二人は待つように言われ、アガサは取調室に連れていかれた。傷だらけのテーブル、味気ない緑色の壁、小さな曇りガラスの窓を眺めながら十五分近くすわっていると、ドアが開き、まずビルが、続いてエヴァンスが入ってきた。

ビルはテープのスイッチを入れて形式的な言葉を吹きこむと、エヴァンスといっしょにアガサの前にすわった。

「さて、ミセス・レーズン」ビルは堅苦しい口調で言った。「亡くなったミセス・ロビン・バーリーときのう会っていた、と電話をかけてきておっしゃいましたね」

「そのとおりです」

「何時に会ったのですか？」

「お昼前だと思います。はっきりわかりません。十二時前後かしら」

「ミセス・バーリーとは知り合いだったのですか？」

「いいえ」

「どうして彼女を訪ねることになったのですか？」

「ハリー・ウィザースプーンが、母親の殺された夜に舞台を抜けてヘバードンに行くことが可能かどうか知りたかったんです。ミセス・ブロクスビーが——」

「それはカースリーのセント・ピーター＆セント・ポール教会の牧師の妻のことですね？」

「知ってるでしょ、ビル」

「録音のためです」エヴァンスが厳しく言った。

「そうです。ともかく、《ミカド》の出演者の誰かに連絡をとりたかったんです。ミセス・ブロクスビーは友人のミセス・ロビン・バーリーが力を貸してくれるかもしれない、と言って、電話をかけて頼んでくれ、住所も教えてくれました。だから彼女のアトリエに行きました」

「それで、彼女から情報を手に入れられたんですか？」

「いいえ、思い上がった女性だったんです。ハリーが舞台を抜けられたかどうか、自分が出演者たちに電話して訊くと言ってました。とても失礼な態度をとられたのでうんざりして、短時間しかいませんでした。名刺を渡して、何かわかったら電話してほしい、と言い置いて帰ってきたんです」

「それで、そのあとは？」エヴァンスがたずねた。

「メイン・ストリートの〈パムズ・キッチン〉でお昼を食べて、お店をひやかして歩きました。家に帰ったら、ランコーン警部とあなたが来て、あれこれ訊かれたわ。あなたたちが帰ったあと、ポールと――ミスター・チャタートンとディナーに出かけました」

「どこへ？」

「パクスフォードの〈チャーチル〉です」

「それで、どのぐらい店にいたんですか？」

「ええと、どうだったかしら。予約は八時に入れていました。十時半過ぎまでお店にいて、わたしのコテージに戻り、ナイトキャップを一杯いただいたわ。それからミスター・チャタートンは真夜中過ぎに自分のコテージに帰っていきました」

エヴァンスが言った。「今後は首を突っ込むのをやめていただきたいですね、ミセス・レーズン。国外には行かないでください。またあなたに訊きたいことが出てきたら、出頭していただきたい」

「わかりました」

ビルが立ち上がった。「とりあえず、けっこうです」

「ビル？」アガサが話しかけた。

ビルは短く首を振り、エヴァンスがアガサを送っていった。

「どうだった？」警察署から歩きながら、ポールがたずねた。

「予想していたほどひどくなかったわ。ビルが聴取してくれたから。だけど、ああ、ポール、彼はとても厳しくて批判的な顔つきだったの」

「あなたのような友人がいると、刑事にとっては外聞が悪いことがあるんじゃないかな」

「わたしのこと、嫌いになっていないといいけど」アガサは思わず口を滑らせた。「初めての友だちなのよ——こっちに引っ越してきてからはね」あわててつけ加えた。それまで怒りっぽいアガサには一人も友だちがいなかったことをポールに知られたくなかった。

「この事件を解決するために、わたしたちが何か役に立てれば、また顔を出してくれるだろう」

「解決できる可能性はほぼゼロよ」アガサは携帯電話が鳴りはじめたので、バッグからとりだした。

熱心に耳を傾けてから、はずんだ声で言った。「彼を引き留めておいて。できるだけ早く行くわ」

アガサは電話を切った。「ミセス・ブロクスビーからよ。例の牧師さんといっしょなんですって。ミセス・バーリーの死体を発見した人と」

二人は車に急いだ。

ミセス・ブロクスビーは二人を牧師館の庭に案内した。そこではやせた白髪頭の男性がお茶を飲んでいた。

「ミセス・レーズン、ミスター・ポッターをご紹介させて、聖エセルバラ教会の牧師さんよ。ミスター・ポッター、こちらはミセス・レーズンとミスター・チャタートン」

全員が腰をおろした。アガサは牧師をじっくり観察した。ほっそりしたやさしい顔つきで穏やかなまなざしをしている。背中が丸まり、指はリウマチで変形していた。

「あなた方に会いたいと申し上げたんです」牧師は美しい声をしていた。最近はめったに耳にすることがない、昔のオックスフォード大学の英語だ。「ふだんは素人が探偵の真似事をすることに賛成できないんですが、あのランコーンという男に神経を逆なでされましてね。あの男は横柄な愚か者だ。ミセス・ブロクスビーによれば、あなたは優秀な探偵だとか」

「何があったのか話してください」アガサは頼んだ。

「死者を悪く言うべきではありませんが、ミセス・バーリーは人の神経を逆なでする高圧的な女性でした。ただし、ミセス・ブロクスビーも認めているが、教会のための基金集めではすぐれた手腕を発揮した。ワームストーンの教会ホールで芝居を上演する予定だったんです」彼は小さな笑みを見せた。「もちろん、彼女が主役です」

「何を演じる予定だったんですか？」アガサはふいに嫌な予感がした。

「《真面目が肝心》です」

「エドワード王朝時代の衣装で？」

「ええ、そのとおりです」アガサは困ったようにポールをちらっと見た。では、自分たちは捜査をいっそう混乱させてしまったのだ。警察はロビンがティードレスの女性だったと推測するだろう。

「ともあれ」牧師は話を続けた。「楽屋で会うことを承知しました。翌朝に会えない理由はまったくなかったんですが、ミセス・バーリーは楽屋で訪問者を迎えるのが好きだったんです。ミセス・ブロクスビーに申し上げたように、わたしは楽屋のドアをノックし、返事がなかったので、そのまま中に入った」彼はミセス・ブロクスビーにすでに話したことを繰り返した。

「警察はシアン化合物中毒だと言っています。何者かが花束を持ってきて、花瓶に活け、水にシアン化合物の錠剤を入れたらしい」

「彼女の死がミセス・ウィザースプーンの事件と関連があるのか、疑問に感じているんです」とアガサ。

「どうして？」ポールがたずねた。

「犯人がハリーじゃないと仮定してみて。だとすると、ロビンを殺す理由として、どんなものが考えられるかしら？　彼女には敵がいましたか――ミスター・ポッター？」

「わたしの知る限りではいませんね。しかし、素人劇団はあらゆる点で素人だが、体質はちがった。本物の劇団と同じように、確執や嫉妬が渦巻いていました。実はね、ミセス・バーリーは大根役者だったんです」

「あらまあ。じゃあ、《マクベス》でどうして大きな役をもらったんですか？」

「彼女はとても裕福だった。ミルセスター劇団の費用の大半は彼女が出していたんですよ。その見返りに、主役を要求した。クリスマス公演で《オクラホマ！》のリハーサルをしていたときに、ぞっとするような事件が起きました。ミセス・バーリーが主役を演じたがったんです」

「つまり、前髪を切り揃えた若い娘役ってこと？」

「そうです。出演者の女性メンバーたちは反対した。ミセス・バーリーの歌声は最悪だったからです。その役を演じるには年をとりすぎているし、歌も下手だ、とメンバーたちは言いました。彼女がひきさがろうとしなかったので、とうとう一人が彼女の歌声を録音したものを聴かせた。ミセス・バーリー本人ですら、ひどい声だと認めないわけにいきませんでした」

「反論した中心人物は？」アガサは訊いた。

「ミス・エメリーです。ミス・メイジー・エメリー。結局、彼女が主役に選ばれ、とても上手に演じました」

「だけど、ロビンは《ミカド》でカティーシャを演じたと言ってましたよ」

「カティーシャは醜くて声も聞き苦しい、という設定なので、その役をもらえたんですよ」

「あらまあ。ミス・エメリーとはどこに行ったら会えるでしょう？」

「彼女はこの件とは一切関係ないと思いますよ」ミスター・ポッターは警告した。

「だが、誰かのことを、あるいは何かを知っているかもしれない」ポールが意見を言った。

「住所はわかりませんが、ミルセスターのミッドランズ&コッツウォルズ銀行に勤めています」

「ミルセスターに戻るのか」ポールはぼやきながら、また車を出した。「手がかりとは言えない手がかりだけどね」

「何もせずにぼうっとしているよりましよ」フィッシュ・ヒルを下りながら、アガサは外の風景に目をやった。黒い雲がマルヴァーン丘陵を覆いはじめている。「いやだ！　雨になりそうね」

「心配いらないよ。後部座席に傘を二本積んできたから」

「まさにボーイスカウトね。あらゆる準備を怠らない。もう夕方だ。彼女、まだ銀行にいるかしら？」

「銀行は四時半に閉まるが、行員は五時半ぐらいまでは帳簿をつけるとか、銀行内部の仕事をして残っているよ」

二人は五時半直前に銀行の前に到着した。「中は明かりがついてるわ。ここで出てくる人を待っていましょう」

　二人はドアのそばで待つことにした。五時半きっかりに数人の女性が出てきた。

「ミス・エメリーは？」アガサはたずねた。

「メイジーもすぐ出てくるわ」一人が答えた。

　数分後にウサギみたいな顔をしたやせた女性が現れた。「ミス・エメリーですか？」

アガサがたずねた。

「ええ、どういうご用ですか？　銀行はもう閉店してますよ」

「銀行とは関係がありません。ミセス・ロビン・バーリーが殺された件です」

　ポカンと口を開けたので、長くて不揃いの歯が丸見えになった。

「ロビンが！　殺されたですって！」

「ええ、ゆうべ、楽屋で。ご存じなかったんですか？　劇場にいなかったんですか？」

「ええ、わたしの役はなかったから。ガスマスクをつけて兵士の一人を演じるように言われたけど、わたしに恥をかかせるためにロビンが演出家に提案したとわかっていたから、お断りよって言ってやったの」

「でも、お客さんから聞いたのでは？　町じゅうに広まってますよ」

「いいえ。そういえば、劇場で事故があったらしいと言ってた人がいたけど、それだけよ」

ポールが口をはさんだ。「一杯やりませんか？　ロビンについてお訊きしたいことがあるんです」

彼女は疑わしげな目つきで二人を見た。そのとき、アガサは友人のサー・チャールズ・フレイスがここにいれば、と残念だった。称号を口にするだけで、みんな進んで話をしてくれた。

「自己紹介をさせてください」アガサは言った。「わたしはミセス・アガサ・レーズンで、こちらはミスター・ポール・チャタートン。警察の捜査のお手伝いをしているんです」嘘じゃないわ、と心の中で言い訳した。

ポールが魅力的な笑顔をメイジーに向けると、彼女は警戒を解いたようだった。

「わかりました。だけど、普通のパブには行きたくないんです。ジョージ・ホテルにカクテルバーがあるわ」

ジョージ・ホテルのカクテルバーは、バーというよりも、年老いたバーテンダー一人でやっている小さなバーがあるカビ臭くて狭い待合室、という風情の場所だった。メイジーはウォッカのレッドブル割りを注文した。しかし、バーテンダーが、当店ではレッドブルは置いておりません、と尊大な口調で答えると、とたんにメイジーは不機嫌になった。あわてたポールがもっと珍しいものを試してみたらどうだろう、と口をはさみ、サンライズ・スペシャルというカクテルを注文してあげた。薄汚れた小さな紙の傘を挿したトールグラスに入ったブルーのカクテルが出されると、メイジーは機嫌を直した。アガサは、あの傘は使い回しているにちがいない、と腹の中で思ったが。

「それで、ロビンについて何か話してもらえませんか?」ポールが水を向けた。

「あの人、どんなふうに亡くなったの?」

「シアン化合物中毒です。何者かが花束を贈り、花瓶の水にシアン化合物の錠剤を入れたんです。青酸ガスで亡くなりました」

メイジーは興奮に目を輝かせた。「わあ、びっくり! 場所はどこ? 彼女のアトリエ?」

「いや、最終リハーサル後の楽屋です。彼女には敵がいましたか?」

アガサはポールに質問をしてもらってよかった、と思った。早くもメイジーはポールに色目を使っていた。

「彼女のことを嫌っている人はたくさんいました。観客はほとんど友人や親戚だけだったの。彼女のせいで、わたしたちまで滑稽に見えたわ。この町のゲイの中には、物笑いの種にしようとして舞台を観に来た連中もいたほどです。ちゃんとしたお芝居をすれば、彼女のお金は必要ない、って演出家に訴えようとしたんですけど、彼女は衣装や大道具に大金を出していたし、そもそも劇場の持ち主だったんですよ」

「ロビンはお金をどこから手に入れたのかな？」ポールが質問した。

「亡くなったご主人がスーパーマーケット・チェーンを経営していたんです。彼が亡くなると、ロビンは全部売り払って、莫大なお金を手にしたんですよ」

「とりわけ彼女を憎んでいた人はいる？」

「みんな、似たり寄ったりだったと思いますけど。ただし、誰も毒を盛ってませんからね。やり方だって知らないし」

「最終リハーサルに、ハリー・ウィザースプーンはいたのかしら？」アガサがたずねた。

「さあ。彼がいた理由はないですね。どうせ小さな役か兵士だったはずだから」

「彼はいつも端役だったの？」

「ああ、喘息と花粉症のせいです。まず、ガスマスクをつけるのを嫌がった。ちゃんと息ができないって言ってました。さらに、この頭の悪い演出家ときたら、バーナムの森からダンシネーンの丘に移動してくる場面で、兵士たちに木の枝じゃなくて花束を持たせることにしたんです。戦争の残虐さを際立たせる演出なんだって主張してました。馬鹿みたい！」毒をこめて吐き捨てた。「お代わり、もらってもいいかしら？」空のグラスを持ち上げた。

「わたしがとってくるわ」アガサは言った。

すわって新聞を読んでいたバーテンダーはアガサに目を向けようともしなかった。そこで拳でカウンターをドンとたたくと叫んだ。「お代わり！」

「それでこの演出家だけど、何ていう名前なんですか？」

「ブライアン・ウェルチ」

「どういう経歴の人物なんですか？」ポールがたずねていると、アガサが勝ち誇った顔で戻ってきた。メイジーのカクテルに新しい傘を飾らせることに成功したのだ。

「誰のことを話しているの？」

「演出家のブライアン・ウェルチだよ。経歴について質問していたところだ」

「ロイヤル・シェイクスピア・カンパニーで演出をしていたと言っています。だけど、ストラットフォードのアマチュア劇団の演出家だったにすぎない、という噂もある。彼はロビンが大嫌いだったんです」

「彼の住所を知らないかな」

「いいえ、だけど劇場にいないときは、〈クラウン〉にいすわってますよ」

「どんな外見？」

「小太り。薄汚い服。ふさふさした金髪」

さらに質問をしたが、重要なことは聞けず、別れを告げて〈クラウン〉に行くことにした。アガサの記憶では、ミルセスターでも、かなりうらぶれたパブの一軒だった。ほとんど誰もいないパブで最初に目についた男は、メイジーが教えてくれた人相にぴったりだった。

二人は彼に近づいていき、ポールがたずねた。「ミスター・ウェルチ？」

「ああ。あんたたちは誰なんだ？」

ポールは自己紹介をしてから、目的を説明した。

「そういうことは警察に任せておいたらどうだい？」彼は空のグラスをにらみつけた。

「何を飲んでいるの？」アガサがすばやくたずねる。

「ウィスキー」

「ダブルでどう？」

たちまち笑顔になった。「いいね」アガサはカウンターに歩きながら、顔にあんなに肉がついてなくて毛細血管が浮きでていなかった頃は、魅力的な男性だったにちがいない、と思った。

彼のウィスキーと、自分とポールにソフトドリンクを持って戻ってくると、ちょうどポールがこう言っているところだった。「だけど、自殺ってことはありえないでしょう」

「彼女ならしかねないよ。乾杯！　あのクソ女は舞台をだいなしにしかねなかったんだ」彼は嫌みたっぷりにロビンの声を真似た。『あなたは歴史をまったく知らないのよ』ふん！　馬鹿な女だ。屈辱を味わわせようとして、出演者の前で派手に叱りつけてやった。あいつは演技なんて、からっきしできなかったんだよ」

「それって、リスクのある発言だったんじゃないですか？」アガサは質問した。「彼女はあなたをクビにする権力を持っていたんでしょう？　すべてのお金は彼女から出ていたわけだし。彼女があなたを雇ったんですよね？」

「ああ、だけど、ちゃんと契約書を交わしたからね、何をしてもむだだったさ」

「どうしてボスニアなんですか？」アガサは質問した。

「彼女がそうしてくれ、って言ったんだよ。わからないかい、あの劇全体が軍事力の濫用についての話なんだよ」

アガサはその話題には触れないことにした。「ハリー・ウィザースプーンは出演者には入っていなかったそうですね」

「ああ、あのちびの商店主か、母親殺しの？　うん。花粉症と喘息のことで不平たらたらだったからな」

アガサははっと体を起こした。「しまった！　どうしてもっと早くそれに気づかなかったのかしら？」

「何のこと？」ポールがたずねた。

「ガスマスクよ、もちろん。変装だけじゃなくて、青酸ガスを防ぐためだったのよ。それに、ガスマスクをつけた犯人が楽屋に入っていっても、ロビンは出演者の一人だと考えるでしょう。だけど、必ずしもその必要はないのよ。外から入ってきた人間の可能性もあるわ」

「楽屋の入り口にいたフレディに訊いてみないとな」演出家が言った。

「どこに行ったら会えるかしら？」

「警察に取り調べられていないなら、コヴェントリー・ロードの家にいるだろう。通りの突き当たりの小さなコテージだ」

「コヴェントリー・ロードってどこなんだ？」ポールがたずねた。

「ミルセスターから出ていく道から田舎に入ったところ。フォス街道を曲がるの。その場所に来たら教えるわ」

「必要な質問をしそこなった」ポールが嘆いた。

「たとえば？」

「単純な質問だよ。たとえば、フレディの苗字はとか。彼はどんな人物かとか？」

「すぐにわかるわよ。そこで左に曲がって、修理工場を過ぎてすぐの道」

ポールはコヴェントリー・ロードに曲がり込み、商店や公営住宅を通り過ぎながらゆっくりと走っていった。「そろそろ住宅地が途切れるよ。コテージなんてないな」

「次の角を曲がってみて」

「あったぞ」

小さな白いコテージが道沿いにポツンと建っていた。「それから、もうひとつ質問するべきだった。彼の電話番号だ。夜は出かけているかもしれない」

「ぶつくさ言うのはやめて。すぐにわかるって」

髪にカーラーを巻いた心配そうな顔の女性がドアを開けた。「フレディを探しているんです、楽屋番の」アガサが言った。

「父は家庭菜園にいます。どなたですか？」

辛抱強く、アガサはまた同じ話を繰り返した。「父はいろいろなことでちょっと動揺しているんです。放っておいていただけますか？」二人の鼻先で乱暴にドアが閉められた。

「まあ、どこかの菜園にいることはわかった。通りで訊いてみよう。修理工場の人間が菜園の場所を知っているかもしれない」

修理工場に行くと、菜園はバーニー・レーンを入ったところだと教えてくれた。「見逃しっこないよ。右手のハイドンズ・クローズまで戻って、数メートル進んだら、左折してブラックベリー・ロードに入る。右の二番目の道がバーニー・レーンだ」

二人は何度かまちがったところで曲がった。アガサが道順を忘れていたので、ポールは自分も忘れたことをごまかすために、女性は道案内ができないんだ、と理不尽にも文句をつけた。ようやく菜園を見つけた。ささやかな土地で何人かが野菜の世話をしている。

最初に会った人にフレディはどこかとたずねると、野菜の苗床にかがみこんでいる老人の方を親指で示した。

二人は老人に近づいていき、名前と来訪の理由についておなじみの口上を述べた。

「フレディ・エドモンズだ」彼は土のついた片手を差しのべ、二人と握手した。

った。

「おれのオフィスに来てくれ」顔を皺だらけにしてにっこりした。

「オフィス」というのは、レタス、キャベツ、ホウレンソウ、ジャガイモをはじめ、二人のよくわからないさまざまな野菜がきちんと植えられた菜園のわきにある小屋だった。

フレディは箱にすわり、薄汚い帽子を脱ぐと、ポケットからパイプをとりだした。ポールは別の箱にすわり、アガサは古い車の座席にすわった。

「さっき警察がおれのところに来たよ」缶から刻み煙草をとりだしてパイプに詰めはじめた。どうしてわざわざパイプで煙草を吸う人がいるのだろう、とアガサはたびたび不思議に思う。パイプに煙草を詰め、タンパーで押しつけ、火をつけ、頻繁に消えてしまうので、また火をつけ直し、吸ったあとは火皿から吸い殻をかきだして、きれいに掃除し、また同じ手順を繰り返すのだ。

「リハーサル中に楽屋口を通った人間がいるかと訊かれたよ。おれは答えた、一人もいないよって。最初に来たのはミセス・バーリーに会いに来た牧師だった」

「それで、出ていく人間についてはどうですか？　衣装のまま誰かがあなたの前を通って出ていったら、気づいたでしょう？　つまりね、犯人は出演者の中にいるとは限らないんです。ただし、ガスマスクをつけていたわ」

「ううむ、そうだねえ」臭い煙を吐き出した。「牧師が大変だと騒いだとき、全員がまだ楽屋にいたし、警察がすぐに駆けつけてきて、二人の警官が楽屋口を見張っていた」

「それで、他の出入り口はないんですか？」

「ないね。おれの前を通るか、通らないかだ」

長い沈黙が続き、アガサが言った。「とても退屈な仕事でしょうね。ずっとこの仕事をしているんですか？」

「いや、長年鉄道で働いていたが退職したんで、地元新聞の広告で見つけた今の仕事に応募したんだ。昔はゲイエティ劇場という名でね、ミセス・バーリーが買いとるまで、長いあいだ空っぽのままだった」

「そうね、彼女があそこを買ったことはついさっき聞きました」

「昔、ボードヴィルショーをやってた頃みたいに、ゲイエティって名前にしてほしかったよ。今じゃ、ただのミルセスター劇団で、しかもアマチュアだ。それでも、働き口には変わらないが」

フレディの頭上の棚には、ガーデニングの本や雑誌がぎっしり並んでいた。

「ガーデニングについてずいぶん資料を読んでいるんですね」ポールが言った。

「手に入るもんはな」

フレディが楽屋口の小部屋にすわっている姿が、アガサの頭に浮かんだ。そう、たいてい小部屋のはずだ。そして、熱心にガーデニングについての本や雑誌に読みふけっていると、影のような姿が音もなく通り過ぎていく。

「暖かい夜でしたよね」アガサは言った。「通り側のドアは開いてましたか?」

「うん、空気を入れたかったからね」

「それで、誰かが入ってくる物音は聞かなかった?」

「足音がしたら、顔を上げただろうね」

「あなたの視線に入らないように、低くかがんで通り過ぎることはできますか?」

「できると思うよ」不安そうだった。

「トイレには行かなくちゃなりませんよね?」とポール。

フレディはパイプを長いことふかしていた。「ああ、行った。だが、席を立つときは、通り側のドアは閉めて鍵をかけておいた」

「それで、何度ぐらい席を立ったんですか?」アガサがたずねた。

「三度だ。膀胱《ぼうこう》が若い頃のようにいかんのでね。年のせいだ。あんたもわかるだろう」

「そんな年じゃありません」アガサは氷のように冷たい声で答えた。

「それで、席を立つたびに毎回ドアを閉めたんですね？」ポールがたずねた。

さらに長い沈黙。フレディはパイプをさかんにふかしている。

「うん、たしかに閉めた」

「ロビン・バーリーについて教えてください。彼女を憎んでいる人っていたかしら？」

「彼女はたくさんの人をいらいらさせていた、それはまちがいないね。だが、劇団はプリマドンナの集団なんだよ。ときどき昼間の仕事をしている連中と顔を合わせるけどね、銀行とか店とかでさ。ネズミみたいにおとなしいんだ。だが、劇場に入ったとたん、自分はアレック・ギネスやイーディス・エヴァンスだと思い込むんだよ」

「ロビンのことはよく知ってましたか？」

「みんなと同じぐらいにはな、たぶん。忘れんでくれよ、彼女は教会のためにりっぱな仕事をたくさんしてきたんだ。それに、はっきり言って彼女の金がなかったら、ミルセスター劇団は存在しなかっただろうし、おれも仕事にありつけなかった。彼女がおれと話しているときは、登場人物の一人として見られている気がしたよ——スターが通るたびに楽屋口でぺこぺこしている善良で年老いたフレディってな。だから、彼女が望むように演技していたんだ」

「鉄道で働いていたときはどういう仕事だったんですか？」ふいに、フレディも他のみんなに劣らぬ役者だという気がして、アガサは質問した。

「地区責任者だった」

「あなたはとても知的だと思うわ。どうして菜園を？」

「植物を育てるのが好きなんだ。ここにいると安らぎを感じるからね。誰にも邪魔されないし」

「芝居は中止になるのかしら？」

「明日、開演だよ。あの演出家はロビンが殺されたことで観客が増えると読んで、金儲けをしたがっている。メイジー・エメリーがマクベス夫人を演じるよ」

「ロビンは未亡人でしたよね。男性の友人はいましたか？誰かと出かけていましたか？」

「おれは聞いたことがないけど、すごく顔が広いって話は聞いてるよ。次から次にいろんなことに夢中になって、すぐ飽きるって――ピラティス、超越瞑想法、サルサ、あれやこれや」

アガサは名刺をとりだして彼に渡した。「何かわかったら、教えてください」

「時間のむだだったとは思えないわ」家に向かう車でアガサは言った。「彼はとても頭が切れる。鉄道で働いていたって言ったし、パイプや薄汚れた帽子や古ぼけた庭仕事用の服から、てっきり線路保守みたいな仕事をしていたのかと思った。だけど、話を聞いていたら、最初の印象よりもずっと頭がいいことがわかったわ」

「スノッブなことを言わないで、アガサ。どこにだって頭のいい肉体労働者はいるはずだよ」

「ちがうわ、スノッブなのはあなたの方よ」

帰り道は延々と議論が続いた。

アガサのコテージの外で、ポールは言った。「労働者の話はもうたくさんだよ。このあとどうする？　頭がこんがらがっちゃったな」

「一晩眠って考えましょう」いつになく、アガサは一人になりたかった。誘いをかけてこない男とずっと過ごしていると、気持ちが萎《な》えてくるのだ。「また明日」

彼女はコテージに入り、猫たちをなでて、庭に出してやった。あちこちに行き、質問をして回り、突破口を見つけようとする作業を中断できて、ほっとしていた。

冷凍庫をひっかき回して霜のついたパッケージを見つけ、電子レンジにかけた。チンと鳴ったので取り出してみて、マークス＆スペンサーのラザニアだとわかった。ま、オーブンで焼かなくてもいいか。電子レンジを強にして、もう一度調理した。食事を終えると、猫たちにニシンを二匹ゆでてやった。猫たちには新鮮な材料を調理するくせに、飼い主は電子レンジでチンの食事をとっていることに、アガサは悲哀すら感じていなかった。

9

翌朝、ポールから連絡はなかったし、こちらから彼を訪ねたり電話したりするのも億劫だった。ロビン・バーリーの死を改めて実感して、怒りと罪悪感、さらには漠然とした責任も感じていた。自分がお節介をしたせいで、次に殺されるのは誰だろう？　楽屋番のフレディ？

アガサは衝動的にコテージの戸締まりをすると、車でロンドンに向かった。足を運んだのは、市内に住んでいたときにひいきにしていたボンド・ストリートのエステ。だが予約は埋まっていると言われて、アガサは猛烈に不機嫌になった。フロント係に怒りを爆発させている最中に、たまたまキャンセルの電話がかかってきたので、フロント係はほっとしながらアガサをその枠に入れてくれた（「奇跡だったわ、ほんと」フロント係はその晩ルームメイトに愚痴をこぼした。「彼女に襲われるんじゃないかと思ったほどよ！」）。

アガサはメスを使わないフェイスリフト、ボディ痩身パック、脚の脱毛というフルコースの施術を受けてから、数時間後、すっきりした気分で店を出た。フェニックスデパートをぶらついているときにピンクのシフォンドレスに一目惚れして、購入した。自分の歳でそれを着たら、亡きバーバラ・カートランドみたいにド派手に見える、という頭の中の警告の声はきっぱりと無視した。今回はロンドンで過ごしていると気分が上向きになり、大都会の喧噪も楽しめた。ロンドン随一のおしゃれなレストランに、クロマーティ公爵夫人の名前で予約を入れた。贅沢な食事の締めにレストランのスペシャリテであるチョコレートクリームパイを平らげると、この食事で痩身パックの効果も帳消しね、と思いながら、車を停めておいた場所に戻った。スカートのウエストがきつくなっていた。

帰り道、大事故のせいでM40号線が渋滞し、一時間も余分にかかった。そのあいだにカースリーから逃げだしたおかげで味わった高揚感は消えてしまった。猫のことが心配だった。一日じゅう家の中に閉じこめておいてかわいそうなことをした。

カースリーに通じる道を曲がったとき、心のどこかで、これ以上余分なことはするな、という声がした。一方、殺人について手がかりをつかめたら、秘密の通路を発見して証拠を消したことや、ロビンの死に抱いている罪悪感が和らぐかもしれない、とも思った。車から降りたとき、リビングの窓にかけた厚手のカーテンが閉まっているのに気づいた。出かける前に開けておくのを忘れたにちがいない。

コテージに入ると、廊下の暗闇ではっと立ち止まった。猫たちが出迎えにやって来ない。片手を明かりのスイッチに伸ばしたまま、リビングの閉まったドアをぞっとしながら見つめた。ドアの下から光が漏れてきている。恐怖のせいで、とんでもない行動に出た。車に戻って警察を呼びに行くとか、隣に走っていってポールに助けを求める代わりに、ドアのそばのスタンドから頑丈な杖をとり、リビングのドアを勢いよく開けたのだ。

サー・チャールズ・フレイスが膝に二匹の猫をのせてソファで眠りこけていた。

「いったいどうやって入ったの?」アガサは大声で叫んだ。

彼は目を開けると、微笑んで、アガサの猫たちと同じように遠慮のかけらもなく、けだるげに伸びをした。猫たちはソファからさっと飛び降りると、アガサの足首に体をこすりつけてきた。「覚えてないのかい、アギー?　わたしは鍵を持っているんだ。昔くれただろう。ずいぶん怖い顔をしているね」

「車はどこなの?　見当たらなかったわ」

「小道のはずれだ」

アガサは椅子にへたりこむと、彼を見た。「恐怖で息が止まるかと思ったわ。あなた……だいぶ変わったわね」

アガサが最後に会った、太って髪が薄くなりかけた新婚ほやほやのもったいぶったチャールズは消えていた。その代わり、目の前には昔のチャールズ、すなわち、こぎれいで、ほっそりして、非の打ち所がないほど身だしなみがいい髪がふさふさしたチャールズがいた。

「増毛をしたの？」

「いや、癌を克服したんだ。抗癌剤治療で髪が抜けたんだよ」

「癌！」アガサはぞっとして叫んだ。ジェームズが癌になり、そのことを話してくれなかったせいで落ち込んだことが思い出された。「話してくれなかったのね！」

「ほとんどの人に言わなかったんだ。みんな、とたんにおかしな態度をとるからね」

「何癌？」

「肺癌だ」

「大変！」

「ああ、大変だった。でも治ったたし、今は元気そのものだよ」

「奥さんは元気？」

「一杯もらえるかな？」

アガサは立ち上がってお酒の戸棚に歩きながら、肩越しに言った。「勝手に飲んでないとは、あなたらしくないわね」

「飲んでいるつもりだったんだ。でも、地元新聞を読んでいたら眠りこんでしまって。スコッチを頼むよ、アギー、あればモルトを」

アガサは気前よく注ぐと、自分にも一杯注いだ。

「乾杯」アガサは腰をおろした。「わたしの質問に答えてないわよ。奥さんはどうしてるの？」

「いなくなったよ」

「何があったの？」

「入院しているあいだ妻はパリに戻っていて、二十歳ぐらい年下の男と恋に落ちたんだ。フランス人で金持ちで家柄もいい。彼女の家族は離婚のためにひと財産支払ってくれた」

「なんてひどいの！　さぞショックだったでしょう！」

彼はウィスキーを一口飲んだ。「元妻は腹黒くて、まさにフランス人そのものだ。だいたい、英語をしゃべろうとしないんだぞ」

「絶望にうちひしがれたでしょうね」

彼は楽しげだった。「その反対で、自分は幸運だと感じたよ。癌は消えた、口うるさいフランス人妻もいない。どちらともお別れできたんだ」

アガサは興味深げにチャールズを眺めた。「癌から回復した人はたいていとても宗教的になるのよ。つまりね、第二の人生を与えられた、生まれ変わった、って感じるみたいなの」

チャールズはおもしろがっているようだった。「そうなのか？　実に奇妙だ」

相変わらず利己的で自己中心的で自己満足しているのね、とアガサは思った。

「で、どうしてここに来たの？」

「好奇心と退屈のせいだよ。叔母が屋敷全体を赤十字の基金集めパーティーに提供してしまってね、逃げ出さなくては、と考えた。折よく、こっちで殺人騒動が起きていたから、あなたはそれにどっぷり関わっているにちがいない、と推測したんだ」

「関わらなければよかったわ。それについて残らず話してあげる。だけど、まず二階に行って、もっと楽な服に着替えてきてもいいかしら？」

「どうぞ」チャールズはいたずらっぽい目つきをした。「いつ言いだすんだろうと思ってたよ」

アガサは二階に行き、何年も前にトルコで買った黒とゴールドのカフタンを着て、ハイヒールからスリッパに履き替えた。チャールズに会うのは気楽だわ、と思った。自分の外見に気を遣う必要がない。

下に戻ると、猫たちを呼び、食べ物のボウルに出発前にゆでておいた魚を入れてやり、食べ終わったら外に出ていけるように庭へのドアを開けた。

外では、ライラック・レーンのはずれをミセス・ダヴェンポートが通りかかった。アガサはまたリビングに戻ると、カーテンを開けた。もっと早く通っていたら、ミセス・ダヴェンポートは男性が勝手に入っていくところを目撃しただろう。彼女はハンドバッグにファニータの住所を記したメモを入れていた。ちょうどタイミングよく雑貨店にいたので、それを手に入れることができたのだ。ファニータは地元のファッジキャンディーが大好きなようで、ひと箱注文したいと店に手紙を送ってきたのだった。

「わたしからも彼女に送るつもりなの」ミセス・ダヴェンポートは店主に言った。「住所を書き留めたけど、なくしちゃって」こうしてまんまと住所を手に入れると、夫がアガサ・レーズンと不倫していることを告発する手紙をファニータに書いた。署名はしなかった。自分が告げ口した張本人だと、怖いミセス・レーズンにわざわざ知らせるまでもない。

アガサはすわった。「この方がいいわ。家にいるときはカーテンを開けておく方が好きなの。寝るときにしか閉めないわ」

「じゃあ、事件について話して」

アガサは最初から最後まで話した。聞き上手なチャールズに話すと心が癒やされた。

「とんだ騒ぎだったね」話し終えるとチャールズは言った。「わたしの意見を言う前に、ポールとはどうなんだ？　わたしはあなたの恋路を邪魔していないよね？」

「彼は結婚しているのよ。だいたい、どうやって邪魔できるっていうの？」

「予備の寝室に勝手に自分の荷物を置かせてもらったんだ」

「あなたって、いろんなことを当然のようにやってのけるわね。ほんと、図々しいんだから。ま、いいわ、泊まってても。それで、この二件の殺人についてどう思う？　どうしてもハリー・ウィザースプーンが両方の犯人だとは信じられないの」

「どうして？　母親の死で得をするのは彼だけだろう」

「それはわかってるの。彼が一件目の犯人だというのは想像がつくけど、二件目は無理ね。おまけに、彼と姉はポールとわたしに母親を殺した犯人を見つけてほしいって頼んできたのよ」

「その部分を抜かしたよ」

「ごめんなさい」

「彼に会ってみたいな」

「今頃、警察に取り調べられていると思うわ。明日、訪ねてみましょう。ポールにいっしょに行くかどうか、ひとことたずねた方が礼儀にかなってるわよね」

ドアベルが甲高く鳴った。

「誰かが訪ねて来るにしては遅い時間ね」アガサは言いながら立ち上がった。「あのぞっとするランコーンじゃないといいけど。今夜は彼の相手をする気分じゃないわ」

ドアを開けた。ポールが立っていた。「車があるのを見たから」

「どうぞ。友人が来ているの」

彼をリビングに案内すると、チャールズを紹介した。「これまで多くの事件で、チャールズに手伝ってもらったのよ」

「明日、ハリー・ウィザースプーンに会いに行こうかと考えていたんです」チャールズは言った。あくびをしてから伸びをした。「彼にはあなたから話して、アギー。わたしはもう寝るよ」チャールズはドアに向かうと、振り返ってアガサに微笑みかけた。

「あまり待たせないでくれよ、ダーリン」

気まずい沈黙が広がった。

そこでアガサは言った。「あなたが考えているような関係じゃないのよ。チャールズはただの友人」

「どうやら、とても親しい友人のようだね。帰った方がよさそうだ」

「明日、三人でハリーに会いに行く?」

「いや、遠慮しとくよ。三人じゃ多すぎる」

「あら、馬鹿なこと言わないで。なんならチャールズは追い返すわ」

「それには及ばないよ。どっちみち仕事があるから」ポールはあきらかに腹を立てながら帰っていった。


ポールは自分のコテージに戻った。村にやって来たばかりのとき、彼の気を引こうとした女性二人から、アガサ・レーズンについて警告されていた。二人とも、アガサは男性関係が派手だと匂わせたのだ。それで、がぜん好奇心がかきたてられた。ポールがそもそもアガサに近づこうとしたのは、それが理由だったのだ。最初は顔を合わせたのが悪女ではなく、短気な中年女性だったので、がっかりした。しかしアガサをよく知るようになると、彼女にはどこかセクシーなところがあると気づかされた。しかし、アガサは外見こそ強気だったが、実は傷つきやすいとポールは見抜き、深い関係になるのを躊躇したのだった。ふいに、気まぐれな妻に会いたくなった。電話に手を伸ばしたが、思い直した。いつものせりふを聞かされるに決まっている――あたしを愛しているなら、スペインで暮らすはずよ。結局、口げんかになるのは目に見えていた。

眠れなかった。コンピューターを立ち上げ、事件についてこれまでにわかった事実をすべて打ちこみ、手がかりがないか検討してみることにした。自分一人で殺人事件を解決できたら、気分がすかっとするにちがいない。


アガサは足音も荒く、チャールズがベッドで読書している予備の寝室に入っていった。「わたしたちが寝ているって、彼にほのめかさなくちゃいけなかったの？」アガサは問いつめた。

「ふざけたんだよ、アギー。どっちにしろ、彼には詮索する権利はない。きみのワトソンは結婚しているって言ってたじゃないか」

「それほどちゃんと結婚しているわけじゃないのよ」アガサはむくれた。

「結婚は結婚だよ。ともあれ、あいつは退屈なやつだよ。たしかにハンサムだが、つまらない男だ。ろくに個性ってものがないよ」

「嫉妬ね、チャールズ」

「わたしが！　まさか。こっちにおいでよ」

「まだあきらめていないの？」

「試してみたっていいだろ」チャールズは物憂げに伸びをした。

アガサは部屋を出て、バタンとドアを閉めた。


翌朝早く、アガサはベーコンを焼く匂いで目が覚めた。ベッドから出ると顔を洗い、服を着てキッチンに行った。「ちょうど呼ぼうとしてたところだ」チャールズはコンロの前に立っている。「すぐに朝食ができるよ」

「わたしの食材をどうぞ勝手に使ってちょうだい」

「さあ、できた。卵はひとつ、ふたつ？」

「ひとつ。知ってるでしょうけど、わたしはふだん朝食をとらないの」アガサは言いながら席についた。「コーヒーを一杯飲むだけ」

「この方が体にいいよ」チャールズはソーセージ、ベーコン、卵をのせた皿をアガサの前に置いた。

「ポールに申し訳ない気がしてるわ」食べ物を突きながら、アガサは言った。チャールズが背中を向けたすきに、ベーコンをひと切れとり、床に落として猫たちに食べさせた。

チャールズは自分の皿に料理を盛り付けると、アガサの向かいにすわった。カジュアルな服装だった――チャールズにしては、ということだが。白とブルーのチェックのシャツに、紺色のチノパンツ。

「理解できないのは」と食べながらチャールズは言った。「なぜあなたじゃなくて、不運にもロビンが殺されたのかってことだ。あなたは殺人事件について嗅ぎ回って、あちこちで質問していたのに、今のところ脅されてもいない」

「だとすると、彼女はわたしが見逃していた真相に近づいていた、ってことになるわね」

「それは何だったんだろう？　ワームストーンの牧師に会ってみたいな。さらにいくつかたずねたいことがあるんだ。彼女は何かに手を染めていた、あるいは誰かと関係があったのかもしれない。彼女の男性関係について牧師にたずねたかい？」

「訊かなかったと思うわ」

「うーん、へまをやったな。彼女の事件は最初の殺人とまったく関係がないのかもしれないぞ」チャールズは朝食を食べ終えて立ち上がった。ホッジが彼のわきをすり抜けて、庭に出ていった。ボズウェルが続く。ホッジは口にソーセージをくわえていた。

「食べ物のむだだ」チャールズは憤慨した。「苦労して作ったのに、朝食を猫にやるなんてわたしへの冒瀆《ぼうとく》だよ。さあ、出発しよう」

ハリー・ウィザースプーンの店は閉まっていたうえ、「売り物件」という掲示が窓に出ていた。「家にいるといいけど」アガサは言った。「ここから遠くないの」

ハリーは玄関に出てくると、日差しがまぶしそうにまばたきした。「ああ、あなたでしたか」あまりうれしそうではなかった。「どうぞ。こちらはどなたですか？　このあいだの方はどうしたんですか？」

「こちらはサー・チャールズ・フレイスで、これまでの事件で力を貸してくれたんです」ああ、称号の魔法だわ、とアガサは感激した。とたんにハリーは笑顔になり、へつらいはじめたのだ。

「何かお出ししますよ。一杯やるにはまだ早いでしょうか」

「どうぞ、おかまいなく」アガサはきっぱりと断った。「今回のロビン・バーリーの件はどういうことなんでしょう？」

「さっぱりわかりません」ハリーは困惑しているようだった。「彼女は人をしじゅう怒らせていた。しかし、殺すなんて。しかも、あんな手の込んだやり方で！」

「それで、あなたは劇場にいなかったんですか？」チャールズがたずねた。

「ええ、ありがたいことに。彼女が殺された頃、わたしはブロードウェイのパブでアンティーク関係の知り合いと一杯やっていたんです。彼はわたしの在庫品にいい値段をつけてくれて、店も引き継ぐことになっているんです。現金がすぐに必要なんですよ。母の遺産から前金を払えるって弁護士は言ってます。わたしはどんな罪にも問われていませんからね。だけど、すべてにきちんと片をつけたいんです」

「ロビンには恋人がいたんですか？」アガサが質問した。

「知りません。年下の男性たちとよくいっしょに出歩いていましたし、地元の牧師とも仲がよかったですけどね。わたしたちはどちらかと言えば、彼女を敬遠していました」

「秘密の通路について訊きたいんですけど。ポールとわたしが家の中を調べたいと言ったとき、あなたは許可してくれなかった。どうしてなの？　秘密の通路のことを知ってたんですか？」

ハリーは首を振った。「わたしたちがどんなふうに育てられたか、想像もつかないでしょうね。学校から帰ると、それぞれの部屋に追いやられて鍵をかけられ、夕食の三十分前にやっと出してもらい、食後はまた夜じゅう閉じ込められたんです。わたしは頻繁に窓をよじ登って、逃げ出しましたよ。とにかく家から離れたくて。母にはいつも見つかり、キャロルが告げ口したと説明されました。わたしが厄介なことになるたびに、キャロルから聞いた、と母は言った。でも、キャロルはそんなこと一度もしていなかったんです。そうやって母はわたしたちを反目させ、支配しようとしていたんですよ」

「だけど、お母さんは秘密の通路について知っていたにちがいないわ」

「そうは思いませんが。だって、幽霊騒ぎが始まったときに秘密の通路について知っていたら、警察に話したはずですからね。家を買ったときに大量の古いがらくたが地下室に置きっ放しになっていたので、誰かに片付けてもらわなくちゃならない、と話していました。しかし、母は節約家だったから、結局、そのまま放置することにしたんじゃないかと思います」

「二件の殺人事件は関連しているんだろうか」チャールズが問いかけた。

「関連しているようには見えませんよ」ハリーがうんざりしたように肩をすくめた。

「言っときますが、ロビンはたくさんの人を怒らせていましたからね」

「あまり収穫はなかったな」ワームストーンの村に向かいながらチャールズが言った。

「牧師のミスター・ポッターが情報を与えてくれることを期待しよう」

ミスター・ポッターは歓迎してくれたものの、このあいだの話にまだつけ加えることがあるとアガサが考えているようなので、とまどっていた。

家政婦が牧師館の庭でお茶を出してくれた。淡い色の石壁沿いにアプリコットの木々が植えられ、大きな丸い池ではスイレンが蠟《ろう》のような花弁を太陽に向かって開いている、平和な場所だった。ミスター・ポッターの穏やかで落ち着いた面差しを目にし、平穏そのものの庭を眺め、アガサはふいに羨望がこみあげた。心配事や欠点から解放され、ありのままの自分でいられたらどんなに快適だろう。

チャールズが言った。「ミセス・バーリーの恋愛関係に手がかりがあるのでは？」

「その方面はよく知りません。ただ、いつも忙しそうでしたね。絵と劇団で時間がすべてとられそうなものですが、たいてい新しいことを企画していました」

「たとえば？」アガサは質問した。

「ああ、多種多様なことです。教会ホールで芝居を上演する。村祭り——彼女が主催という条件で。無尽蔵のエネルギーの持ち主でしたよ」ふいに顔を皺だらけにしてにっこりした。「いつか殺されると思っていました」

椅子に寄りかかっていたアガサはさっと背筋を伸ばした。「そう考えた事情について話してください」

「彼女はあるときストウに行ったんですが、そこではシールド・ノット（王党派の政治クラブ）がウースターの戦いの再現劇を演じていました。それを見たミセス・バーリーは自分たちもシールド・ノットを上回る再現劇をしたいと考えた。彼女は村人たちを円頂派と王党派に二分しました。数年前の格別に暑い夏のことでした。とても小さな村だし、役を演じる人が足りないと、わたしは反対したんですが、彼女の決心は固かった。というのもミッドランド・テレビジョンが撮影に来ることになっていたからです。申し上げたように、とても暑い夏だったので、〝軍隊〟に大量の食事とリンゴ酒を提供したのは失敗でした。酒が入ると陽気になるどころか、多くの人々が怒りっぽくなった。暑さのせいもあったし、ミセス・バーリーに頭ごなしに命令され、何かを強制的にやらされることが不愉快だったせいもあったでしょうな。みんな、癇癪《かんしゃく》が爆発しかけているところに、テレビカメラがなかなか来なくて待機しなくてはならなかった。しびれを切らしかけた頃にやっと、突撃、と彼女は叫んだが、戦闘は荒れて手に負えなくなった。わたしは誰かが怪我をするんじゃないかとはらはらして、中止するように彼女に訴えました。

　すると、ミセス・バーリーは戦闘の真ん中につかつかと歩いていくと、叫んだんです。『やめて！　あんたたち、まるで子供みたいね』そのとき馬が疾走してきて、避けようとした彼女は飛び退いた。その拍子によろめき、牛の糞にドスンと尻餅をついてしまった。とたんに、全員がげらげら笑いだしたんです。村人たちは思いやりがなかったが、おかげで雰囲気は和んだ。気の毒なミセス・バーリーはすごすごと立ち去りました。顔は真っ赤で、涙ぐんでいましたよ」

「きちんと再現劇をするにはアドバイスが必要なはずです。力を貸してくれる歴史の専門家でもいたのかしら？」

「その可能性はありますね。ただし、いたとしても、わたしには話してくれませんでした」

「でも、絶対に専門家のアドバイスを求めたと思いません？」アガサは言い募った。

「ミスター・ピーター・フランプトンという人について聞いたことがありますか？」

「いいえ。申し上げておきますが、ミセス・バーリーの人生には多くの人が出たり入ったりしていたんです」

「お茶をごちそうさまでした」アガサは立ち上がった。「これからある人に会いに行かなくてはならないんです」

「ピーター・フランプトンだって？」チャールズがたずねた。「何者だ？　彼のことはひとことも言ってなかったじゃないか」

「トウデイで歴史協会を主宰しているの、ヘバードンの近くよ。ポールといっしょに講義に参加したんだけど、地元の歴史について話す予定だったのに、ウースターの戦いについてずっと語っていた。他にも妙なことがあったの。若い娘でジーナ・サクストンという子が講義の途中で現れたのよ。彼女とつきあっているらしいんだけど、変よね」

「どうして？」

「だって、彼女は二十代前半で、地元のディスコクイーンみたいな外見だったのよ。かたや彼の方は四十代後半、白髪交じりの髪をした伊達男で、まるで保守党の下院議員って感じだもの」

「どうして彼が人殺しをするんだ？」

「彼はアイビー・コテージをほしがっていたの、ミセス・ウィザースプーンの家を。財宝を見つけられると思っていたのかもしれない。秘密の通路について知っていた可能性もあるわ」

「歴史の講義をしていないときは何をしているんだい？」

「知らないわ。まさにそれを探りにヘバードンに行くんでしょ」

ミルセスターを通過していたとき、アガサが叫んだ。「停めて！」

チャールズは縁石に車を寄せ、駐車禁止の黄色の二重線で停止した。「急いで」彼はせかした。「違法駐車の切符を切られたくないんだ。どうしたんだ？」

「ポールがヘイリーとパブに入っていくのが見えたの」

「で、ヘイリーって何者なんだ？」

「女性警官よ。ビルは彼女にお熱なの。ポールは彼女にコンピューターについて教えてあげるって約束していたわ」

「じゃあ、彼が何をしているのかは説明がつくだろう」

「彼女から事件の情報を手に入れようとしているのかもしれない」

「何かわかったら、きっとあとで教えてくれるよ」

アガサは自分が感じている嫉妬の感情について、ほとんど気づいていなかった。事件に対する関心のせいでポールがやっていることを知りたがっているのだ、と心の中で言い訳した。

「ちょっと行って、二人に仲間入りするわ」

「ここで待っていられないよ！」チャールズは文句を言った。「違反切符を切られちやう」

「じゃあ、どこか駐車できる場所を見つけてから、合流して」

アガサは車を降りると、急いでパブの方に歩き去った。

アガサが店内に入っていくと、ポールとヘイリーは角のテーブルにすわっていた。

「こんにちは！」アガサはまったくユーモアが感じられないワニそっくりの笑みを浮かべた。

ポールは不倫現場に踏みこまれた夫みたいに、アガサを苦々しげに見た。

「ここで何をしているんだ、アガサ？」

「あなたとヘイリーを見かけたので、仲間入りしようと思ったの」アガサはすわろうとした。

「できたら遠慮してもらえるかな、アガサ？　ヘイリーとコンピューターの話をすることになっているんだ。あなたにはとてつもなく退屈だと思うよ」

「あら、それなら……」アガサはドアに向かった。

「あとで連絡するよ」ポールが叫んだ。

アガサは外に出ると左右を見た。チャールズはまださっきの場所に停車していた。

「合法な駐車場所を探さなかったの？」アガサは助手席に乗りこんだ。

「探そうともしなかった。すぐに戻ってくるにちがいないと思ったから」

「どうして？」

「中年の男がこましゃくれたブロンドといっしょにパブにいるときは、誰にも邪魔されたくないだろうからね」

「そんなんじゃないわ。ビルといっしょにヘイリーと会ったんだけど、そのときにコンピューターのことを教えてほしい、って彼女がポールに頼んだのよ」

「そして、それほど親切なポールなのに、あなたのことはそっけなく追い払ったんだよね」

「あとでちゃんと説明してくれるはずよ」アガサは憤慨しながら反論した。

「じゃあ、彼の視点から見てごらん。あなたがわたしと親しくしているのを見て、焼き餅を焼いたんだよ」

「わたしたちが深い関係だってほのめかさなかったら、彼が嫉妬することもなかったのよ！」

「わたしに感謝するべきだよ」チャールズは恩着せがましい口ぶりだった。「競争意識ほど刺激を与えるものはないんだ。それが証拠に、あなたはジェームズのことをひとことも口にしていない」

「放っておいて」

「了解」

「ここは奇妙な村だなあ」トウデイのメイン・ストリートに駐車しながら、チャールズが意見を口にした。「小さな茅葺き屋根のコテージが、道に沿って動物みたいに寄り集まって建っている。排他的な場所だね」

「暗くなってきたわ」アガサは相変わらず現実的だった。「雨になりそうね」

二人はフランプトンのコテージのドアベルを鳴らした。しかし、誰も出てこなかった。

「仕事に出ているにちがいないわね」アガサが言った。「通り沿いに雑貨屋があったわ。そこでたずねてみましょう」

店のカウンターにいた女性が、ミスター・フランプトンはモートン・イン・マーシュの新しい工業団地で建築解体の会社を経営している、と教えてくれた。

「じゃあ、それでお金を儲けていたのね」車に戻りながらアガサは言った。「そういう解体業で、シアン化合物が手に入るものかしら」

「それはむずかしいんじゃないかな。鉱山でシアン化合物が使われているのは知っているけど。彼自身がどう言うか聞いてみようじゃないか」

「名刺を持っている？」アガサはたずねた。

「ああ、どうして？」

「彼はスノッブみたいだから、あなたの称号で態度を和らげるんじゃないかと思って」

「ずいぶん古臭い考え方をするんだね、アギー。わたしはただの准男爵で、公爵でもない。それに、貴族院に奇人変人があふれている近頃じゃ、誰もが称号に感心するとは限らないよ」

「ともかく行ってみましょう」

「その工業団地はどこにあるんだ？」

「オックスフォード・ロードで曲がって。村から十キロほど離れた場所よ」


フランプトン建築施工はしゃれた外見の現代的で大きな建物だった。そして、中に一歩入ると、スチール管で作って、植物で飾ったように見えるきらびやかな受付があり、ジーナ・サクストンがデスクにすわっていた。彼女の服もメイクも仕事向けにいつもより少し地味だった。というか、一見そう見えた。きちんとした白いブラウスに控え目なメイク。しかし、立ち上がって二人を出迎え、デスクの裏側から出て来ると、鮮やかなブルーのショートパンツに、とても高いピンヒールを履いた脚があらわになった。

「わお！」チャールズが息を呑んだ。

チャールズは名刺を差しだし、アガサを紹介すると、ピーター・フランプトンと話したいと言った。

「何についてですか？　今は忙しいと思います」ジーナは言った。鼻にかかったバーミンガム訛りだった。

「いちおう訊いてみてください」チャールズは粘った。

彼女は肩をすくめた。「ここで待っていてください」そう言って、地下に下りていった。

「フランプトンは幸運な男だ。あれはミッドランド地方でいちばんイカしたヒップかもしれないな」

「自制してちょうだい」アガサは叱りつけた。そして、同世代の中年男性が娘ぐらいの若い女の子に鼻の下を伸ばしているのを見せつけられるとは、中年女性の立場って哀れよね、と暗い気持ちになった。

ジーナは長いあいだ戻ってこなかったが、ようやくまた現れたときには、一分の隙もなくスーツを着こなし、片手に帽子を持ったピーター・フランプトンといっしょだった。

「重要なことですか？」フランプトンはたずねた。

「そうです。ミセス・ロビン・バーリーという女性をご存じですか？」チャールズがたずねた。

フランプトンは眉をひそめた。長い指を額にあてがう。それからしかめ面をひっこめた。「いや、知らないようです」

「その質問に驚かなかったようですね」アガサが口をはさんだ。

「驚くべきなんですか？」

「ミセス・ロビン・バーリーはつい最近シアン化合物によって殺され、ニュースになっているんですよ」

「ああ、あのミセス・ロビン・バーリーか。だから名前に聞き覚えがあって、即答できなかったんです。でも、知りませんよ、申し訳ないが」

「だけど、ワームストーンの牧師から、あなたがウースターの戦いの歴史的詳細について彼女に指導していた、と聞きましたよ。村で再現劇がおこなわれたでしょ」アガサははったりをかました。

「わたしが？　まさかと思うが、それはいつのことですか？」

「はっきりわかりません」ウースターの戦いの再現劇をおこなった年を牧師に訊いておけばよかった、とアガサは後悔した。

フランプトンはハンサムな顔で首を振った。「残念ですがお役に立てません。たくさんの人にお会いしているものですから」

「ミセス・ウィザースプーンに家を売ってほしいと頼んだのはなぜですか？」チャールズが質問した。

「興味深い建物ですし、わたしは十七世紀に情熱を傾けていますから」

「しかし、あれはチューダー様式の家でしょう？」

「古い建物に魅力を感じているんです、それだけですよ」

「以前にも財宝についてはおたずねしましたけど、もう一度、お訊きします。あなたはサー・ジェフリー・ラモントの財宝を見つけたいと思っていますか？」アガサがたずねた。

「そんなお宝はとっくになくなっているにちがいないし、アイビー・コテージの以前の所有者が地下室から屋根裏に至るまで徹底的に捜索したはずです」

「じゃあ、どうしてあんな大きな家に引っ越したいと思ったんですか？」アガサが追及した。

「独身男が広い家を求めるはずがないとおっしゃりたいんですか？　おやおや、ミセス・レーズン、わたしには歴史書の膨大な蔵書がありますし、中には貴重なものもある。しかし今はスペースがないので、大半を倉庫に預けてあるんですよ。さて、よろしければ、仕事がありますので」

それ以上の質問を考えつかなかったので、二人はしぶしぶ引き揚げてきた。

アガサのコテージに着いたとたん、ポールが飛んで来た。「事件は解決したよ。ハリーが逮捕された」

「なぜ？　どうしてそんなことに？」アガサはたずねた。

「殺人が起きた時間にヘバードンにいたんだ。ヘバードンにあるパブの店主が彼を見かけ、脅迫していたんだよ。ハリーは観念して警察に出頭した。夜の十一時ちょっと前に家に行くところが目撃されているんだ」

「だけど、舞台のあとの打ち上げにいた、と出演者たちははっきりと証言していたのよ」アガサは叫んだ。

「でも、ハリーみたいな人間はパーティーの花にはなれそうにもないからね。簡単に抜け出して、誰にも気づかれずに戻ってこられただろう」

「パブの店主は逮捕されたんだろうね」チャールズが言った。

「行方を捜しているところだ。姿を消したので」

「この情報はすべてヘイリーから仕入れたんでしょ」

「うん、彼女は事件の成り行きにとても興奮していたよ」

アガサはちょっとためらってから、言った。「家に入りましょう」

ポールはチャールズを見てから肩をすくめた。「あとはあなたたちに任せるよ。わたしは仕事があるから」

「休みをとっているって話してたじゃないの」アガサは訴えるように彼を見た。

「毎日が日曜日というわけにはいかないんだ。じゃあ、また」

彼は歩み去った。

「あなたが来ていなかったら寄っていったわ」アガサは不機嫌になった。

「彼は結婚しているんだよ、アギー。望みはないよ」

「あなたにどうしてわかるの？」アガサは嚙みついた。「奥さんはスペインにいるのよ。結婚生活は暗礁に乗りあげている」

犬を連れて小道の反対側にいたミセス・ダヴェンポートは熱心に聞き耳を立てていた。

アガサは彼女の姿に気づき、チャールズを中にひっぱっていった。

「あの嫌な女。いつもこそこそ嗅ぎ回っているの」

「それはあなたも同じだと思うけどね、アギー。一杯やる?」

「けっこうよ。ビルに会いに行ってくるわ。ハリーが犯人だとは信じられないの」

「自分がやっていないなら、どうして警察に現場にいたと話したのかな?」

「死体を発見したのかもしれない」

「彼は鍵を持っていなかったんだよ。もしかしたらドアをノックして、答えがなかったから、そのままパーティーに戻ったのかもしれない。あとで母親が殺されたと聞いて、パニックになったんだよ」

「もしかしたら、もしかしたら、ばっかり。ミルセスターに電話して、ビルがいるかどうか訊いてみるわ」

「ご自由に。わたしは一杯やってるよ」

アガサは電話してから、リビングにいるチャールズのところに戻ってきた。彼は大きなウィスキーグラスを片手に、猫たちを膝にのせてくつろいでいた。

「ビルはもう家に帰ったって。これから彼に会いに行くわ。いっしょに来る？」

「どうしてもと言うなら。でも、これを飲み終えるまで待って」

「だめ！」

「わかったよ、途中で飲むことにしよう。運転はあなただからね」

二人にとって幸いなことに、玄関に出てきたのは感じの悪い両親ではなく、ビル本人だった。

「入ってください。両親は外出しているんです。ビンゴの集まりがあって」

「ハリーが逮捕されて、パブの店主が彼を脅迫していたって聞いたの。それで、店主は行方をくらましているんですってね。ハリーは真犯人じゃなくて、何かとんでもない誤解があるんじゃないかって思うんだけど……」

「わお、アガサ！　ちょっと待ってください。誰から聞いたんですか？　マスコミにはまったく発表していないんですけど」

アガサはヘイリーのことを話したくなかった。ビルが傷つくかもしれないし、ポールが厄介なことになるかもしれない。「わたしたちにも独自の情報源があるのよ」

「すわってください」感情を押し殺しているようで、ビルは無表情だった。「あなたの友達のポール・チャタートンがヘイリーをランチに連れていったんです」

「ねえ、ビル、わたしたちがどうやって知ったかはどうでもいいでしょ。あなたはこの件についてどう考えているの？」

「すべて状況証拠にすぎません。鑑識の証拠もないし、ハリーが現場にいたと証言した目撃者は姿を消している。しかし、ハリーは多額のお金を相続するし、警察に嘘をついた。ミセス・バーリーは、ミセス・ウィザースプーンが殺された夜に彼がどこにいたか聞き回っていて、いきなり殺されたんです。ランコーン警部はハリーが犯人だと決めつけていて、明日、記者会見を開く予定です。ミセス・バーリーは出演者に片っ端から電話していたんですよ。警察で通話履歴を調べました。二十本はかけていましたよ。それに、こう考えてみてください。ハリーじゃなければ、他に犯人がいますか？」

「姉のキャロルは？」

「キャロルではミセス・ウィザースプーンの致命傷になったような一撃を与えられないと思います。それに、ハリーは《マクベス》では花粉症のせいで役がつかなかった、と説明している。それなのに、自宅に花粉症の治療薬はまったくなかったんです」

「母親の死だけなら、わたしもハリーが犯人だと考えたかもしれないわ。だけど、シアン化合物を利用するなんて！　筋が通らないわよ」

「パブの店主のバリー・ブライアーを見つけたら、事情がもっとはっきりするかもしれません」

「あらゆるところを捜しているのよね？」

「もちろん」

「たとえハリーが殺人については無実でも、何かを恐れているのかもしれない。恐れるといっても、指揮をとっているランコーン警部みたいな馬鹿なやつのことじゃないわよ」

「警部はあなたを怒らせたんですよね、アガサ。人を不快にさせるところがあるかもしれないが、彼は良識のある警察官です」

アガサは冗談でしょ、と聞こえるようなことをつぶやいた。

「飲み物も出さなくて」ビルが言った。「シェリーをいかがですか？」

「けっこうです」チャールズとアガサは声を揃えた。過去の経験で、ウォン家がお客に出す飲み物は、甘ったるいシェリーしかないと知っていたからだ。

「ひとつだけ忠告しておきますよ」ビルが言った。「以前にも言ったことですが、事件に関わらないでください。犯人がハリーじゃなければ、目下、真犯人は自分は安全だと信じているでしょう。あなたが調べ回ったら、危険な目に遭うかもしれない。ポールはどこですか、チャールズが現れて彼を追い払ったのかな？」

「ちがうわ。彼はすべて決着がついたと考えて、仕事に戻ったのよ」

「奥さんはお元気ですか、チャールズ？」

「元妻ね」

「なんと。これ以上お役に立てることはなさそうです」


アガサとチャールズはミルセスターでディナーをとった。意外にもチャールズが支払いをした。家に向かいながら、アガサはたずねた。

「しばらく、うちに泊まるつもりなの？」

「かまわないだろう？　ポールは見込みがないよ、アギー。あなたは自分を傷つける男を追いかける才能があるね」

「ポールのことなんて忘れてたわ」アガサは嘘をついた。実は夜じゅう、ひっきりなしに彼のことを考えていたのだ。

「ともあれ、今夜はぐっすり眠って、朝になったらヘバードンに出かけて探りを入れてみよう」

眠りに落ちると、アガサは悪夢を見た。夢の中で、彼女はせっせと秘密の通路を磨《みが》いたりふいたりしていた。太い蜘蛛《くも》の巣が顔に貼りつき、あわててひきはがす。もうこれ以上先に進めない、とアガサは思う。通路の先で恐ろしいものが待ちかまえているからだ。はっと目覚めると、心臓の鼓動が速くなっていた。なんてぞっとする夢かしら。梁の走る天井を見上げて、店主のバリー・ブライアーはどこに行ったのだろうとぼんやり考えた。ミセス・ウィザースプーンを殺したのはハリーとは思えないが、犯人が誰にしろ、どうして死体を秘密の通路に運ばなかったのだろう。あそこに置いておけば、何年も発見されなかったかもしれない。死体を隠すにはもってこいだ。

彼女はぎくっとして体を起こした。すでにバリーが殺されているとしたら？　バリーがハリーを脅していたのなら、別の人間も恐喝していたかもしれない。

警察は死んだ人間を捜すことを視野に入れているだろうか？　すでに警察に徹底的に捜索された家にある秘密の通路ほど、死体を捨てるのにうってつけの場所はないだろう。

アガサはベッドから出て予備の寝室に行くと、チャールズを揺り起こした。彼はベッドサイドのスタンドをつけ、透けた黒いネグリジェを着たアガサ・レーズンのセクシーな姿を眺めた。自分では認めたくなかったが、ポールに見せることがあるかもしれないと思って、最近買ったネグリジェだった。

「おっと、アギー」チャールズはにやっとした。「歓迎だよ！　さあ、こっちにおいで」

「チャールズ！　聞いて！　店主の死体はあの秘密の通路にあるんじゃないかと思うの」

「だから？　朝になったらビルに電話して調べてもらおう」

「いいえ、今すぐ行って調べたいのよ」

チャールズはあくびをした。「幸運を祈るよ！」

「あなたもいっしょに来るの！」

「なんだって、アギー」彼は首を回して枕元の時計を見た。「夜中の三時だぞ」

「お願い」

「ああ、わかったよ」チャールズは毛布をはねのけて、裸でベッドから出た。

「こんなことをしているのは、すべてあなたの悪夢のせいなんだよね」チャールズが運転しながらぶつくさ言った。「庭からいまいましい通路に入れるんだろうな。押し込みはしたくないよ」

「ええ、大丈夫。警察が跳ね上げ戸を立ち入り禁止にしていないといいけど」

「そうする理由はないだろう。警察の財産じゃないんだから」

「家の真ん前につけて」アガサは命じた。「誰に見られてもかまわないわ」

「住居侵入になるんだよ、たとえ庭だけでも」

「今はハリーが所有者だし、わたしは事件を調べる許可をもらったのよ。つかまったら、そう説明するわ。そこに入って」

「ずいぶんわびしい場所だね」チャールズは言いながらエンジンを切った。「パブの店主はこのあたりをうろついて何をしていたんだろう」

「とにかく行って、片付けてしまいましょう」アガサは車を降りた。あたりは物音ひとつしなかった。昇ってきた小さな月が鰯《いわし》雲の広がる空に浮かび、古いコテージを覆っている蔦の葉がかすかな風にざわめいている。

「気味が悪いな」チャールズはつぶやいた。「本気でここから中に入るつもりかい？」

「そのつもりよ。せっかくここまで来たんですもの。手袋をはめた方がいいわね」二人は家の横に回り、庭に入っていった。「突き当たりのあそこよ。茂みの中にあるの」

頭上をフクロウが飛んでいき、二人は飛び上がった。茂みにもぐりこむ。アガサは小さな懐中電灯を取りだし、地面を照らした。

「跳ね上げ戸があった」

「そこに下りていったら、足跡を残すことになるよ」チャールズが警告した。

「それが何なの？　死体がなければ、心配する必要はないでしょ」

チャールズは跳ね上げ戸を開けた。「下を照らして。暗くて階段もはっきり見えないよ」

アガサは細い光線で階段を照らし、とたんに悲鳴を上げ、懐中電灯を落とすと、チャールズにきつくしがみついた。そのせいで、彼はやぶにドサッと倒れこんだ。

「アギー」彼は文句を言った。「いったい……」

「目」アガサはどうにか口にした。「目が。すぐそこに」

「懐中電灯はどこだ？」チャールズは立ち上がると、地面を手探りして、ようやく見つけた。

「どいてくれ、わたしが見てみるから」

チャールズは懐中電灯で照らした。くぐもった叫び声をもらすと、数歩下りていった。それから戻ってきた。

「死体だ」

「バリー・ブライアー？」

「わからない。その男とは会ったことがないからね。ちょっと見てくれ」

「いやよ、吐きそう」

「このままにしておこう。警察に電話するよ」

「しなくちゃだめ？　だって、すごく怒られるわよ」

「アギー、そこで誰かが死んでるんだぞ。このまま立ち去ることはできない」

「どうして死んでるってわかるの？」

「首がねじれ、生気のない目をこちらに向けて倒れているんだ。十中八九、死んでるよ。やぶから出よう」

二人は庭に出てくると、芝生の上にすわりこんだ。チャールズは携帯電話を取りだして警察に電話し、そのあいだアガサは膝を抱えて震えていた。

「手袋」チャールズが電話を切ると、アガサは言った。「手袋をはめているなんて、わたしたち、犯罪者に見えるわ」

「跳ね上げ戸に指紋をつけるために、またあそこに戻るのはごめんだよ。わたしがはめているのはありふれた手袋だ。汚い跳ね上げ戸を持ち上げるときにはめるようなやつだよ。さあ、心配するのはやめて」

「入り口の場所をどうして知ったのか、怪しまれるんじゃないかしら」

「新聞に秘密の通路が庭から家に通じていた、って書かれていた。あなたのインスピレーションが閃き、庭を探して見つけたってことにしよう。また戻っていって、行方不明の店主だと確認するのは嫌だろう?」

「無理よ」

「まあ、すぐにわかるよ。田舎の生活でヤワになってきたね、アギー。都会の住人なら、こんなことぐらいで震え上がらないにちがいない」

「チャールズ、よく思うけど、あなたには感情ってものがないのね」

「とんでもない、たっぷりあるよ。しかし、あの店主とは会ったことがないが、うさんくさいろくでなしに思えるんだ。サイレンが聞こえてきた。すぐに到着するよ。わたしの弁護士をベッドからたたき起こした方がよさそうだ」

「どうして? わたしたちが彼を殺したんじゃないわよ」

「ランコーンにそう説明してごらん。『ああ、刑事さん』とアギーは言う。『わたし、夢を見たんです』彼はとうてい信用してくれないだろうね」


長い夜になった。アガサとチャールズとチャールズの眠たげな弁護士は事情聴取のために警察署に連れていかれてから、さんざん待たされた。アガサが最初に話を聞かれることになっていた。ようやく呼ばれたので、弁護士も立ち上がって彼女に付き添った。

弁護士のミスター・ジェリコーは堂々たる人物で、彼の厳格な制止がなければ、ランコーン警部はアガサをとことん締め上げ、しまいには聴取を終わらせるためだけに、アガサは殺人を自白する気になったにちがいない。

次はチャールズの番だった。

正午の日差しが警察署のほこりっぽい窓から射しこんできたとき、彼はようやく部屋から出てきた。「ヘバードンまで送ってくれるそうだ」二人は弁護士にお礼を言って、パトカーが待っている場所に出ていった。ヘイリーがハンドルを握っていた。

「あら、あなただったのね」アガサはチャールズといっしょに後部座席に滑りこんだ。

「ポールはどうしてます？」車を発進させながらヘイリーはたずねた。

「元気よ。わたしたちが発見した死体は店主のものですってね。あの嫌なランコーン警部から聞いたわ」

「事件のことは話しちゃいけないことになっているんです」

「あら、そうなの？」アガサはとげとげしくたずねた。「じゃあ、どうしてポールにはぺらぺらしゃべったの？」

ヘイリーのうなじがピンク色になった。「あれはプライベートです」

「アギー」チャールズがたしなめた。「疲れすぎてけんかするどころじゃないよ」

アガサはむっつりと黙りこんでいるうちに眠ってしまい、ヘイリーがアイビー・コテージに車をつけたときに、やっと目を覚ました。

「ありがとう」チャールズは礼儀正しく言い、ヘイリーはちらっと微笑を返した。

「あばずれ」アガサは自分たちの車に歩きながらつぶやいた。

「ねえ、アギー、それ、嫉妬以外の何物でもないよ」

アガサはその意見を無視して、助手席にすわった。

「ああ、疲れた。バリー・ブライアーが他の誰かを恐喝していた証拠を警察が見つけてくれるといいんだけど。ハリーのためにもね」

「ともかく寝てから考えよう」

コテージに戻ると、アガサは電話をコンセントから抜き、ドアベルも鳴らないようにした。「邪魔されたくないわ。できるだけ長く眠るつもりよ」

「わたしは朝食を作るよ」

「どうぞ食べて。わたしは疲れすぎて食べられないから」

眠りに落ちていく前に、ポールはこの新しい展開をどう思うだろう、チャールズがそろそろ帰ってくれればいいのに、という考えが頭をよぎった。

10

アガサがその日遅くに目覚めてまず考えたのは、キャロルに会うべきだ、それからワームストーンに行かなくては、ということだった。アガサが起きたとき、チャールズはまだ眠っていた。パッケージを解凍するとラザニアだとわかったので、電子レンジで温めて食べた。それからポールに電話したが、応答はなかった。

早く行動に移したくて、アガサはチャールズを起こすと、シャワーを浴びて着替えた。下に行くと、チャールズはキッチンにいて、アルミホイルを丸めたものを宙に放って猫たちに飛びつかせて遊んでいた。

アガサはその光景をキッチンのドアから眺めて、これまでに数え切れないほど考えたことだったが、チャールズは自分のことをどう思っているのだろうと思った。好きなときにやって来て、好きなときに帰っていくし、いつも自己満足していて、猫みたいに何を考えているのかわからない。

「キャロルに会いに行って、ハリーがどうしているのか訊いた方がいいと思うの。それからワームストーンに行きましょう」アガサは声をかけた。

「いいよ」チャールズはのんびりと答えた。台所のゴミ箱を開けて、ホイルを捨てたときに、ラザニアのパッケージを見つけた。「アギー、新鮮な果物と野菜を毎日食べた方がいいよ。あなたときたら、煙草とブラックコーヒーと、ろくでもない食べ物しか口にしていない。ニキビができるよ」

「ニキビには年をとりすぎてるわよ」

「いくつになってもニキビはできるんだ。あるいは癌も」

「わたしは癌になったことはないわよ。癌になったのはあなたでしょ」

「だけど、癌に勝てたのは、絶対にわたしの健康的なライフスタイルのおかげだよ。さて、出発しようか」

キャロルは家にいた。泣いていたのか、目が腫《は》れている。

「かわいそうなハリー。ひどい話ですよね？」

「すでに告発されたんですか？」チャールズが質問した。

「母の殺害容疑で告発されたんです。ああ、どうしたらいいの？」

「わたしたち、まだ事件を調べているんです。あの晩、ハリーはどうしてお母さんに会いに行ったのか説明しました？」

「借金で首が回らなくなって心配でたまらなかったからって話してたわ。衝動的に家を訪ねたんですって。もう一度、お金を貸してもらえないか頼もうと思ったのよ。でも、誰も出てこなかった。母は窓からハリーを見たから、ドアを開けなかったんだろう、って推測していたわ。前にもそうしたことがあったから。それでまた戻って、パーティーに参加したの」

「楽屋番の男が彼の出入りを見ていなかったのは不思議ね」

「フレディもパーティーに出ていたから。パーティーが始まったあとも入り口の番をさせておく必要はない、ってことになったみたい」

「あなたたちはどちらも、本当にあの秘密の通路のことを知らなかったんですか？」

「ええ、そうよ」

「じゃあ、どうしてわたしたちが家を調べることを渋ったの？」

「ハリーは地下室に下りたことがあって、古いおもちゃとか、いろいろな品物がどっさりあった、と言っていた。中にはいい値段で売れるものがあるかもしれないと考えたのよ」彼女の頬がピンク色になった。「あなたたちが何かくすねるんじゃないかって心配していたの」

アガサはハリーに対してふいに嫌悪感がこみあげてきた。もしかしたら彼が殺したのかも、と思った。

「バリーにお金を払ったんですか?」チャールズがたずねた。

「いいえ。だけど、払う約束はした。遺産が入ったら払うって言ったの」

「バリーはいくら要求したんですか?」

「五万ポンド」

「バリーはいつ殺されたのかしらね」アガサが言った。「ハリーが留置場にいるときに殺されたことがわかれば、当然、彼は釈放されるはずよね。しかも、バリーはおそらく他の誰かも恐喝していた、っていう証拠になるわ」

キャロルの涙で濡れた目に希望の光が浮かんだ。「調べてくださる?」

「努力するわ」アガサはビル・ウォンのことを考えながら答えた。

「さてと、どうしてワームストーンに?」チャールズは車に戻りながらたずねた。

「ピーター・フランプトンが気に食わないから」

「じゃあ、どうしてまっすぐ彼のところに行って、唾を吐きかけてやらないんだ?

彼はワームストーンじゃなくて、トウデイにいるんだよ」

「証拠がないからよ。ロビン・バーリーが内戦の再現劇のことで彼にアドバイスを求めていたとしたら？」

「牧師は覚えていなかった」

「だけど、村の誰かが覚えているかもしれない。あそこまではすぐよ」


その頃、ポール・チャタートンはトウデイにいて、ジーナ・サクストンの住所を探していた。彼とアガサで探りだしたことをすべてコンピューターに打ちこんでみて、ハリーが殺人を犯したのだとほぼ結論を下したが、ピーター・フランプトンの問題を解決しておくべきだと感じた。彼はアイビー・コテージをほしがっていた。なぜ、わざわざあのコテージを？　アガサがチャールズのせいで自分を無視していることがいまいましかった。

村の最初の家のドアをノックして、ジーナが教会のそばのダブ・コテージに住んでいると教えてもらった。

ポールはコテージに明かりがついていたのでほっとした。ピーター・フランプトンが来ていないことを祈った。

ジーナがドアを開けた。ポールは自己紹介して、歴史協会でちらっと姿を見かけたのだ、と言った。彼女はたちまち冷たい目つきになった。「あなたも詮索屋の一人なのね。どういうご用件？」

ポールはにっこりした。「実を言うと、ディナーにご招待したいと思ったんです」

ジーナの美しい顔では虚栄心と疑惑が闘っていた。今日の彼女は薄化粧で、シンプルな黒のシースドレスを着ていてすばらしく魅力的だった。自分でもそれを承知していることをポールは見てとった。

どうやら虚栄心が勝ちをおさめたようだ。「いいわよ」慎重に答えた。「だけど、ボーイフレンドが寄るかもしれないって言ってたの」

「心配させておけばいいよ」彼はいちばんいいスーツとシャツとシルクのネクタイでおしゃれしていた。

「どこにディナーに連れていってくれるの？」

「〈ル・ボウ・ジャンティオム〉」

「まあ、バッグをとってくるわ。ずっと行ってみたかったけど、ボーイフレンドが高すぎるって言うから」

ジーナが家に入っていきバッグをとってくると、ポールはピーター・フランプトンがしみったれた男だったことに感謝した。〈ル・ボウ・ジャンティオム〉はミルセスターの新しいフレンチレストランだった。

「さて、ワームストーンだ」チャールズが言った。「どこから始める?」

「あそこに〈ブラック・ベア〉があるわ。まず、行ってみましょう」

パブは混んでいた。アガサはカウンターで二人分の飲み物を注文した。チャールズは気前よく食事をおごったことを後悔したのか、財布が見つからないと言いだしたのだ。

ふと、アガサは地元の人間を呼び止めて、あれこれたずねると思うと気が重くなってきた。軟弱になりつつあるわ。

「隅にいる老いぼれじいさんから始めよう」チャールズが提案した。

リンゴ酒の一パイントグラスを手に、醜い地の精みたいな皺だらけの老人がすわっていた。「こんばんは」チャールズが声をかけた。「ごいっしょしてもいいですか?」

地の精はグラスを持ち上げ、澱《おり》まで飲み干した。「お代わりがほしいな」

「アギー、いいかな? わたしは……」

「財布を忘れたんでしょ。わかってるわ」アガサはカウンターに行き、老人のためにリンゴ酒のお代わりを注文した。

テーブルに戻ってくると、チャールズが言った。「こちらはバート・スモールボーンだよ。ウースターの戦いについての話を聞いていたところだ」

「いつだったんですか？」アガサは質問した。

「一六五一年だな」

「いえ、村で再現劇をおこなったときです」

「再なんだって？」

「村で戦いを再現したときって言ってるんです」

「ああ。そいつか」彼は親指をチャールズに突きつけた。「本物の方を訊いているんだと思った」

「わたしたちが知りたいのは、ミセス・バーリーがアドバイスしてもらうために専門家を、つまり歴史の専門家を雇ったのかってことなんです」

「知らんね。馬鹿な女だったよ、あいつは。やたらに歩き回っちゃ、大声で命令しておった。わしは王党派だった」

チャールズはバートほど王党派らしく見えない男はいない、と心の中で思った。

「だけど、誰か彼女にアドバイスしていたかどうか知りませんか？」アガサは辛抱強くたずねた。

老人はかぶりを振った。

アガサはこれはだめだ、と思った。腰を浮かせた。「お時間をいただきありがとうございました、ミスター・スモールボーン」

「彼女は専門家なんぞ必要なかったんだわ」バートは言った。「ミセス・物知りだからね。そういや、戦いの計画を持っとったよ、家の青写真みたいなやつを」

チャールズは片手を伸ばして、アガサをまた椅子にすわらせた。「そうした計画書がまだどこかにないでしょうか」

バートは薄汚れた帽子の前を持ち上げて、頭をかいた。「ないだろうな。ミセス・バーリーが持っていたから」

「ああ、なるほど」チャールズもお手上げだった。「ありがとうございました」

「別の人を試した方がいいわ」アガサはカウンターに向かいながら言った。

「それはどうかな。ここにいるのは全員が男性だ。女性が必要だよ。ゴシップ好きの」

チャールズはカウンターに身を乗りだすと、バーテンダーに声をかけた。

「村で起きたことをすべて把握している女性はいないかな？」

彼はふきだした。「それならジェニー・フェザーズだ」

「それで、どこに行けば彼女に会える？」

「左側の五軒先だ」

「ありがとう」


「何を追っているの、チャールズ？　戦いの計画書のこと？」外に出るとアガサがたずねた。

「他の誰かが計画書を書いたなら、名前が載っているんじゃないかと思ったんだ。このゴシップ屋を訪ねてみよう」

ジェニー・フェザーズは白髪交じりの髪をした、やせてエネルギッシュな女性で分厚い眼鏡をかけていた。アガサはチャールズに質問を任せた。

「どうぞ入ってください」二人は散らかった客間に通された。さまざまなドライフラワーのアレンジメントが置かれ、たくさんのサイドテーブルには陶器のオーナメントや額入り写真がぎっしりと並べられている。

「どうぞ楽になさって」チャールズとアガサは小さなチンツ張りのソファにすわった。あまり小さいので、アガサは自分のヒップにチャールズのヒップが押しつけられているのを感じた。

ジェニーはタペストリーがかけられたヴィクトリア朝様式の椅子にすわって、二人と向かい合った。「ウースターの戦いの再現劇について訊いて回っているんですか？とんでもない修羅場だったわ。ロビンが牛の糞の上に尻餅をついたときは本当に気の毒でした。あの日はとても暑くて、しかも、彼女はいばりちらしていたんです。もちろん、わたしにはそんな真似をさせませんけどね。わたしなら彼女に行儀作法を教えてあげられたわ。だけど、常に育ちが顔を出すものですよね、そう思いません？サー・チャールズ。地元の人々は単純な連中なんですよ」

「ロビン・バーリーが歴史の専門家に相談していたんじゃないかと思っているんですが」とチャールズ。

「そうねえ、それはないと思いますよ。もしそうだとしても、隠していたでしょうね。彼女は何でも知っているふりをするのが大好きだったから」

「しかし、戦いの計画書のようなものを持っていたんですよね？　誰かがまだそういうものを持っていないかと思いまして」

彼女は首を振った。「一枚持っていましたけど、たぶん家に持ち帰ったんじゃないかしら。気の毒な人。あんな悲しい死に方をして。だけど、とても気に障る人だったんです」

「男友達はいたんですか？」アガサが質問した。

「ああ、いろんな人が出入りしていましたよ。見知らぬ人が訪ねてくるのをしょっちゅう見かけました。彼女を殺した容疑で逮捕された男性も、一度訪ねてきたわ」

ハリーだ、とアガサは思った。彼の棺にまた釘が一本打たれた。

「長身のハンサムな男性といっしょのところを見かけませんでしたか——灰色のウェーブのかかった髪をした？」

「思い出せないわ」ジェニーはアガサをいまいましげに見た。村で起きていることを把握しているのを誇りにしていたので、ロビン・バーリーの私生活についてほとんど知らないのを認めるのが悔しかったのだ。

「その再現劇はいつおこなわれたんですか？」チャールズがたずねた。

「四年前の夏でした」

二人は彼女に礼を言って辞去した。

「ピーター・フランプトンを追いかけて時間をむだにしているんじゃないかな」チャールズが言いだした。「そもそも、三人の人間を殺した理由が、どうして古い屋敷と謎の財宝のせいなんだい？」

「わからない。ただの勘よ。今何時？」

「九時をちょっと回ったところだ。なぜ？」

「オックスフォードまではどのぐらいかかるかしら？」

「わたしなら四十五分で行けるよ。どうして？」

「会いたい人がいるの」


ポールはこのもったいぶったレストランの料金は金のむだだった、と思い始めていた。もっともジーナはとても楽しんでいるようだったが。


さっき言っていたボーイフレンドというのがピーター・フランプトンではなく、修理工場で働いている地元の青年だと知って、ポールはとまどっていた。

「きみとピーター・フランプトンはつきあっているのかと思っていた」

「ボスと？　やさしくしてあげているだけ。プレゼントをくれるから。向こうはいずれあたしと結婚しようって考えているみたいだけどね」

「それで、きみの方は？」

「まさか、あんな年寄りと」おそらくピーター・フランプトンは少なくとも自分より二歳は年下だろうと、ポールは思った。

「わかるでしょ」ジーナが熱心に言った。「あたしは女性解放運動にちょっとかぶれているから」

「いや、わからないな。そのこととどういう関係があるんだ？」

「つまりね」テーブルに肘を突いた。「こういうことよ。男性は何世紀にもわたって女性を搾取してきた。だから、今、男性から手に入れられるものを女性がいただくのは公平なの」

「へえ、そうなのかい？　で、きみはピーターから何を手に入れているんだい？」

「こういう食事。プレゼント。クリスマスにはダイヤのネックレスをくれたっけ」彼女はクスクス笑った。「ボーイフレンドには偽物だってごまかしたけどね」

「それで、見返りにピーターは何を手に入れられるのかな？」

「ちょっといちゃつくことかな。結婚したときに最後まで許すって言ってあるの。彼にはさんざん想像させておくんだ」

「ピーター・フランプトンはアイビー・コテージをとても手に入れたがっていたようだね」

彼女の大きな目にふいにベールがかかったのは、ただの光のいたずらだろうか？

「ああ、あの人は歴史に夢中なのよ。歴史学の教授とか、いわゆる専門家を毛嫌いしていて、十七世紀と内乱については誰よりもよく知っている、って自慢している。本当のことを言うとね、あたし、歴史にはうんざりなの。彼がくどくどしゃべっているあいだ、別のことを考えているんだ」

「サー・ジェフリー・ラモントの財宝がまだアイビー・コテージのどこかに隠されていると、彼は信じているのかな？」

「デザートを頼んでもいい？」

「ああ、もちろんだ」ポールはメニューを持ってくるように合図した。

ジーナが選ぶのを辛抱強く待ってから、また財宝について質問した。

「ねえ」ジーナはいらいらしてきたようだ。「何か知りたいなら、ピーターに訊いて。そんな話、退屈よ」


「で、これから会いに行くやつは何者なんだ？」チャールズがたずねた。

「ウィリアム・ダルリンプルを覚えてる？」

「いや。あ、ちょっと待って。歴史学の教授じゃなかったかい？」

「その人よ。メリッサが殺された事件を調べていたときに彼と会ったでしょ」

「ああ、メリッサか。姿を消す前にジェームズが浮気した相手だね」

「そのことは話したくないわ」

「それで、どうしてダルリンプルなんだ？」

「好奇心からよ。熱心な歴史マニアが専門的なことについてどこまでのめりこめるか知りたいのよ」

「つまり、フランプトンが殺人を犯すほど歴史に情熱を傾けられるかってことだね？」

「そう」

「実に遠回りだなあ。もっとも白状すると、ロビン・バーリーを殺したのはハリーだとは、わたしも信じられないけどね。もちろん、殺人犯二人を相手にしている、っていう可能性もあるよ」

「ウィリアムの意見を聞いてみましょう」

ウィリアム・ダルリンプルは在宅していた。「夜遅くにお邪魔してご迷惑じゃなかったのならいいんですけど。わたしたちを覚えていらっしゃいますか？」

「ああ、もちろん。どうぞお入りなさい」

彼は二階のリビングに二人を案内した。室内には棚を埋めている古い革装丁の本の心地よい革の香りが漂っていた。

「シェリーでも?」ウィリアムはたずねた。

「お願いします」とアガサ。

彼は姿を消し、クリスタルのシェリーのデキャンタとグラスを三つ運んできた。

「さて」シェリーを注ぎ、それぞれにグラスを渡しながらたずねた。「どういうご用件かな?」

アガサはミセス・ウィザースプーンとロビン・バリーとバーリー・ブライアーの事件について手短に話し、どうしてピーター・フランプトンに興味を持ったかを説明した。

「さて、どこでその名前を耳にしたのだったかな? 十七世紀って言ったね?」

「ええ、ハンサムな男性で、ウェーブのかかった灰色の髪、身だしなみがよく、建築解体業を営んでます」

「ああ、誰なのかわかったよ。学者は素人には実に残酷なんだ。ええと、たしか数年前かな、大学の同僚が学者の集うディナーに彼を招いたんだ。不運なことに、アンドリュー・キャッツワース、われわれはキャティというあだ名で呼んでいるんだが、彼が同席していた。キャティは十七世紀全般の最高の権威で、とりわけイングランド内戦について詳しいと自負している。アメリカ人はわれわれが内戦《シビル・ウォー》というと、十九世紀の南北戦争のことだと思って混乱するようだがね。

ええと、どこまで話したかな？　そうそう、ミスター・フランプトンは熱意にあふれていて、地元について詳しい知識を持っているようだった。つまり、ウースター周辺の村々の古い歴史書をひもといて、地元の史実をかなり掘り起こしていたんだ。彼はイングランド共和国《コモンウェルス》についての豆知識を集めた本を執筆する構想を練っている、と語っていた」

「コモンウェルス？」イギリス連邦《コモンウェルス》とは、急に二十世紀に話が飛んだのかと思って、アガサは訊き返した。

「クロムウェルが統治した時代はイングランド共和国って呼ばれたんだ」

「知ってるわよ」アガサは嘘をついた。

「じゃあ、どうしてたずねたんだ？」

「たんに知的関心を示しただけ」アガサはチャールズをにらみつけた。

ウィリアム・ダルリンプルは申し訳なさそうに咳払いした。「フランプトンはすっかり饒舌《じょうぜつ》になり、活字になったことのない円頂派の士官ジョン・トウデイの逸話を語った。トウデイ村は、その領主屋敷を所有していた彼の一族にちなんで名づけられたんだよ。屋敷はとうに取り壊されてしまったが。このジョン・トウデイが、友人たちといっしょに滞在していたサー・ジェフリー・ラモントの娘プリシラと恋に落ちた。彼を信じて、娘は父親がサイモン・ラヴゼイのところに潜んでいる、と打ち明けた。するとトウデイは彼女の父親の所在をクロムウェルの軍に報告した。ラモントはとらえられ、絞首刑に処された。プリシラはトウデイとは二度と口をきこうとせず、失意のあまり亡くなったと伝えられている。

キャッツワース教授は、その物語の証拠はあるのかね、と皮肉っぽい口調でたずねた。フランプトンは、口から口へ伝承されてきた物語だと答えた。すると、キャッツワース教授は学者がそろったテーブルでフランプトンをさんざんにこきおろした。『素人歴史家は決まってロマンスを見つけたがるが、危険きわまりないよ。事実だけに目を向けたまえ』彼はラモントを裏切ったのはラヴゼイであることを証明する、学問的な情報源を列挙しはじめた。そして、最後に、フランプトンほどの想像力があれば、歴史ロマンス小説を書くべきだね、と締めくくった。フランプトンは席を立ち、そのまま出ていった。あんなに腹を立てた人間は見たことがなかったよ。

彼がいなくなると、わたしたちはキャッツワース教授をたしなめた。すると、彼は笑って、今あげた事実は自分のでっちあげで、フランプトンは愚鈍で素人だから、それに気づかなかったんだ、と言い放った。学者の意地悪の最たる例だったんだ」

「フランプトンにどういう印象を持ちましたか？」アガサはたずねた。

「あまりにも気の毒だという思いが強くて印象どころじゃなかったが、最初は実にうぬぼれの強い男だと感じたよ。でも、あんな仕打ちを受けるいわれはないだろう」

「それだけで三人の人間を殺すとは思えないし、つながりがわからないですね」チャールズが意見を述べた。

さらに事件について話し合ってから、二人は暇を告げた。「また行き止まりだ」チャールズは帰り道で嘆息した。

アガサは同意の声をもらしたが、チッピング・ノートンの丘陵を下っていくときに言いだした。「あの日記。あれを忘れてたわ」

「ポールが書棚に隠してあるやつ？　それがどうしたんだ？」

「ふと思ったのよ」アガサはゆっくりと言葉を口にした。「あのフランプトンは、サー・ジェフリー・ラモントが日記を書いていたという記録を見つけたか、口承による証拠をつかんだのよ。その日記はアイビー・コテージにあるにちがいないし、そこには円頂派の男とサー・ジェフリー・ラモントの娘の恋の証拠が記されていると信じた。彼はどうしてもそれを手に入れて、発見したことを本にして、キャッツワースの鼻を明かしてやりたいと思ったんじゃないかしら」

「荒唐無稽すぎるよ。たしかに日記を手に入れたいと思っていたことには同意するけど、そのために人殺しだなんて！　ともあれ、ポールを訪ねてみよう。そもそも、あなたは日記を読まなかったのかい？」

「財宝のことが書かれてないか、ぱらぱら目を通しただけ」

「戻ったら日記を調べて、娘のことが出てくるか確認しよう。書かれていたらどうするか？　警察に行く？　ランコーンはそれを知って、どういう態度をとるだろうね？」

「でもビルなら聞いてくれるわ。だって、警察はこれまでハリー以外の容疑者を本気で考えようともしなかったんだもの」

「わかった。じゃあ、あなたの友達のポールが家にいるか訪ねてみよう」


ポールは二人よりも一足早く家に帰っていた。ジーナをコテージに送り、既婚者がするキスにしてはやけに熱のこもったおやすみのキスをした。ちょうどそのときピーター・フランプトンが車でやって来て、怒りで顔をゆがめて車から降りてきた。

ポールはあわてて身を引くと、逃げだした。

ポールはアガサとチャールズの話に耳を傾けた。フランプトンの会社に彼を訪ねたこと、歴史学者の話を聞き、日記を手に入れるためなら殺人を厭《いと》わないほどフランプトンはいかれている、とアガサが考えていること。

ポールは書棚から日記をとりだしてきた。

「じっくり読むにはかなり時間がかかるだろう」彼は忠告した。「非常に綿密に記録されているから」

「わたしはコーヒーを淹れてくるわ。あなたが読んで」

彼女はかつてはなじみ深かったキッチンに行った。前の所有者のジョンと同じように、ポールもほとんど手を加えていなかった。インスタントコーヒーの瓶を見つけ、三つのマグカップにコーヒーを作りながらため息をついた。

リビングに戻ってみると、チャールズはソファにもたれてうとうとしていて、ポールはまだ熱心に日記を読んでいた。読書用スタンドのやわらかな光が頭に当たり、白い髪を金色に輝かせている。この人は本当にすてきだわ、とアガサは思って胸が疼いた。チャールズが帰ってくれればいいのに。

とうとうポールが叫び声をあげた。

「あったぞ。これを聞いてくれ。『わたしのいとしい、ただ一人の子供プリシラのことで悩んでいる。あの子はジョン・トウデイというクロムウェル派の人間に恋をしているのだ。彼と会ってはならないと命じたが、プリシラは頑固で、わたしがいなくなったら、その命令に背くかもしれない』」

「フランプトンはこの日記を探していたんじゃないかと思うわ。明日、ビルのところに行って相談してみる」

「日記のことは話せないよ」ポールが釘を刺した。「どうやって見つけたかを説明する必要が出てくるから」

「わかってるけど、ビルがフランプトンを怪しいと思ってくれるような説明をしなくちゃならないわ」

「フランプトンと対決してみたらどうかな？　はったりをかますんだ。おまえが犯人だと知っているって」

「今回ばかりは警察に任せた方がいいって気がするの。明日、いっしょに来る？」

チャールズがソファから立ち上がり、伸びをしながらあくびをした。

「疲れたよ、アギー。もうベッドに入ろう」

ポールが顔をこわばらせた。「いや」そっけなく答えた。「わたしは仕事があるんでね」

二人が帰ってしまうと、ポールは日記を棚に戻そうとして、どこかに隠しておいた方がよさそうだと考えた。キッチンを探し回り、〝パスタ〟と記された空の金属製容器を見つけ、そこに日記を入れると、しっかりと蓋をした。

ビルに相談するというアガサの考えはむだだと、ポールは思った。確実な証拠は何もないのだ。だいたい、古い日記のために三人も殺すというのは、あまりにも突飛な推理に思えた。しかしフランプトンは何かを知っているかもしれない。自分の方から距離を置いたことをころっと忘れ、アガサは自分を仲間はずれにしていると恨みがましく感じていた。よし、出かけていってフランプトンに会い、男同士の話をしよう。ジーナにキスしたことで腹を立てているかもしれないが、それについても釈明すればいい。

翌日、ビルは警察署でアガサとチャールズに会った。アガサが自分の疑惑について説明すればするほど、根拠が薄いように感じられて、チャールズは気が滅入った。

話の最後に、ビルは首を振った。「聴取のためにフランプトンを連行する理由がまったくありませんよ。ロビン・バーリーが彼といっしょのところを見たかどうか隣人たちに訊いて回るには、ランコーン警部の許可が必要なんですが、彼は許さないでしょう。三件目の殺人事件のあとでマスコミの関心が高まっていたところに、ランコーン警部は容疑者を逮捕できて、ようやくマスコミを追い払えましたからね」

「ロビン・バーリーが誰にお金を遺したか知ってる？」アガサはたずねた。「娘のことが新聞に書いてあったけど」

「娘さんのエリザベスが相続しました」

「苗字は？」

「バーリーです。結婚しなかったんです」

「それで、どこに住んでいるの？」

「アガサ！」ビルが注意した。「娘さんはお母さんの死とはまったく無関係ですよ」

「別のことをちょっと思いついたものだから」

ビルは長いことアガサを見つめていた。アガサは押しの強い女性だが、ビルもアガサと同じくハリーが犯人だとは考えていなかった。それに、これまでアガサはやみくもに動き回っているうちに、真相を暴き出してきたのだ。

「ミルセスターのアビー・レーンに住んでいます。番地はわかりません」

「ありがとう、ビル」

「どういうことなんだ？」警察署を出ながらチャールズがたずねた。

「お母さんの写真を持っているかもしれないわ」

「それで？」

「ほら、ピーター・フランプトンがそこに写っているかもしれないでしょ。ワームストンで行なわれたウースターの戦いの再現劇の写真があれば、群衆の中に交じっているかもしれない。あるいは、母親がフランプトンについて何か娘に話しているかもしれないわ」

「ロビンの所有している書類も写真も、警察がすべて調べたに決まってるよ」

「だけど、ピーター・フランプトンのことを探していたわけじゃない。アビー・レーンに行ってみましょう。ここからなら歩いて行けるわよ」

二人は大修道院《アビー》に向かって歩いていき、アビー・レーンに曲がりこんだ。堂々たるノルマン様式の建物に沿って走る通りだった。角に新聞店があり、エリザベス・バーリーは十二番地に住んでいると教えてもらった。

アビー・レーンには十八世紀の連棟式の家々が並んでいた。アガサは十二番地のベルを鳴らした。やつれた様子の女性がエプロン姿で玄関に出てきた。コシのない砂色の髪に疲れた面長の顔、両手はあかぎれで荒れている。

「ミス・バーリーはいらっしゃいますか？」アガサはたずねた。

「わたしがそうです。どちらさまで、どういうご用件でしょう？」

アガサは名前を名乗り、訪問した理由を説明した。何度も自己紹介を繰り返しているので、自分の声がこだましているような気がしてきた。

「写真ですって？　どういう写真ですか？」

「ワームストーンでウースターの戦いの再現劇をしたんです。そのときの写真があるかしら、と思って」

「知りません。アトリエに何箱も写真がありますけど、警察が持っていったかどうかもわかりません。あそこに行く気にもなれなくて。鍵を渡しますから、勝手に行って探してください。いちおう念のため、身分証明書を見せていただけます？」

二人は身分証明書と運転免許証を差しだした。彼女はそれをじっと見てから、返してきた。「鍵をとってきます。住所はご存じですね？」

「ええ」アガサは言った。

彼女は二人を戸口に立たせたまま、中に入っていった。「どういう仕事をしているのかしら。そもそも、何かしているのかしらね」

「質問しようなんて考えちゃだめだよ。とにかく鍵をもらおう」

エリザベスが戻ってきて鍵を渡した。「戻ってきたときに留守だったら、郵便受けに入れておいてください」

二人は礼を言って、背中を向けた。アガサはエリザベスの気が変わって呼び止められるのでは、と不安のあまり早足になった。

「アトリエがまだ立ち入り禁止になっていたら中に入れないよ、アギー」

「あそこで殺されたんじゃないから大丈夫。急いで、チャールズ」

ロビンのアトリエの外には、警察の封鎖テープもなかった。二人は中に入った。

壁際にはキャンバスが積まれていて、布がかけられた絵が一枚、イーゼルに置かれている。芸術家のアトリエでよく見かける、ごちゃごちゃと散らかったものはまったくなかった。絵の具も絵筆もきれいな作業台に整然と並べられている。二人は捜索にとりかかった。以前アガサがロビンと話をしたアトリエの隅には、椅子が二脚とソファ、コーヒーテーブルが置かれていた。キッチンには丸テーブルと椅子が二脚。アトリエのもう一方の側には、大きなクロゼットがついた狭い寝室があった。アガサはクロゼットを開けた。数着の服しかぶらさがっていない。どうやらロビンは個人的な持ち物はワームストーンに置いていたようだ。しかし、クロゼットの床に大きな段ボール箱がふたつあった。

アガサはひとつを開け、写真が詰まっているのを発見した。「見つけた！　わたしがこっちを調べるから、もう片方はお願い」

二人はアトリエの中央に箱を運んでいき、探しはじめた。途中でチャールズが立ち上がって、壁際のキャンバスを調べた。彼はまたすわりこんだ。「彼女は写真を元にして描いているんだよ、アギー。わたしの箱はコッツウォルズの写真で一杯だ。ここには個人的な写真はなさそうだよ。ワームストーンの家の鍵をもらった方がいいんじゃないかな」

「探し続けて」アガサは頑固だった。「何かあるかもしれない。あら、この箱の底に人物写真があったわ。ポートレートよ。写真を見て肖像画を描いていたにちがいないわ」

「誰か知っている人は？」

「まだ」

二人はすべてを調べ、最後にチャールズがため息とともに言った。

「ウースターの戦いはないな。ピーター・フランプトンもなし。戻って、協力的なエリザベスにワームストーンの家に入れてもらえないか頼んでみよう。わたしが元の場所に箱を戻すよ」

ソファにすわっていたアガサは立ち上がった。がっかりだった。キャンバスにふと目が留まった。ロビンは上手な画家だったのかしら？　何枚かをひっくり返してみた。たしかにコッツウォルズの絵で、写真そっくりに描かれていて、そこそこの出来映えではあったが生気がなかった。さらに何枚かひっくり返すうちに、ある女性の肖像画を見つけた。

「何をしているんだ？」チャールズがたずねた。

「ピーター・フランプトンの肖像画を探しているの」

「ああ、アギー。なんだか嫌な予感がするんだ。その男はたぶん無実だよ」

アガサは彼を無視して、絵を調べ続けた。

「ああ、やっぱりね」彼女は言った。「ちょっとこれを見て」

大きなキャンバスを引っ張り出すと、チャールズに見えるように向きを変えた。山高帽以外は一糸まとわぬピーター・フランプトンの肖像画だった。上手な絵ではなかったが、それでもモデルがピーター・フランプトンであることはまちがいなかった。

「彼をつかまえた！」アガサは得意そうだった。

「さて、これからどうしよう？　彼のところに行って、対決する？」

「とんでもない。二度と殺人犯とは対決しないって決めたの。危険すぎるわ。ビルにこのことを話して、あとは警察に任せましょう」

ポールは困惑していた。彼は建築施工会社でピーター・フランプトンと会って、日記のことを突きつけた。フランプトンはただ笑って、たかが日記のせいで三人も殺す人間は頭がおかしいにちがいない、と返した。自分は日記を持っているんだ、とポールは伝え、フランプトンにボロを出させようとした。しかし、彼はまったく動揺を見せなかった。すっかりくつろいでいて、とても愛想がよかったので、しだいにポールは馬鹿な真似をしたと後悔しはじめた。

「せっかくいらしたのだから」とフランプトンは言いだした。「社内をご案内しますよ」

「そろそろ戻らないと」

「おや、いいじゃないですか。わたしはこの建物に誇りを持っているんです。ところで、その謎の日記はどこにあるんですか？」

「カースリーのわたしのコテージです」

「どうやって手に入れたんですか？」

「少々、探偵をしたんですよ」ポールはあいまいにごまかした。

「ああ、あなたたちは素人探偵だった」彼は煉瓦《れんが》がうずたかく積まれ、ポールにはとんでもなくつまらない機械にしか思えないものが置かれた金属製の小屋を案内していった。

「ぜひ見ていただきたい場所がもうひとつあるんです。自宅に置いておけない歴史書を保管している場所なんですよ。わたしの桁《けた》外れの蔵書量にきっと驚かれるでしょうな」

見ておいた方がいいかな、とポールは思った。何かあるかもしれない。

フランプトンは前を歩いていく。工業団地のはずれまで来ると、建物はもう見えなくなった。本館ははるか後方になっていた。

フランプトンは立ち止まった。「その下です」

「どの下？」ポールはたずねた。

フランプトンは笑った。「まだ見えないんですね？　ここは第二次世界大戦後も残った古いアンダーソン防空壕なんです」

彼は前方を指さし、進んでいった。ようやくポールにも地下に通じている階段が見えた。防空壕の表面はすっかり芝生や雑草で覆われている。

「クソ、靴に何か入った。先に下りていてください。すぐ追いかけます」

ポールは階段を下りて、ドアを押し開けた。中は真っ暗だった。明かりのスイッチを探しながら、前へ進んでいく。背後でドアがバタンと閉まった。あわてて振り向き、ドアに飛びついたとき、外側からかんぬきがかけられる音がした。

「理性を取り戻すまでそこにいるがいい」フランプトンの声がドア越しにかすかに聞こえてきた。「毎日やって来るよ。日記の在り処を話すなら、外に出してやろう。ここに二十四時間いたら、話したくなるだろうね」

ポールは疲れ果てるまでドアをガンガンたたき、叫び続けた。それから〝監獄〟を手で探って、蠟燭《ろうそく》の輪郭を探り当てた。フレンチレストランでブックマッチをもらってきたことを思い出した。たまたま、ゆうべのいちばんいいスーツを着ていたので、マッチをポケットからとりだし、一本をすって蠟燭に火をつけた。土壁に沿ってベンチがあった。まだ幼くてアンダーソン防空壕の記憶はなかったが、戦争についてのドキュメンタリー番組で耳にしたことを急に思い出した。当時はここに家々が建っていたにちがいない。防空壕はたいてい庭の隅に造られた。地下にいれば、爆撃機に見つからないと考えたからだ。ベンチに横になった。日記の在り処をフランプトンに教えるしかない。何日もこんなところに閉じこめられていたら、頭がおかしくなってしまうだろう。

その日の午後遅く、ビルと二人の警官が会社を訪ねると、ミスター・フランプトンは家に帰ったと告げられた。しかし、自宅に行くと、誰も出てこなかった。

「ポールはまだ帰っていないわ」アガサは落ち着かなくなった。「彼のコテージに行って、日記をこっちに持ってきた方がいいかしら？」

「押し込むわけにいかないよ」

「まだ鍵を持っているの。ジェームズが住んでいたときから鍵を交換していないのよ」

「わかった。何もせずにここにすわっているよりもましだ」

二人は歩いていき、ポールのコテージに入った。

「MGが外にないわ」

コテージに入ると、チャールズはまっすぐ書棚に行った。

「ここにないぞ！　あのまぬけはどこかに持っていったのかもしれない」

「それはないわよ。探しましょう」

二人は本と本の裏を徹底的に探した。それからデスクの引き出しものぞいた。「二階を見てくるよ。あなたはキッチンを探して」

「どうしてキッチンなんか？」

「キッチンは安全な隠し場所だと考えがちなんだ。ダイヤのネックレスを冷凍豆のパッケージの中に隠していた大伯母がいたよ」

　アガサは冷凍庫と冷蔵庫は無視した。貴重な日記をそんなところに隠すほどポールは馬鹿ではないだろう。食料品の缶や箱の裏側、ゴミ箱、食器棚の皿の後ろをのぞいた。いつかジェームズとけんかしたとき、まさにこの食器棚から皿を取り出して、床にたたきつけて割ったことが思い出された。ふいに記憶に胸をえぐられ、テーブルの前にすわりこむ。またジェームズと会えるのだろうか？　涙がにじんできて、あわてて目をごしごしこする。食器棚のカウンターにきちんと並べられた容器に目が留まった——砂糖、コーヒー、小麦粉、パスタ。

　立ち上がると、蓋を開けていった。パスタの缶の中に日記が入っていた。

　アガサは階段の下に行くと叫んだ。「見つけたわよ！」

　チャールズが軽やかに階段を下りてきた。「よし、ポールが戻ってくるまで保管しておこう」

「わたしたちが持っていることを警察に知られたら、大変なことになるわ」

　二人はアガサのコテージに戻った。村は静かで平和だった。これが最後の事件よ、とアガサは思った。こうしたことのために、せっかくの静けさと平和を捨てるのは馬鹿げている。

「何を考えているんだ？」二人でキッチンに行き、アガサが猫をなでていると、チャールズがたずねた。

「今後は警察にすべてを任せるようにしたら、この村でこういう平穏を堪能できるんだわって思ってたの」

「きっと退屈でどうかなっちゃうよ。ロンドンに戻ることを考えたことは？」

「もうあそこにはなじめないわ。前と同じ都市とはとうてい感じられなくなったの」

「探偵事務所を開くことは考えないのかい？」

「これまでによく訊かれたわ。でも、どうせ行方不明の猫捜しとか、浮気調査とかでしょ」

「とはいえ、ただ、ここでぼうっとしているよりましだよ」

「ぼうっとしているつもりはないわよ」アガサは抗議した。「ミセス・ブロクスビーをお手本にして、慈善の仕事をしていくつもりなの」

「あなたはミセス・ブロクスビーとはちがうし、絶対にそうなれないよ」

「あら、彼女は聖女だけど、わたしはその高みには決して到達できないってこと？」

「けんかはやめよう、アギー。さ、ディナーに出かけよう。何か進展があったらビルが連絡してくれるよ」

二人はディナーをおおいに楽しんだ。チャールズが人生に戻ってきてくれてよかった、とアガサは思った。ポールのことはどうかしてたわ。でも、チャールズはずっとここにいないだろう。これまでもそうだったから。本当はわたしのことをどう思っているのかしら。

コテージに帰ってくるとポールに電話したが、誰も出なかった。夜の戸締まりをして、二人ともそれぞれのベッドに入った。ムシムシして暑い夜だった。アガサは何度も寝返りを打っていたが、ふと、ポールのことが心配になった。いったいどこに行ってしまったのかしら？

うめきながら体を起こした。玄関からちょっとのぞいて、彼の車があるかどうか確認してみよう。さっき見たときは新しく買った中古車は停まっていたが、ＭＧはなかった。

アガサはかんぬきをはずし、玄関のドアを開けると、防犯装置を解除した。腕時計をのぞく。午前一時。ポールのＭＧがコテージの外に停まっていた。よかった。彼は無事だったのね。

ドアを閉めかけて、その場で固まった。どこかおかしい。ドアを広く開けて、階段まで出ていき首を伸ばした。ふいに一階の窓のそばで、チラチラ揺れる光が見えた。ペンライトの光みたいだ。自分のコテージで懐中電灯をつけて歩き回ることはまずないだろう。

アガサは静かにドアを閉めると、二階に駆け上がり、チャールズを起こした。

「何だい？」眠そうに文句を言った。「うとうとしかけたところなんだぞ。このコテージは暑すぎるよ。どうしてエアコンをつけないんだ？」

「大変なの。ポールのMGがコテージの外に停まってるけど、誰かが中で懐中電灯をつけて歩き回ってるのよ。ポールのはずがないわ」

チャールズは体を起こすと手早く服を着た。「あなたはここで待っていて。そっと様子を見てくるよ」

アガサは自分の部屋に行き、服を着た。もしかしてポールの家は停電したのかもしれない。下に行くと、チャールズが戻ってくるところだった。

「満月なんだ。しゃがんで正面の窓からのぞいてみた。フランプトンだったよ！」

「まあ、大変。ポールに何をしたのかしら？」

「ビルに電話して。三人を殺しているんなら、わたしたちを殺すのも躊躇しないだろう」

アガサはビルの自宅に電話した。彼本人が電話に出てきたので、母親に説明しなくてすみほっとした。

「じっとしていてください」ビルが指示した。「できるだけ早く現場に行きます」

アガサが電話を切ると、チャールズが言った。

「一杯飲もう。待つことしかできないから。警察が到着したときにフランプトンがいなくなっていても、いずれポールの車を運転していた理由と、コテージで何をしていたかを説明しなくてはならないだろう」

アガサは身震いした。「彼がポールの車を運転していたのじゃないかもしれない。無理やりポールに運転させたのかも」

チャールズは酒を注ぎ、二人は落ち着かない様子ですわって待ちはじめた。三十分が過ぎた。

「しまった、ドアのかんぬきをかけてこなかった」チャールズが言った。

「あわてていて忘れたのね。すぐにかけてくるわ」

アガサが立ち上がったとたん、リビングのドアが開いて、ピーター・フランプトンが入ってきた。片手には小型拳銃を握っている。

「日記だ」彼は脅しつけた。「どこにある？」

「日記って？」チャールズがたずねた。

「わたしの時間をむだにするな」フランプトンの瞳孔はピン先のように縮小している。何かの薬物をやっているにちがいない、とアガサは思った。

「わたしたちのことは撃てっこないわ。あなた、すでに三人を殺しているんでしょ。ねえ、ただ撃ち殺せばよかったのに、どうしてあんなに凝った真似をしたの？」アガサは外で物音を聞いた気がした。ビルなの？

「最初の一人は」フランプトンの口調は冷静そのものだった。「事故に見せかけるつもりだった。わたしはあの秘密の通路のことを知っていたんだ。婆さんを脅かしたら家から出ていくだろうと思ったが、梃子《てこ》でも引っ越そうとしなかったからな。それから、いとしいロビンが電話をしてきた。わたしは彼女と関係を持っていたんだよ。ロビンは何も知らないくせに、わたしがあの日記を見つけたがっていたことを警察に話すと、ほのめかしたんだ。だから、息の根を止めなくてはならなかった。さらに、ようやく安全だと思ったときに、あの大馬鹿野郎のブライアーが恐喝してきた。わたしがアイビー・コテージに行った夜に野原で犬を散歩させていて、わたしが家から出てくるのを見たんだ。日記だ、さっさとしろ」

「あなたが言っている日記って、何のことかさっぱりわからないわ」アガサは大声で言った。

「サー・ジェフリー・ラモントの日記だよ。アイビー・コテージに日記を隠したことを彼が死ぬ前に仲間の囚人に打ち明けた、という文章を古い写本で読んだんだ。日記を手に入れたら、発見したことを本として出版し、歴史学会で名を馳《は》せることができる。どうしても必要なんだ。絶対に手に入れなくてはならない。干からびた老いぼれ教授に目に物見せてやりたいんだ。わたしを辱《はずかし》める人間は許さない！　さて、まず膝小僧を撃ち抜くか。どちらかが口を割るまで、順番に弾を体に撃ちこんでやる」

ドアが勢いよく開いた。ビルが武装警官二人を従えてそこに立っていた。

「武器を捨てて床に腹ばいになれ」彼は命じた。

フランプトンは手にした拳銃を見下ろした。それから、すばやくそれを持ち上げると、自分の頭を撃ち抜いた。

アガサは蒼白になって震えながら、彼の体が床にくずおれるのを見つめていた。

チャールズはアガサに腕を回して部屋から連れ出し、ビルは携帯電話をとりだして、矢継ぎ早に指示を出しはじめた。

二人はキッチンで待っていた。鑑識班が到着した。ランコーン警部とエヴァンス部長刑事もやって来て、病理学者も姿を見せた。

エヴァンス部長刑事を従えたランコーン警部がやっとキッチンに現れた。アガサとチャールズはポールのコテージで何者かが懐中電灯をつけているのを目撃し、チャールズが見に行ってフランプトンを確認したので、ビルに電話した、という経緯を説明した。

ランコーン警部は険悪な目つきで二人をにらみつけた。

「ウォン部長刑事はフランプトンが三件の殺人を自供したのを聞いた。彼は古い日記を手に入れたがっていたようで、あんたたちが持っていると考えていた。実際、持っているのかね？」

「いいえ」アガサは嘘をついた。持っていると認めたら、警察の捜査を妨害した罪に問われるだろうし、どこで発見したかも話さなくてはならないだろう。

「サー・チャールズ？」

「彼が何のことを言っているか、さっぱりわかりませんでした」

「では、このコテージを捜索させてもらってもかまいませんね？　いつでも令状はとれるが」

チャールズはぎくりとした。彼はアガサがどこに日記を隠したのか知らなかったのだ。

「どうぞ」アガサは言った。「ただし、ポールを見つけなくてはならないわ」

「家を探し終わるまで、ここにいるように」

チャールズとアガサはキッチンのテーブルの前に身を寄せ合うようにしてすわった。

「どこに隠したんだ？」チャールズがささやいた。

「彼が絶対に見つけられない場所」

「アギー、警察は花瓶の中だって探すんだよ」

「しいっ。ビルだわ」

ビルは二人の隣にすわった。「殺人犯はつかまえました、あなたのおかげですよ、アガサ。でも、日記の件は何なんですか？　どうしてフランプトンが怪しいと考えたんですか？」

「女の直感よ。彼のことはどうしても好きになれなかった。ロビンのアトリエを調べていたときに、例の肖像画を発見したので、彼はロビンに会ったことがないと嘘をついていたことがわかったの」

「フランプトンが言っていた日記を探すために、もうじき連中がキッチンにも来ますよ」

「あの男は頭がいかれていたのよ。古い日記に取り憑かれていたの。わたしたち、オックスフォードの歴史学者に会いに行ったのよ」アガサはフランプトンが大学教授に恥をかかされた一幕を語った。

「で、本当にその日記を持っていないんですね？」

「絶対に持っていないわ」

「まあ、いいでしょう。もちろん、あなたとポールが秘密の通路を発見し、さらにどうにかしてその日記を見つけたとしても意外じゃありませんけどね」

警官たちがキッチンに入ってきて、捜索にとりかかった。

アガサは遅発性のショックに襲われるのを感じた。「ベッドで横になりたいわ。用があったら呼んで」

チャールズが二階までアガサに付き添った。踊り場で彼は言った。

「いったいどこに――」だが、アガサの片手が唇に押し当てられたので黙った。

「ベッドに行って、チャールズ」

アガサは服を着たまま上掛けの下で丸くなると、暖かい夜にもかかわらず震えが止まらなくなった。やがて眠りに落ちていき、二時間後、ビルに肩を揺すぶられて目が覚めた。

「何も見つけられなかった。実に上手に隠したにちがいないですね」

「何を言っているのかわからないわ」アガサは体を起こそうとした。

「朝になったら、二人とも警察署に出頭してください。供述をとりたいので」

「わかったわ。じゃあ、もう帰ってちょうだい」アガサは疲れた声で言った。

しかし、ビルが行ってしまうと、アガサは目を開けたまま、車がすべて走り去るまで耳をそばだてていた。階下に行き、キッチンの惨状を目にするや、怒りに顔がひきつった。小麦粉の袋まで切り裂かれている。その袋は二年間棚に置きっぱなしになっていて、アガサがお菓子やパンを焼くのを待っていたのだが、それでも怒りはおさまらなかった。

チャールズがキッチンに入ってきたので振り返った。「なんてひどい！」彼は叫んだ。「日記はどこなんだ？」

「二階に来て、見せてあげる」

アガサは寝室に行き、化粧台に置いたアンティークの旅行用化粧ケースのところに行った。ケースには宝石や、かつてジェームズからもらった手紙をしまっていた。

「これには秘密の引き出しがあるの。オックスフォードの骨董店で、つい買ったのよ。今ではもう店じまいしているけど」彼女は裏側をいじった。「ほらね！」ケースをくるっと回した。いちばん下の引き出しが飛び出し、中に日記が入っていた。

「これをどうするつもり？」

アガサは引き出しを閉めた。「あなたはどうだか知らないけど、わたしはもう少し寝たいわ。それから考えることにする」そのとき、両手で顔を覆った。「いやだ、チャールズ！　わたしたち、ポールのことを忘れていたわ。彼はどうなったのかしら？」

11

ポールはアンダーソン防空壕の暗闇にすわりこんでいた。さんざん叫んだり怒鳴ったりしたが、よけいに絶望が募り体力を消耗しただけだった。妻のファニータのことを思った。どうしてこんなに頑固にコッツウォルズなんかに住み続けたのだろう？　どうしてマドリッドに行かなかったのか？　すべてアガサのせいだ。あの馬鹿なお節介女のせい。

祈りを捧げてみようかと思った。神を信じたことはなかった。これまで一度も。それでも、戦場では無神論者は一人もいないと聞いたことがある。試してみよう。地面に膝をつき、救出を必死に祈った。

立ち上がったとき、遠くでパトカーのサイレンがかすかに聞こえ、畏怖の念に打たれた。ファニータは熱心なカトリック教徒だった。今後は彼女の信仰をからかうまい。いっしょに教会に行き、子供を作り、ちゃんとした結婚生活を送ろう。ポールはひた

すら待った。それからドアに体当たりして、声を限りに叫んだ。

誰も助けに来てくれなかった。


アガサは警察署にいるビルに電話して、フランプトンの建築施工会社に行き端から端まで捜索し、さらにフランプトンのコテージも徹底的に捜したが、ポールの姿はなかった、と聞いて背筋が寒くなった。ジーナと社員たちはポールを見かけたことは覚えていたが、帰るところは誰も見ていなかった。アガサは電話を切ると、チャールズにビルの言葉を伝えた。

「あっちに行ってみよう。警察が見逃したものを発見できるかもしれない」

しかし建築施工会社に着くと、警察が引き揚げたあとですでに閉まっていた。一人だけいた警備員が、フランプトンの財産管財人が賃金を払ってくれるかどうかはっきりするまで、社員は自宅待機することになった、と教えてくれた。

アガサは建物内を捜したいと伝えた。警備員は断ろうとしたが、アガサが五十ポンド紙幣を目の前にちらつかせた。というわけで、二人は中に入り、警察が気づかなかったものを見つけようとしたが、望みはなさそうだった。

その日は日差しが強く、とても暑かった。建物の横の野原では、熱気がかげろうのようにゆらゆら立ち昇っている。警備員に礼を言うと、これからどうしようかと二人は首をひねった。

「ポールを亡き者にしたかったら、当然、目撃される可能性がある場所ではやりたくないでしょう。周囲のフェンス沿いに歩いてみましょう——あのあたりを」

「だけど、あそこには何もないよ、アギー。芝生と雑草だけだ」

「ともかく行ってみましょう。芝生の中に死体がころがっているかもよ」

「バンバン！　おまえは死んだ！」いきなり甲高い声がして、アガサは胸を押さえた。子供が深い草むらから立ち上がった。さらにもう一人。二人とも子供用カウボーイハットをかぶり、おもちゃの拳銃を持っている。

「あっちに行きなさい！」アガサは怒鳴った。

子供たちはアガサを見上げたが、まるで怖がる様子はなかった。二人とも顔が青白くニキビができていて、計算高い目つきをしている。世間ではどうして子供は純真だなんて言うのかしら？　アガサには信じられなかった。

「お菓子持ってる？」一人がたずねた。

「あっちに行って」

「お菓子をくれたら、幽霊が住んでいる場所に案内してあげるよ」

二人の襟首をひっつかまえて、頭と頭をゴツンとぶつけてやろうかしら、とアガサが考えていると、チャールズがたずねた。「どんな幽霊？」

「お菓子くれなくちゃ、教えない」二人は声を揃えた。

チャールズは一ポンドコインを差しだした。「教えて」

二人は顔を見合わせていたが、重々しく首を振った。「足りないよ」二人のうちニキビのひどい方が言った。

「じゃあ、これで！」アガサは憤慨しながら五ポンド札をとりだした。ポールの居場所の手がかりが得られるなら、いくら出しても惜しくない。

「わかった、ついてきな」

子供たちについていくと、フェンス際にあるひときわ高い芝生の塚に出た。

「幽霊はここに住んでいるんだ」ニキビ面が教えた。「うめいたり、叫んだりしているよ」

アガサは塚を一周して、階段があるのに気づいた。「古い防空壕だわ」興奮して叫んだ。チャールズを従えて、彼女は階段を下りていき、彼に手伝わせて、ドアにかけられていた重い金属製のかんぬきを持ち上げた。

ドアが勢いよく開き、太陽の光が射しこみ、ポールの姿を照らしだした。彼は床に胎児のように丸まって横たわっていた。

「ポール！」アガサは叫んだ。「よかった、見つかって！」

ポールは恐怖と絶望でずっと泣いていたのだった。立ち上がると腹立たしいほど体が弱っていて、これまでの恨みをすべてアガサにぶつけた。

「近づくな、このぞっとするババアめ！　あんたの馬鹿な探偵仕事に巻き込まれなかったら、こんなことは起きなかったんだ」

アガサは愛想を尽かして顔をそむけた。それからポールに向き直った。

「すわりなさいよ、この役立たず。いいから口を閉じて。警察と救急車が到着するまで、どこにも行けないんだから」

アガサは携帯電話を取り出し、警察と救急車を要請した。それから外に出ていき、煙草に火をつけた。チャールズはあとに残り、ポールを見下ろした。ポールはうなだれてベンチにすわっていた。

「もっと前に警察はここに来たんだよ」チャールズは穏やかな口調で伝えた。「この場所を捜したが、何も見つけられなかった。アギーとわたしがいなかったら、きみはここで朽ち果ててただろう」

「フランプトンはどこだ？」ポールは声を絞りだした。

「死んだよ。わたしとアギーを拳銃で脅したあとで自殺した。警察が乗りこんできたときに自分を撃ったんだ」

「水を持っているかい？」

「いいや。でもすぐに救急車が到着するよ」

チャールズは外に出てアガサのところに行った。「あまり真面目に受けとらない方がいいよ。あの男はショック状態だったんだから」

アガサは肩をすくめると、やたらに煙草をふかした。どうして現実は想像していたようにならないのかしら？　建築施工会社へ向かう途中、ポールを見つけたら、心から感謝され、両腕に抱きしめられてプロポーズされる、という夢想をしていたのだ。会社の建物内を捜しはじめたとき、もしかしたら彼は死んでいるかもしれない、という恐怖を覚えた。フランプトンのような殺人者が、なぜ彼を生かしておいたのか？もちろん日記を見つけるためだ。

アガサはくるっと向きを変え、防空壕に下りていった。

「聞いてちょうだい。お願いだから、あのいまいましい日記のことは黙っていてね。さもないと、わたしたちは身の破滅よ」

「わかった」ポールは床を見つめたままつぶやいた。

「こういう話にしておいて。チャールズとわたしはロビンのアトリエでフランプトンの肖像画を見つけた。そのことをあなたに電話したら、あなたはフランプトンを問いつめようと一人でここに来た。すると、フランプトンはあなたをどうするか決めるまで、ここに閉じこめた」

「わかったよ！」ポールは叫んだ。

「警察が来たよ」チャールズが外から声をかけた。「ひとっ走りして出迎え、ここに案内してくるよ」

ポールが検査のために病院に運ばれていくと、アガサとチャールズはかんかんになっているランコーン警部と向かい合った。

「あんたたち二人は、警察に出頭して供述をすることになっていたんだぞ」

「でも、できなかったんです」アガサは答えた。「あなたに代わって警察の仕事をしていたから。わたしたちがいなかったら、もうひとつ死体が増えているところだったわね」

「すぐにミルセスターに行ってくれ。ウォン部長刑事が付き添って、供述をとる」

そのときビルが現れた。「お手柄でしたね」と声をかけたので、上司から怒りのこもった突き刺すような視線を浴びせられた。

警察署で、アガサとチャールズはポールを見つけたいきさつをつけ加えて、供述をした。アガサは話しているあいだじゅう、ビルの抜け目のないまなざしが自分の顔を観察しているのを感じた。そのせいで、まるで映画みたいに、自分の頭の上に日記の映像が浮かんでいるような気までしてきた。

とうとうビルがテープレコーダーのスイッチを切り、供述がタイプされるまで待つように、と言った。

「ポールのことはあまり怒らないでほしいな」チャールズが言った。「あそこに閉じこめられたのは地獄みたいな経験だったにちがいない」

「わたしのことをババアって呼んだのよ」アガサは小さな声で言った。「絶対に許さない」

「ああ、そんなこと言わずに」

「許すのは神業よ。わたしは神じゃない。家に帰って一週間ぐらい眠りたいわ。出かける前にドリス・シンプソンに電話したから、家じゅうきれいにしておいてくれるでしょう。たっぷりお金をはずまなくちゃ」

「だけど、すでに掃除代を支払っているんだろう。どうしてさらに払うんだ？」

「なぜならね、けちんぼさん、あの散らかり方だと、ふだんよりもずっと大きな労力を必要とするからよ」

「ここを出たら、ミセス・ブロクスビーを訪ねた方がいいね」

「どうして？」

「彼女は友人だからだ。あなたのことを心配しているだろう」


供述書にサインするまで何年もかかったような気がしたが、二時間後、アガサとチャールズは牧師館の庭でミセス・ブロクスビーに二人の冒険を語っていた。

「日記はどうするつもり？」話し終えると、ミセス・ブロクスビーはたずねた。

「ひとつ、いい解決策を思いついたの」アガサは言った。「ウィリアム・ダルリンプルに渡すのよ。オックスフォード大学の歴史学の教授で、別の事件で知り合った人。すべてを打ち明けて、彼が大学の図書館かどこかの屋根裏の箱で見つけた、と言ってもらうように頼んでみるわ。日記を手放せたらうれしいでしょうね。ご主人はどこなの？」

「主教に会いに行ったわ」

「問題が起きたんじゃないといいけど」

「いいえ、いい知らせなの。主教が古い教会の修復のために宝くじ教会から寄付金をもらったので、うちの屋根の修理にもお金をいただけることになったのよ。そうそう、教区民の一人がアルフにマスを持ってきてくれたの。どうかディナーを召し上がっていって」

チャールズはアガサの冷凍庫のおぞましさをいやというほど知っていたので、すぐさま招待を受けた。


食後、二人はアガサのコテージに帰っていった。「戸口でマスコミが待ちかまえているかしらね」

「それはないだろう。ランコーン警部は手柄をすべて警察のものにして、あなたの名前は一切出さなかっただろうからね」

「ミルセスター警察の外には記者たちがずらっと並んでいるんでしょうね」アガサは残念そうだった。「そこに行って、真相をぶちまけてやったらすっきりしそう」

「放っておこう、アギー。へとへとだよ」

アガサのコテージはまたきれいになっていた。猫たちと遊び、それから二階でお風呂に入り、ベッドにもぐりこんだ。涼しいので黒いシースルーのネグリジェを着たが、ポールのためにそれを買ったことを思い出し、馬鹿らしくなった。

ベッドに入ろうとしたとき、ドアベルが鳴った。アガサはチャールズの部屋をのぞいたが、彼はぐっすり寝ていた。

ため息をつき、一階に下りていった。ふいに黒いネグリジェしか着ていないことに気づき、ドアをちょっとだけ開けて外を窺った。

ポール・チャタートンが大きな花束を抱えて立っていた。

「本当に申し訳なかった。あなたは命の恩人だよ。アガサ、どうか許してほしい」

喜びがわきあがり、アガサは玄関のスタンドからショールをとると、それを肩にはおり、ドアを大きく開けた。「なんてきれいなお花！」

ポールはにっこりした。「美しい女性に」とささやくと、かがみこんでアガサにキスした。そのときだ、ファニータがスペイン語でわめき、罵りながら、ポールの背中に飛びついてきた。アガサはあとじさってドアを閉めようとしたが、ファニータはいきなりポールの背中から離れると、突進してきて叫んだ。「この淫売」ファニータはアガサのショールをむしりとり、ネグリジェをにらみつけた。それから花を奪いとると、地面に放り投げ、その上で跳んだり跳ねたりしはじめた。

「どうかしたのかい、ダーリン?」チャールズがアガサの背後から声をかけた。彼はアガサをわきにどかせると、ファニータに険しい視線を向けた。「どうしてわたしのフィアンセにわめいているんだ?」

彼女は目を丸くしてチャールズを見た。「あなたの……?」

「そうだ」チャールズはきっぱりと答える。「今日、彼女はきみの夫の命を救ったんだ。だから、その花はただの感謝のしるしだよ」チャールズはアガサを引っ張ると、ポールと妻の鼻先でドアを閉めた。

「ありがとう」アガサは呆然としていた。

「どういたしまして」チャールズは機嫌よく応じた。「そのネグリジェはずいぶん露出度が高いね。ちょっといちゃついてみない?」

「お断わりよ」アガサはそっけなく答えると、足音も荒く階段を上がっていった。

ひと月後、アガサが玄関のドアを開けるとビル・ウォンが立っていた。

「チャールズはいないんですか?」

「ええ、とっくに帰ったわ。ポールもよ。ポールはスペインに引っ越して、コテージは貸すつもりみたいね」

「もっと早く来られなくてすみません。不思議なことが起きたんですよ」

「あら、なあに？」

「ウィリアム・ダルリンプルっていうオックスフォード大学の教授を知ってますか？」

「知っていても思い出せないけど」

「アガサ！　あなたがフランプトンに関心を持った理由のひとつは、オックスフォードの歴史学の教授を訪ねたからだって、ぼくに話してましたよね」

「ああ、そうだった、あのウィリアム・ダルリンプルね」

「オークションで本をひと箱買ったら、サー・ジェフリー・ラモントの日記が入っていたと発表していますす」

「なんてこと！　ずいぶん偶然ね！」

「まったく。とりわけ、あなたは彼を知っているんですから。ねえ、アガサ、事件はあなたのおかげで解決しました。でも、ぼくはこう考えているんです。あなたとポールは秘密の通路を探しているときに、日記を発見した。そして、それを処分する方法を見つけなくてはならなかった」

「なんて貧弱な想像力なのかしら」

「あなたの想像力ほど貧弱じゃありませんよ。ハリーとキャロルはお礼を言いに来たんでしょうね」

「ええ、確かに」

「それで、料金を支払ってくれたんですか？」

「あら、いいえ。でも、わたしも要求しなかったわ」

「アガサ、今度殺人事件に巻き込まれるときは、といっても、そうならないことを祈ってますが、お金をとるべきですよ」

「考えてみるわ」

「フランプトンの背景を探っていたんです。昔、彼は南アフリカで鉱山技師をしていたんです。それで青酸化合物の錠剤の説明がつく。それに、他にも判明したことがあるんです。彼がダーバンに住んでいたとき、若い女性とデートしていたんですが、その相手がふっつり姿を消したんですよ。ついに行方がわかりませんでした。ダーバンの警察は事件を再調査する予定だとか。それに彼のコテージからは大量のコカインが発見されました。床下に隠されていたんですよ、彼の日記といっしょにね。彼は歴史学で偉大な発見をして有名になることに、情熱を傾けていたんです」

「頭がいかれていても周囲にいる人に気づかれないって、不思議なものね。事件が解決してうれしいわ」

「ところで、ポールのＭＧの幌を切り裂いて、ＣＤプレイヤーつきラジオを溝に捨てたのはパブの店主のブライアーだったんです」

「どうしてそのことがわかったの？」

「ヘバードンの怒りっぽい年寄りが、その情報を知らせてきたんですよ。ブライアーはあなたたちの外見が気に入らなかったので、脅して二度と戻ってこさせないようにしたかったんだそうです」

「どうしてもっと前に話さなかったの？」

「ブライアーのことをちょっと怖がっていたんじゃないかと思います」

二人はさらによもやま話をしたが、ビルがそれ以上日記のことを口にしなかったので、アガサはほっとした。

彼が帰ってしまうと、ハリーとキャロルが無料で彼女のサービスを受けたことについて考えた。

電話が鳴った。ロイ・シルバーからだった。アガサは見事な手腕で事件を解決したことをはずんだ声で自慢した。ロイは辛抱強く耳を傾けてから、切りだした。

「関心がありそうなＰＲの仕事があるんですが」

アガサは深呼吸した。「ＰＲの仕事はもうたくさん。二度とやるつもりはないわ」

「どうしてですか？」

アガサはにやっとした。

「自分の探偵事務所を始めるつもりだからよ」

訳者あとがき

アガサ・レーズンを主人公にした〈英国ちいさな村の謎〉シリーズも本書『アガサ・レーズンの幽霊退治』で十四作目になりました。前作『アガサ・レーズンとイケメン牧師』では、アガサが胸をときめかせたイケメン牧師が殺され、いっしょにその事件を調べた隣家の作家ジョン・アーミテージも引っ越してしまいました。そこへ、またまたハンサムな男性が隣家に引っ越してきたのですが、アガサは浮かれた気分にはなれません。もう男性なんてたくさん、という気持ちだったからです。ジェームズとの破局の傷がまだ完全に癒えていないのでしょう。しかも、PRの仕事でロンドンに行っているあいだに、村にジェームズが訪ねてきたということを知ります。でも、アガサのロンドンの滞在先や電話番号を教えられたにもかかわらず、ジェームズは連絡をくれようともせず、どこかに去っていきました。すっかり意気消沈したアガサは、これからは牧師の妻のミセス・ブロクスビーを見習って、慈善の仕事に精を出し、静かで穏やかな日々を過ごそうと決意します。

でも、隣に越してきたポール・チャタートンに幽霊屋敷の謎をいっしょに解こうと誘われ、再び素人探偵の仕事に乗りだすことになります。そしてたちまち、もしかしたらポールとうまくいくかもしれない、結婚できるかもしれない（ポールは既婚なのに！）、新聞に結婚の告知を出したらジェームズが見て悔しく思うかもしれない（それがアガサの悲願なんですね）、という薔薇色の夢をふくらませるのです。

アガサのこういう〝夢見る乙女〟の部分に、読者は歯がゆい思いをすると思います。なぜ、あんな男に？　と感じる方は多いでしょう。訳者も同感です。今回は牧師夫人のミセス・ブロクスビーにアガサはこんな鋭い指摘を受けます。

あなたにとって、恋に落ちることは中毒になっているの。あなたの問題はね、自分自身をちゃんと好きになれないところなのよ。だから、ひとつ執着がなくなると、急いで別のもので穴埋めしようとするのよ。

確かにそうなのかもしれません。ただ、そんな弱い部分を持っているアガサも、いえ、そういうアガサだからこそ、魅力的なのだと思います。幽霊屋敷の謎は解けないまま、しばらくして幽霊屋敷の強気な女主人が死に、事態は混沌としていきます。事故なのか、遺産めあての殺人なのか、それとも屋敷の女主人には他に敵がいたのか？　そしてアガサはポールとうまくいくのでしょうか？　本文でじっくりお楽しみください。

ところで、今回もまたアガサは中年の危機と必死に闘っています。たとえばこんなふうに。

セーターの裾を少し下に引っ張った。そろそろ運動をしてダイエットをしなくては。年をとるのは、ほんとに嫌だ！　あちこちがたるみ、垂れ下がり、ぽっこりふくらむ。それらと必死に闘わない限り。顎の下の肉がたるんできた気がすることにもあせった。その朝、顎の下を六十回もピシャピシャたたき、頬を引き上げるために、しかめ面を作るエクササイズを何度かしたが、首が赤くなっただけだった。

年齢と闘っている訳者も身につまされ、思わず苦笑しました。それにしても六十回もたたくとは！　痛いに決まってますよね。ますますアガサに共感を覚え、応援したくなりました。

今回はサー・チャールズ・フレイスがひさびさに登場します。フランス人女性と結婚したチャールズですが、前回に会ったときは小太りになり（それからスリムに戻り）頭も薄くなっていたので、チャールズファンとしてはがっかりでした。その謎が本書では解明されますので、お楽しみに。

さて、ここで悲しいお知らせをしなくてはなりません。本シリーズの作者M・C・ビートンが、二〇一九年のおおみそかにグロスターの病院で亡くなりました。八十三歳でした。ホームページにも「短い療養の末、逝去した」としか書かれておらず死因は不明です。まだまだ現役で作品をたくさん発表してくれるものと思いこんでいたので、ショックです。

二〇一九年十一月三日の〈サンデイ・タイムズ〉にとりあげられたときも、元気いっぱいにインタビューに答えていました。朝、起きると、ブラックコーヒーを一杯飲んで目を覚ますが、「煙草が吸いたくてたまらない」と語っていました。アガサにそっくりですね。四年前に禁煙したそうなので、八十歳を前に一大決心をしたのでしょうか。

ビートンは一九七八年に処女作であるロマンス小説を出版しました。その後、ヘイミッシュ・マクベス・シリーズの第一巻 *Death of a Gossip* が一九八五年に出版され、ロマンス物からミステリに転向。一九九二年にアガサ・レーズンを主人公にしたシリーズを書きはじめ、現在では人気シリーズになっていることは、ご存じのとおりです。本シリーズはドラマ化もされ、ストリーミングサービスを提供しているエイコーン・テレビでは、アシュリー・ジェンセン主演で、すでにシーズン3が二〇一九年十月に始まっています。

〈ニューヨーク・タイムズ〉の追悼記事に、おもしろいエピソードが紹介されていました。シリーズ一作目の『アガサ・レーズンと困った料理』で、アガサはキッシュコンテストに応募し、有名店のキッシュを自分が焼いたと偽って出品するのですが、なんと、ビートンも同じようなことをしていたのです！（笑）彼女はこう語っています。

「息子の寮監がベトナムのボートピープルのためにバザーを主催することになったの。そこで、〝あなたのすばらしい焼き菓子〟を出品してほしいとわたしに依頼してきたのよ。お菓子なんて焼けないと言って息子を落胆させたくなかったので、キッシュをふたつ買ってきて、自分でラッピングして出品したわ。それが『アガサ・レーズンと困った料理』のプロットの下地になったのよ」

ビートンは一九三六年六月十日にグラスゴーで生まれました。父親は石炭小売商、母親は主婦で、彼女は幼いときから作家になりたいと夢見ていたそうです。しかし、最初についた仕事はグラスゴーの書店のバイヤーで、おかげで多くの文学作品に触れることができました。そしてその仕事のおかげでジャーナリズムの世界に足を踏み入れるきっかけをつかんだのです。

というのも、彼女が書店で料理本を探すのを手伝った女性が、たまたまグラスゴー版の〈デイリー・メイル〉の編集長で、別の編集長の姪が出演する《シンデレラ》公演の告知を五十語で書いてほしい、とビートンに頼んできたのです。「わたしは五十語で告知を書き、それでつかのまの栄誉はおしまいと思っていたわ。でも、翌週、新聞社の雑用係の少年が大劇場〈グラスゴー・エンパイア〉の批評家席のチケットを二枚届けてきたのよ」こうしてビートンは演劇批評欄の責任者として活躍するようになったのです。

一九六九年、ビートンはハリー・スコット・ギボンズというジャーナリストと結婚し、二人でアメリカに移住します。彼女は摂政時代を舞台にしたジョージェット・ヘイヤーのロマンス小説のファンでしたが、ヘイヤーを模倣した他の作品は歴史的事実に過ちが目立ち、出来も悪い、と夫のハリーに嘆いていました。すると、自分で書いてみたら、と夫に勧められ、ロマンス小説を手がけるようになり、前述のように一九七八年に処女作が出版されたのです。正確な数は忘れてしまったが、現在までに百六十冊ぐらいは本になっていると、とビートンは語っています。非常に多作ですが、もともと記者だったので、書くのがとても早いのだそうです。

昨年、ヘイミッシュ・マクベスシリーズの三十四冊目の出版の際に、《マイ・ウィークリー》誌が引退についてビートンに質問しました。すると彼女はこう答えています。「わたしは死ぬまで仕事を続けることになるでしょうね。年をとっているし、書くと約束している作品が何冊もあるから」

その言葉どおりになったのだと思います。アガサ・レーズンのシリーズも三十作目が二〇一九年十月に出版されていますし、エージェントによると、まだ出版されていない原稿もあるそうです。未訳の本は現時点でも十六冊ありますから、まだまだアガサの活躍を楽しめそうです。読者のみなさんはどうぞご安心ください。

次作 *Agatha Raisin and the Deadly Dance* では、定年退職した女性が隣家に引っ越してきます。そして、アガサは彼女を秘書として雇い、ついに探偵事務所を開くのです。本物の探偵となったアガサははたして手腕を発揮できるでしょうか？　どうぞご期待ください。二〇二一年二月刊行予定です。

コージーブックス

英国《えいこく》ちいさな村《むら》の謎《なぞ》⑭
アガサ・レーズンの幽霊退治《ゆうれいたいじ》

著者　M・C・ビートン
訳者　羽田詩津子《はたしずこ》

2020年　7月20日　初版第1刷発行

発行人　成瀬雅人
発行所　株式会社　原書房
〒160-0022 東京都新宿区新宿 1-25-13
電話・代表　03-3354-0685
振替・00150-6-151594
http://www.harashobo.co.jp
ブックデザイン　atmosphere ltd.
印刷所　中央精版印刷株式会社

落丁・乱丁本はお取り替えいたします。
定価は、カバーに表示してあります。
 ISBN978-4-562-06107-5 Printed in Japan